고종석의문장

한국어
글쓰기
강좌 1

고종석의문장

"아름답고 정확한 글쓰기란 무엇일까"

고종석 지음

지난해 9월부터 12월까지 숭실대학교 진리관에서 한 글쓰기 강연을 활자로 풀어내놓는다. 얄궂게도, 나는 그 글쓰기 강연을 통해서 내가 글쓰기보다 말하기를 더 즐긴다는 것을 알게 되었다. 재작년에 쑥스럽게 선언한 '절필'이 슬며시 정당화되는 듯도 했다.

이 책을 꼼꼼히 읽는다 하여 한국어 글쓰기가 당장 쉬워질 리는 없다. 그렇지만 독자들이 이 책을 통해서 어떤 글이 좋은 한국어 글이고, 좋은 한국어 글을 쓰려면 어떤 노력을 해야 하며, 한국어가 외국어와 접촉하며 어떤 좋은, 또는 나쁜 간섭을 받았는지를 한 옴큼이라도 움켜쥘 수 있으리라 믿는다. 물론 이 '좋음'의 기준에 내 취향이 깊숙이 반영되었음을 털어놓아야겠지만. 글쓰기 강연이 내 시평집時評集《자유의 무늬》(개마고원, 2002)를 교재로 삼아 이뤄진 터라, 그 책을 함께 읽으면 좋은 한국어 글과 나쁜 한국어 글의 경계가 더 또렷이 보일 것이다.

강연 기회를 마련해주신 알마출판사, 숭실대학교의 박영철 선생님, 예스24의 김정희 선생님께 감사드린다. 녹취를 하고 편집을 해 이리 깔밋한 책을 만들어주신 알마출판사의 편집부에도 감사드린다. 어쩌면 산만했을지도 모를 내 강연을 참을성 있게 끝까지 들어주신 분들께 가장 큰 감사를 드린다.

2014년 5월
고종석

차례

2 한국어답다는 것의 의미 I

3 한국어답다는 것의 의미 II

6 고종석과 함께하는 작문 수업

1

글은 왜
쓰는가
?

오늘 강의에서 다룰 주제는 '글은 왜 쓰는가?'입니다. 여러분, 우리는 왜 글을 쓸까요? 어느 분이든 생각하는 대로 말씀해보세요.

| 수강생1 | 쓸 게 있으니까요. |
| 수강생2 | 쓰고 싶으니까요. |

그렇습니다. 사람에게는 표현의 욕망이 있습니다. 다른 분 없으신가요?

| 수강생3 | 자기 생각이나 그런 것들을 기록해두는 창고 같은 느낌이요. |

옳습니다. 그런데 다들 어떤 표현욕구, 그것에 대해서만 말씀하시네요?

그렇죠. 그것도 아주 중요합니다. 그러니까 그 두 가지 다가 글을 쓰는 이유일 것입니다. 전 신문기자 생활을 오래 했는데 저 같은 경우엔 그저 월급을 받기 위해서 글을 썼습니다. 그런데 대가를 받지 않고, 돈 생각 하지 않고 글을 쓰고 싶어 하는 사람도 우리 주변엔 많이 있습니다. 그런 사람들은 왜 글을 쓰는 걸까요?

나는 왜 쓰는가?

지금 여러분은 글을 쓰는 이유를 두 가지로 정리했습니다. 자제하기 어려운 자기표현 욕구, 그러니까 '마음속에 뭔가가 있는데 이걸 표현하고 싶다'라는 욕구가 첫 번째 이유고, 그걸 씀으로써 '다른 사람에게 읽혀야겠다'라는 욕구가 두 번째 이유입니다. 옳습니다. 사람들은 그 두 가지 욕구 때문에 글을 씁니다. 그걸 자기 나름대로 명료하게 정리한 사람 얘기를 한번 들어봅시다.

조지 오웰이라는 작가 아시죠? 〈동물농장〉〈1984년〉을 쓴 조지 오웰 말입니다. 제가 아주 좋아하는 작가입니다. 소설가로서도 아주 좋아하지만, 에세이스트로서 저널리스트로서 더 좋아하는 작가입니다. 이 작가가 제2차 세계대전이 끝난 다음에 짧은 에세이를 썼습니다. 〈나는 왜 쓰는가?Why I Write?〉라는 에세이입니다. 이 글을 표제로 삼은 《나는 왜 쓰는가》(이한중 옮김, 한겨레출판, 2010)라는 책도 번역돼 나와 있습니다. 그 책 안에 이 글이, 아주 짧은 글이 실려 있습니다. 이때만 해도 이미 오웰이 만년에 들었을 때니까, 물론 지금 기준으로는 젊은 나이지만, 자기를 한번 돌아보고 싶었던 모양입니다. 오웰은 〈나는 왜 쓰는가?〉라는 에세이에서 자기가 어려서부터 글재주가 좀 있었다는 식의 회고를 한 다음에, 일반적 얘길 합니다. 자기는 그렇다 치고 다른 사람들은 왜 글을 쓸까, 이런 생각을 한 것입니다. 오웰은 생계 때문이 아니라면, 사람들은 네 가지 동기에서 글을 쓴다고 정리했습니다.

첫 번째 동기는 순전한 이기심입니다. 순전한 이기심이라는 건 말 그대로 돋보이고 싶은 욕망입니다. 나는 이렇게 똑똑하다는 겁니다. 좋은 글을 쓰면 남들이 알아주니까요. 그리고 죽은 다음에도 사람들에게 기억되니까요. 순전한 이기심이라는 건 아주 사적인 것입니다. 그래서 글쓰기는 일종의 복수 행위가 되기도 합니다. 예컨대 연애를 하다가 어떤 남자에게 차였, 그래서 그 남자한테 복수를 하고 싶은데 별다른 방법이 없다 싶으면 소설을 쓸 수 있습니다. 소설 속에 그 남자를 연상시키는 인물을 등장시켜서 교묘하게 악의적으로 묘사하는 겁니다. 또 이런 경우를 생각해봅시다. 학교 다닐 때 어떤 선생님한테 심한 구타를 당한 학생이 나중에 커서 우연히 소설가가 됐습니다. 그런데 어느 날 갑자기 그 선생님 생각이 나는 겁니다. 그러면 이 소설가는 학교를 배경으로 한 소설을 쓰면서 그 선생님을 모델로 삼은 인물을 창조해 실제보다 훨씬 악랄하게 그릴 수 있습니다. 아주 비열한 인간으로 말입니다. 반대의 경우도 있습니다. 자기 어머니나 딸을 모델로 삼아 인물을 만든 뒤 실제보다 훨씬 더 미화해서 그릴 수도 있습니다.

그런 게 오웰이 말하는 순전한 이기심입니다. 돋보이고 싶고, 사회에 이름을 남기고 싶고, 약간 거드름 피우고 싶은 그런 순전한 이기심, 그게 글쓰기의 첫 번째 동기라고 오웰은 판단했습니다.

오웰이 생각한 글쓰기의 두 번째 동기는 미학적 열정입니다. 예컨대 금강산에 가보니 그 풍치가 너무 아름다운 겁니다. 그 아름다움에 홀려서 금강산에 대해 쓰고 싶은 욕망이 생긴다는 거지요. 꼭 자연만이 아닙니다. 파리에 놀러갔는데 노트르담성당을 봤어요. 바티칸에 갔더니 성베드로성당이 있습니다. 그런데 너무 예쁜 겁니다. 저는 세계를 그렇게 많이 돌아다녀보지는 않았습니다만, 제가 가본 곳 중에서 제일 아름다운 데가 스페인의 그라나다에 있는 알람브라궁전이었습니다. 정말 현기증이 날 정도로 아름다웠습니다. 규모도 서울에 있는 궁들 정도가 아닙니다. 그런 아름다움에 취하게 되면 거기에 대해 뭔가를 쓰고 싶어진다는 거지요. 대상이 꼭 눈에 보이지 않아도 됩니다. 바흐나 모차르트의 어떤 음악을 들었는데 너무 아름다워서 거기에 대해 뭔가를 쓰고 싶게 되는 것, 이것이 미학적 열정입니다.

그런데 오웰이 말하는 미학적 열정은 꼭 외부의 대상과 관련된 것만은 아닙니다. 언어 자체의 아름다움에 홀릴 수도 있습니다. 예컨대 김영랑의 시 대부분은 메시지를 전한다기보다 한국어 소리의 아름다움에 바쳐지고 있습니다. 〈돌담에 속삭이는 햇발같이〉라는 시를 한번 읽어보겠습니다.

돌담에 속삭이는 햇발같이/풀 아래 웃음 짓는 샘물같이/내 마음 고요히

고운 봄길 위에/오늘 하루 하늘을 우러르고 싶다.

새악시 볼에 떠오르는 부끄럼같이/시의 가슴을 살포시 저시는 물결같이/보드레한 에메랄드 얇게 흐르는/실비단 하늘을 바라보고 싶다.

어떠세요? 이 시의 이미지를 떠올리기도 전에 소리에, 그 리듬에 반하게 되지 않습니까? 김영랑은 이렇게 주로 한국어 소리의 아름다움에 홀려서 시를 쓴 시인입니다. 김영랑만이 아닙니다. 시인들 중에서 흔히 탐미주의 시인이라고 불리는, 서양이라면 보들레르, 한국으로 친다면 미당 서정주 선생, 이런 양반들 시를 보면 메시지를 떠나서 '프랑스말이 이렇게 아름답구나!' '한국어가 정말 이렇게 아름답구나!' 하는 걸 느낄 수 있습니다. 언어 자체의 아름다움 말입니다. 고려속요 〈청산별곡〉도 마찬가지입니다. 그 첫 연을 봅시다.

살어리 살어리랏다. 청산靑山애 살어리랏다./멀위랑 ᄃᆞ래랑 먹고, 청산靑山애 살어리랏다.

사실 이 노래는 'ㄹ' 소리의 향연이라고 할 만큼 소리의 아름다움에 크게 기대고 있는 작품입니다. 언어 자체의 아름다움은 꼭 시에만 해당되는 건 아닙니다. 어떤 산문들은 그 메시지를 떠나서 형태적으로 매우 견고한 아름다움을 지니고 있습니다. 여러분들이 혹시라도 황현산 선생님의 산문을 읽어본다면 그런 느낌을 지닐 것입니다. 혹시라도 프랑스말을 안다면, 에밀 시오랑이라는 에세이스트의 글에서도 견고한 아름다움을 느낄 것입니다. 이런 사람들은 언어를 조탁하면서 미적 쾌감을 느끼는 겁니다. 그러니까 오웰이 말하는 미학적 열정이라는 것은 외부 세계의 아름다움에 대한 열정만이 아니라 언어 자체의 아름다움에 대한 열정도 포함하는 것입니다.

오웰이 세 번째로 거론한 글쓰기의 동기는 역사적 충동입니다. 이건 간단합니다. 사물을 있는 그대로 보고, 진실을 알아내고, 그것을 후세를 위해 보존해두려는 욕망을 뜻하는 것입니다. 이런 욕망은 아마 신문기자들이 제일 많이 느낄 겁니다. 물론 제대로 된 신문기자들 얘기입니다. 자기가 본 사실 그대로를, 이건 꼭 당대 독자들만을 위해서가 아니라 후대 독자들을 위해서라도 잊히지 않도록 꼭 남겨놔야겠다는 욕망으로 글을 쓸 수 있습니다.

'정치적 목적'의 글쓰기

오웰이 마지막으로 거론한 글쓰기 동기는 정치적 목적입니다. 오웰이 '정치적'이라고 말한 건 아주 넓은 뜻입니다. 예컨대 신문 칼럼에서 새누리당 비판하고 민주당 추어올리고 이런 것을 뜻하는 것만이 아니라 가장 넓은 뜻으로 쓰인 것입니다. 이 동기는 세상을 특정한 방향으로 밀고 가려는 욕망과 관련돼 있습니다. 그러니까 어떤 사회를 지향할 것인가, 그런 사회를 이루기 위해서는 어떻게 싸워야 할 것인가에 대한 남들의 생각을 바꾸려는 욕망

말입니다. 다시 말해, 글을 통해서 다른 사람들을 설득해 그 사람들의 생각을 바꿈으로써 세상을 더 살 만한 곳으로 바꾸고 싶은 욕망이 오웰이 말하는 정치적 목적입니다. 오웰은 이 대목에서 어떤 책이든 정치적 편향으로부터 진정으로 자유로울 수는 없다는 사실을 강조합니다. 예술은 정치와 무관해야 한다는 의견 자체가 정치적 태도라고 덧붙이기도 했습니다.

　오웰은 이렇게 일반인들의 글쓰기 동기를 넷으로 나눈 뒤 거기 자기 자신을 대입해봅니다. 자기는 천성적으로 앞의 세 가지 동기, 그러니까 순전한 이기심과 미학적 열정과 역사적 충동이, 네 번째 동기인 정치적 목적을 능가하는 사람인데, 실제로는 팸플릿 저자가 돼버리고 말았다고 말합니다. 팸플릿 저자가 됐다는 건 정치적 목적의 글을 많이 썼다는 뜻입니다. 거기에 이유가 있었습니다. 오웰이 살았던 시대는 격동의 시대였습니다. 제1차 세계대전이 1914년부터 1918년까지 계속됐습니다. 그다음 잠깐 평화가 있는 듯하다가 스페인내전이 일어났습니다, 1936년에. 스페인내전이 일어나기 전에 이미 1933년 독일에서 히틀러가 집권을 했습니다. 게다가 오웰은 젊은 시절 버마(미얀마)에서 취향에 안 맞는 경찰 노릇을 하면서부터 제국주의에 대한 반감을 키웠고, 그 뒤 빈곤한 삶을 산 탓에 노동계급의 존재를 인식하게 됐습니다. 특히 1936년이라는 해가 오웰에게는 굉장히 중요한 해였습니다. 사실 1936년은 오웰에게만이 아니라 세계사적으로 굉장히 중요한 해였습니다. 그해에 스페인내전이 터졌으니까요.

　지금 스페인엔 왕이 있습니다. 몸이 굉장히 아파요. 언제 돌아가실지 모르는데 가끔 뉴스에 나옵니다. 그러니까 스페인은 입헌군주국입니다. 그런데 1936년에는 공화정이었습니다. 왕이 없었어요. 그 시절의 공화정 정부를 보통 인민전선정부라고 부릅니다. 인민전선정부는 1936년에 스페인만이 아니라 그 비슷한 시기에 프랑스에도 있었고 1970년대에는 칠레에도 있었습니다. 오른쪽 사람들이나 중간파를 완전히 배제하고 왼쪽 사람들로만 집권할 힘이 없으니까, 중간에 있는 자유주의자들부터 사회주의자들, 공산주의자들, 무정부주의자들까지 연합해 만든 정권, 이런 연대를 인민전선이라고 하고 이런 사람들로, 이런 정파들로 이뤄진 정부를 인민전선정권이라고 합니다. 물론 이건 투표를 통해서 뽑힌, 완전히 민주적인 정권입니다.

그런데 당시에 스페인 식민지였던 모로코에는 프랑코라는 장군이 이끄는 스페인군이 주둔하고 있었습니다. 프란시스코 프랑코. 이 사람은 인민전선정부가 들어서자 이걸 굉장히 위험시했습니다. '내 조국이 어쩌면 빨갱이 국가가 되겠구나! 잘못하면 소련처럼 되겠네!', 이렇게 생각을 한 것입니다. 그래서 1936년에 반란을 일으켜 그해 6월 스페인내전이 시작됩니다. 이 스페인내전은 당대 지식인들한테 무지무지하게 큰 영향을 줬습니다. 이 내전은 당시 '세계 양심의 시험장'이라고까지 불렸습니다. 많은 지식인들이 스페인내전을 보며 양심의 가책을 느꼈습니다. 왜냐? 지금 민주적으로 뽑힌, 그러니까 정통성이 있는 인민전선정부가 프랑코라는 파시스트의 반란에 의해서 무너질 위기에 처해 있는 겁니다. 그런데 민주주의국가에서는, 영국이나 프랑스나 미국 같은 민주주의국가에서는 스페인의 민주 정부를 도와주지 않았습니다.

왜냐하면 이 나라 정치인들도 좀 의심을 했거든요. 저 인민전선정부가 혹시라도 나중에 소련처럼 되는 것은 아닌가, 하는 의심 말입니다. 스페인 인민전선에는 분명히 좌파 색깔이 꽤 짙게 있었습니다. 아주 오른편에 있는 사람들 말고는 중간파와 왼편을 모두 아우른 거니까요. 그래서 영국이나 프랑스가 정부 차원에서 스페인 정부를 돕지 않았습니다. 반면에 독일 정부와 이탈리아 정부는 달랐습니다. 독일은 1933년에 히틀러가 이미 집권하고 있었습니다. 스페인내전이 일어난 건 1936년이고. 무솔리니는 그 당시 이미 25년째 집권하고 있었습니다. 독일이랑 이탈리아는 프랑코 반란군을 돕기 위해 직접 군대를 보냅니다. 무기도 지원합니다.

피카소의 〈게르니카〉라는 그림에 대해서 들어보셨나요? 〈게르니카〉는 스페인내전에 관련한 그림입니다. 스페인 바스크 지방에 게르니카라는 조그만 마을이 있습니다. 독일 공군이 어느 날 그곳을 완전히 초토화시켜버립니다. 마을 하나를 완전히 없애버려요. 그 장면을 그린 게 〈게르니카〉라는 그림입니다. 실제로 내전은 내전인데 스페인 사람들끼리만 싸운 게 아니라 독일군, 이탈리아군까지 반란군 편에 서서 스페인 정부군과 싸운 겁니다. 반면에 미국이나 영국이나 프랑스는 직접적으로 스페인 정부에 도움을 안 줬습니다. 아까 말씀드렸듯이 그 정부의 성격이 좀 불안했거든요, 혹시 소련이랑 비슷한 정부가 될까봐. 그러다 보니 결국 프랑코는 반란에 성공했습니다. 반란이 1939년에 성공적으로 끝났어요, 슬프게도. 프랑코는 1975년 죽을 때까지 독재정치를 합니다. 프랑코가 죽은 뒤에야 스페인은 왕정복고와 더불어 민주화가 시작됩니다. 지금 스페인은 군주제 국가입니다. 물론 민주적인 군주제 국가, 입헌군주제 국가입니다.

'정치적인 글'의 예술화

한국의 6·25만큼은 아니었더라도 3년간의 내전으로 스페인은 완전히 폐허가 됐습니다. 오웰은 이 현장에 있었습니다. 스페인내전이 끝나는가 싶더니, 1939년에 히틀러가 폴란드를 침공하면서 제2차 세계대전이 일어납니다. 오웰이 살았던 시대는 진정으로 격동의 시대였던 겁니다. 그 격동의 시대를 살았기 때문에, 결국 자기는 '앞의 세 가지 동기가 훨씬 많은 기질의 사람인데, 여태껏 써온 글들을 보니 결국 대개 정치 팸플릿을 썼구나! 나는 팸플릿 작가에 불과했다'라고 약간 자조적으로 얘기를 합니다. 그러니까 순전한 이기심과 미학적 열정과 역사적 충동으로 글을 쓰고 싶었는데, 정작 자기가 쓴 글 대부분은 정치적 목적의 글이 되고 말았다는 것입니다. 그러면서도 오웰은 자신이 항상 미학적인 글을 쓰려고 노력했다고도 말합니다. 자신의 기질에 반하지 않으려고 애썼다는 것입니다. 오웰은 "1936년부터 내가 쓴 심각한 작품은 어느 한 줄이든 직간접적으로 전체주의에 '맞서고' 내가 아는 민주적 사회주의를 '지지하는' 것들이다"라고 말하면서도, 자신이 가장 하고 싶었던 것은 정치적인 글쓰기를 예술로 만드는 일이었다고 덧붙입니다. 쉽게 말하면, 정치적인 글이라고 하더라도 그냥 정치적인 게 아니라 동시에 예술적인 글이 되도록,

즉 정치평론이나 팸플릿이라 하더라도 한 번 보고 마는 그런 글이 아니라 예술작품이 되도록 노력했다는 뜻입니다.

〈나는 왜 쓰는가?〉라는 글이 1946년에 발표됐는데, 오웰은 바로 그 직전에 〈동물농장〉을 썼습니다. 오웰에 따르면, 그 〈동물농장〉이 정치적 목적과 예술적 목적을 하나로 융합해보려고 한 최초의 책이었습니다. 오웰은 〈나는 왜 쓰는가?〉를 쓴 다음에 〈1984년〉이라는 소설을 씁니다. 오웰은 이 소설을 쓴 직후에 작고합니다. 저는 〈1984년〉이 〈동물농장〉보다 더 뛰어난 소설이라고 판단합니다. 정치적인 것과 예술적인 것을 아우르는 데서 말입니다.

아까 제가 스페인내전을 '세계 양심의 시험장'이라고 했는데, 스페인내전을 소재로 쓰인 소설이 꽤 있습니다. 그 가운데 가장 유명한 게 어니스트 헤밍웨이의 〈누구를 위하여 좋은 울리나〉와 앙드레 말로의 〈희망〉 같은 작품일 겁니다. 이 사람들은 스페인내전의 현장에 있었습니다. 미국이나 영국, 프랑스가 정부 차원에서 스페인의 인민전선정부, 공화파 정부라고도 합니다만, 인민전선정부를 지원하지 않으니 여러 나라의 개인들이 국제여단이라는 조직을 만들어 공화파 정부 편에 서서 싸웁니다. 조지 오웰도 국제여단의 일원이었습니다. 국제여단이라는 건 추상적 조직이고, 조지 오웰은 구체적으로 1936년 겨울부터 이듬해까지, 인민전선을 이루고 있던 당 가운데 하나인 통일노동자당의 민병대로 참전해 프랑코의 파시스트군과 맞서 싸웁니다. 그 싸움의 기록을 소설 형식으로 기록한 게 〈카탈로니아 찬가〉입니다. 이 작품이 오웰의 글쓰기에서 중요한 이유는 미학적 완성도보다 역사적 증언에 있습니다.

사실 군부가, 더구나 외국의 지원을 받은 군부가 반란을 일으키면, 정부로서도 그 반란을 제압하기가 쉽지 않습니다. 그런데 스페인내전에서는 정부 쪽, 즉 공화파 쪽에 그 못지않은 문제가 있었습니다. 그건 내분이었습니다. 조지 오웰이나 앙드레 말로나 어니스트 헤밍웨이처럼 널리 알려진 작가들이 아니더라도, 많은 사람들이 국제여단을 이뤄 정부군을 돕기는 했습니다. 그런데 프랑코의 반란군 측은 일치단결해 있었던 데 비해, 공화파 쪽은 그 안에 내분이 심했습니다. 예컨대 똑같은 공산주의자들끼리도 스탈린주의자들이랑 트로츠키주의자들이랑 사이가 굉장히 나빴습니다. 실제로 그 내전의 와중에 트로츠키주의자들이 스탈린주의자들에게 학살을 당합니다. 무정부주의자들도 스탈린주의자들에게 학살당했습니다. 같은 편이 같은 편을 죽이는 겁니다. 그러나 그 당시엔 그 사실이 외국에 알려지지 않았습니다. 당시 공산주의 운동의 주류가 스탈린주의였기 때문에, 스탈린주의자들은 트로츠키주의자들이 프랑코와 내통한다는 소문까지 내며 그들에게 총부리를 들이댔습니다.

그런데 오웰은 그 현장에 있었습니다. 그리고 그 현장을 신문기자의 눈으로 봅니다. 오웰 자신이 〈카탈로니아 찬가〉에 대해 얘기하면서, 자기는 그 책에서 자신의 문학적 본성을 거스르지 않으면서도 모든 진실을 말하기 위해 애썼다고 회고합니다. 실제로 〈카탈로니아 찬가〉를 읽어보면 그중 한 챕터가 소설이라고는 도저히 볼 수 없을 만큼 신문기사들의 인용으로 가득 차 있습니다. 오웰은 억울하게 모함당하며 학살당하는 트로츠키주의자들을 변호하기 위해 그 챕터에서 미학적 열정을 버린 것입니다. 작품의 예술적 가치를 떨어뜨리는 걸 감수하면서도 사실을 기록하려고 애쓴 것입니다. 조지 오웰 자신이 말한 "좋은 산문은 유리창과 같다"는 말을 스스로 실천했다고 할 수 있습니다. 실제로 조지 오웰은 〈나는 왜 쓰는가?〉를 이런 문장으로 마무리합니다.

> 내 작업들을 돌이켜보건대 내가 맥없는 책들을 쓰고, 현란한 구절이나 의미 없는 문장이나 장식적인 형용사나 허튼소리에 현혹되었을 때는 어김없이 '정치적' 목적이 결여되어 있던 때였다.

이 말은 어떻게 보면 자기 자신을 부인하는 말처럼 보이기도 합니다. 오웰은 글쓰기의 동기 중에서 정치적 목적을 맨 나중에 거론했고, 자신이 천성적으로 그런 글쓰기에 맞지 않은 사람이라고 말했잖습니까? 그런데도 자기가 정치적 목적이 없이 쓴 글은 죄다 쓰레기라고 판정을 해버리는 겁니다. 쓸데없는 수사로 아름답게 치장이나 하려고 했다는 거죠. 오웰은 한편으론 정치적 목적을 지니고 쓴 글을 대단치 않다고 여겼지만, 결국 이 위대한 작가가 평생 쓴 건 정치적 목적을 지닌 글이었습니다. 그럴 수밖에 없었습니다. 오웰이 살았던 시대가 양심적인 예술가에게 정치적 목적을 지닌 글을 쓰도록 강제했기 때문입니다. 〈동물농장〉이나 〈1984년〉처럼 미학적으로 뛰어난 소설이든, 〈카탈로니아 찬가〉처럼 저널리즘 냄새가 물씬 나는 소설이든, 오웰은 평생 정치적 목적을 지닌 소설을 썼습니다. 소설에서 그랬으니, 에세이스트로선 말할 나위가 없습니다. 사실 저는 소설가 오웰보다 에세이스트 오웰을 더 높이 칩니다.

시대가 문필가에게 정치적 목적을 강제하는 경우는 한국에서도 발견할 수 있습니다. 시인 김지하 선생 같은 경우, 이분에 대한 평가는 극과 극을 달리는 것 같습니다. 이분의 예측할 수 없는 정치적 발언 때문에 그렇습니다. 특히 지난 대선 때 박근혜 후보를 공개적으로 지지한 이후로 이분에 대한 존경심을 버린 후배 문인들이 많을 겁니다. 그건 어쨌든, 이 양반이 1969년에 《시인》지로 등단하고 그 이듬해인가 《황토》라는 시집을 냈는데, 전형적인 서정시들의 모음입니다. 물론 그 시들에도 내면적으론 정치적 지향이 읽히긴 하지만, 김지하 선생은 본디 서정 시인이라고 할 수 있습니다.

그런데 여러분, 김지하 하면 얼른 떠오르는 작품, 뭐가 있습니까? 1970년에 발표한 〈오적〉, 〈오적〉을 비롯한 담시, 이야기시들입니다. 굉장히 정치적인 시들입니다. 박정희 정권을 아주 심하게, 그러나 해학과 풍자를 버무리며 비판한 작품들입니다. 김지하 선생은 〈오적〉 사건 때부터 감옥에 들락날락거리기 시작해서 결국 전두환 정권이 들어선 한참 뒤에야 풀려나오게 되는데, 이분도 결국 그 시대에 흡수돼버린 겁니다. 자기 기질은 서정 시인인데 시대가 이분을 정치 시인으로 만들었던 것입니다.

제 책 《자유의 무늬》(개마고원, 2002)에 실린 글들은 조지 오웰 식으로 분류하자면 정치적 목적을 가지고 쓴 글입니다. 현실정치에 관한 글이 아닌 것도 있지만, 넓은 의미에서 보자면 정치적 글입니다. 세상 사람들의 생각을 바꿈으로써 세상을 바꾸려는 욕망, 그것 때문에 쓴 글들입니다.

사물의 언어와 도구의 언어

1980년에 죽은 장폴 사르트르[1905]
[~1980]는 프랑스의 철학자입니다. 소설가이기도 하고 문학이론가이기도
합니다. 철학자 시몬 드 보부아르와의 계약결혼으로 유명한 사람인데,
파리 몽파르나스 묘지에 가면 두 사람이 나란히 묻혀 있습니다. 사르
트르가 먼저 죽고 보부아르가 나중에 죽었습니다. 장폴 사르트르는 공
산당원이었던 적이 없는데, 공산당보다 훨씬 더 고약한, 말하자면 과격
한 사람이었습니다. 그러니까 공산주의자보다 더 공산주의적인, 더 마
르크스주의적인 사람이었습니다. 프랑스 공산당에 대해서도 '쟤네들
은 너무 온건해', 이러는 사람이었어요. 젊었을 때 쓴 글에서 이 양반은
언어에 두 종류가 있다고 했습니다. '사물의 언어'와 '도구의 언어'.

사물의 언어라는 건 그야말로 사물 그 자체인 언어입니다. 아무런
목적이 없는 언어. 굳이 목적이 있다면 자기만족입니다. 그러니까 자기
만족을 위해 쓰는 글이 사물의 언어입니다. 사르트르는 대표적인 사
물의 언어로 시를 꼽았습니다. 사르트르는 평생 시를 쓰지 않았고 시
인들을 깔보고 시를 아주 경멸했습니다. 반면에 도구의 언어는 명확한
목적을 가진 언어입니다. 사람들의 생각을 변화시키고 그럼으로써 세
상을 변화시켜야겠다는 의지를 담은 언어. 이 도구의 언어가 산문입니
다. 산문이라는 건 소설이나 에세이나 정치 팸플릿 같은 것들을 말합
니다. 사르트르는 평생 도구의 언어는 썼지만 사물의 언어, 시는 쓰지
않았습니다. 그리고 아주 단호하게 시는 소설보다 차라리 음악이나 회

화나 조각에 더 가깝다고 말했습니다. 이를테면, 시는 소설과 아주 먼 글이다, 시는 소설보다 무용에 더 가깝다, 시라는 것은 그저 자족적인 사물 자체일 뿐이다, 이런 식으로 시를 경멸했습니다.

사르트르가 《문학이란 무엇인가》에서 한 주장인데 만년에 사르트르는 젊은 시절의 주장을 철회합니다. 사실 시가 어떻게 사물의 언어일 수만 있겠습니까? 우리 경우만 하더라도 얼마나 많은 현실참여시, 저항시가 있었어요? 김지하 선생 같은 경우도 그렇고 김남주 선생도 그렇고, 특히 1980년대에 무지무지하게 많은 저항시가 나왔잖습니까. 그 시절에 시는 결코 사물의 언어가 아니었습니다. 도구의 언어였지요. 장폴 사르트르의 이런 구분법은 프랑스 내에서도 실제로 많이 비판받았습니다. 사실 사르트르라는 사람이 워낙 유명해서 그 사람이 그렇다고 하면 그런가 보다 했던 것뿐이지, 시는 사물의 언어고 산문은 도구의 언어여서 산문으로써만 현실참여가 가능하다는 사르트르의 주장은 평범한 사람들이 생각해도 좀 허황하지 않아요? 이 양반이 고집이 세서 평생 자기주장을 안 접다가 만년에 들어서야 "내가 젊은 시절에 말을 잘못한 것 같다"는 식으로 두루뭉술하게 반성합니다. 아무튼 사르트르는 언어를 이렇게 사물의 언어와 도구의 언어로 나눴습니다. 사르트르가 말한 도구의 언어란 그러니까 조지 오웰이 말한 정치적 목적의 글쓰기와 얼추 포개지는 것입니다.

자동사적 글쓰기와
타동사적 글쓰기

사르트르보다 10년 늦게 태어나서 같은 해에 작고한 롤랑 바르트[1915~1980]는 문학비평과 이론, 기호학 분야에서 활동한 분입니다. 이 양반도 사르트르 비슷하게 글쓰기를 두 갈래로 나눴습니다. 하나는 '자동사적 글쓰기'고 다른 하나는 '타동사적 글쓰기'입니다. 자동사적 글쓰기와 타동사적 글쓰기가 뭔지 알아보기 전에 바르트와 관련된 문학논쟁 얘기를 잠깐 하겠습니다.

1960년대 프랑스 문단에 아주 유명한 논쟁이 일어납니다. 그걸 신비평논쟁 또는 신구논쟁이라고 합니다. 그전까지 프랑스 비평계에서 신처럼 군림하고 있던 사람은 귀스타브 랑송[Gustave Lanson, 1857~1934]이란 사람이었습니다. 《프랑스 문학사》를 썼는데, 지금도 불문학 전공하는 사람들은 이 책을 꼭 읽습니다.

귀스타브 랑송은 작품을 비평할 때 작가의 사적 디테일에 주목했습니다. 어떤 작가가 어떤 직업의 부모 사이에 어디에서 태어났고 어떤 환경에서 자랐고, 아무튼 작가의 신변잡사 같은 것을 다 조사해서 그것을 문학비평과 연결시켰습니다. 말하자면 전기적 비평입니다. 이 비평이 19세기 말부터 1960년대 초까지 프랑스 문학비평을 지배해왔습니다. 그런데 롤랑 바르트는 '그것이 아니다. 텍스트는 텍스트고 사람은 사람이다. 이미 텍스트가 던져진 순간, 그 텍스트의 주인은 저자가 아니다. 그 저자와 완전히 분리해서 해석해야 한다. 이게 바로 새로운 비평이다'라고 주장했습니다.

그런데 그 시절 소르본대학 교수 중에 레몽 피카르^{Raymond Picard}라는 사람이 있었습니다. 극작가 라신 전공자인데 이 양반이 〈새로운 비평이냐, 새로운 사기냐?〉¹⁹⁶⁵라는 글로 바르트를 공격했습니다. 아주 도발적인 제목입니다. 이 글에서 피카르는 바르트의 에세이 〈라신에 대하여〉를 폄훼하며 바르트가 기치를 든 새로운 비평, 곧 신비평을 속임수라고 공격했습니다. 장 라신^{Jean Racine, 1639~1699}은 프랑스의 뛰어난 비극작가입니다.

바르트가 이 글에 대해 반박하고 다시 소르본 쪽에서 반박하며 논쟁이 이어졌는데 처음엔 바르트가 진 것처럼 보였지만, 대세는 이내 신비평 쪽으로 돌아섰습니다. 신비평이라는 건 바르트가 내세운 구조주의 비평만이 아니라 정신분석적 비평, 마르크스주의 비평, 실존주의적 비평, 테마 비평 등 여러 가지 방식의 비평들을 다 아우르는 것입니다. 그러니까 어떤 하나의 개념이 아니라 구비평에 반대하는 많은 비평들을 아우르는 개념입니다. 어쨌든 이제 작가의 이력에 근거한 구비평을 하는 사람은 거의 없습니다.

다시 롤랑 바르트의 글쓰기 분류로 돌아가자면, 자동사적 글쓰기라는 건 사르트르 식으로 얘기하자면 얼추 사물의 언어에 해당합니다. 자기만족을 위해 하는 글쓰기입니다. 그 글로 다른 사람에게 영향을 끼치겠다든가 잘난 척해봐야겠다든가 이런 목적이 전혀 없이 오직 '기능'에 충실한 그런 글쓰기입니다. 그래서 자동사적 글쓰기에서 중요한 건 '기능'입니다.

반면에 타동사적 글쓰기에서 중요한 건 '활동'입니다. 활동이라는 건 지식을 전달하거나 사람들을 설득한다거나 증언한다거나 선전한다거나 설명한다거나 하는 것입니다. 이런 '활동'을 내용으로 삼는 글쓰기가 타동사적 글쓰기입니다. 타동사적 글쓰기는, 굳이 사르트르 식으로 얘기하자면, 도구의 언어에 해당됩니다.

이건 약간 전문적인 얘긴데, 프랑스 사람들이 문학하는 사람도 그렇고 철학자도 그렇고 말 만들기를 굉장히 즐깁니다. 영어로 writer에 해당하는 말이 한국어로는 작가입니다. writer나 작가에 해당하는 프랑스말은 에크리뱅écrivain입니다. 그런데 바르트가 글쓰기를 둘로 구분하고 보니, 글 쓰는 사람들도 둘로 구분할 필요가 생기게 됐습니다. 그러니까 자동사적 글쓰기를 하는 작가와 타동사적 글쓰기를 하는 작가를 구별할 필요가 생긴 것입니다. 그래서 자동사적 글쓰기를 하는 사람들은 전통적인, 원래 있던 프랑스말 에크리뱅écrivain이라고 부르고, 타동사적 글쓰기를 하는 사람을 에크리방écrivant이라고 불렀습니다. 그러니까 에크리방이라는 말은 바르트가 새로 만든 말입니다. 에크리뱅처럼 에크리방도 영어의 write에 해당하는 동사 écrire에서 파생시킨 말입니다. 프랑스어 접미사 -ant은 보통 동사의 현재분사를 만드는 데 사용됩니다. 그리고 더러 그것이 행위 주체를 뜻하는 경우도 있습니다. 바르트는 거기에 착안해서 에크리방이라는 말을 만든 것입니다.

그런데 어떤 프랑스 사람이, 여기서는 바르트죠, 만들어서 프랑스 사람들끼리 에크리방이라는 말을 쓰는 건 좋은데, 그럼 한국 사람을 비롯한 외국인들은 이 말을 어떻게 번역할까 하는 문제가 생깁니다.

다른 언어권 사람들 사정까지는 생각할 것 없고, 한국어로는 에크리뱅과 에크리방을 어떻게 구별할까요? 사실 저도 어떻게 구별해야 할지 모르겠습니다. 보통 원래 있었던 프랑스어 에크리뱅은 전통적 관습에 따라 작가라고 번역합니다. 그리고 타동사적 글쓰기를 하는 에크리방은 '지식서사'라고 번역하기도 하고, '저술가'라고 번역하기도 합니다. 그런데 저술가라는 번역은 보통 프랑스어 오퇴르^{auteur}에 해당하니, 좀 어색하긴 하지만 '지식서사'라는 번역을 받아들일 수밖에 없을 것 같기도 합니다. 사실 우리가 작가라고 부르는 사람들, 글쟁이라고 부르는 사람들은 대개 프랑스어에 원래 있던 에크리뱅이 아니라, 바르트가 새로 만들어낸 말인 에크리방에 해당합니다. 자기만족만을 위해서 글을 쓰는 사람이 어디 그리 흔하겠습니까? 그렇게 생각하면, 바르트가 쓸데없는 말을 만들어낸 것 같기도 합니다.

지금까지 거론한 사람들을 출생 순서대로 나열하면 조지 오웰(1903년생), 장폴 사르트르(1905년생), 그다음에 롤랑 바르트(1915년생)인데, 이 세 사람은 20세기 문학사에 굉장히 큰 영향을 끼친 사람들입니다. 조지 오웰이 다음 세대에 끼친 영향력은 굳이 거론할 필요도 없습니다. 그리고 지금의 50대나 60대 이후, 또는 돌아가신 분들은 장폴 사르트르에게 굉장히 열광했습니다. 특히 해방 직후와 6·25 전후로 사르트르는 알베르 카뮈와 함께 실존주의자라는 이름으로 묶여서 젊은 지식인들을 매료시켰습니다. 롤랑 바르트는 일반 독자들에겐 큰 영향력이 없었지만, 문학이론가들과 기호학자들에게는 큰 영향을 끼쳤습니다. 세 사람 다 그 영향력이 자기 나라만이 아니라 전 세계에 미쳤습니다.

그런데 재미있는 건 이 세 사람 모두 박사학위가 없다는 것입니다. 조지 오웰은 고등학교가 최종학력입니다. 물론 좋은 고등학교 출신입니다, 이튼 스쿨. 롤랑 바르트는 대학만 졸업했습니다. 소르본대학 학부만 졸업했습니다. 바르트가 소르본대학을 나왔다니까, '어우, 서울대학 나왔나 보다' 이렇게 생각할 수도 있겠습니다. 그건 아닙니다. 프랑스에는 우리 수능시험에 해당하는 바칼로레아라는 게 있습니다. 고등학교 졸업반 학생들이 치면 반 정도 붙고 반 정도 떨어집니다. 50퍼센트 정도의 학생은 그때부터 아무 대학이나 진학할 수 있습니다. 보통 자기 집 가까운 대학으로 갑니다. 아니면 자기가 좋아하는, 또는 존경하는 교수가 있는 대학으로 갑니다. 우연히 소르본 근처에 살고 있는 사람은 소르본을 지원하겠지요. 물론 지원자가 정원보다 많으면 2지망이나 3지망 대학에 배정되기는 하지만, 원칙적으로 프랑스 대학들은 평준화돼 있습니다.

물론 소르본은 유럽에서도 굉장히 오래된 학교여서 전통에 기반한 명성이 있긴 합니다. 그렇지만 따로 시험을 봐서 들어가는 학교는 아닙니다. 요즘엔 파리 4대학이라고 부릅니다. 그러니까 조금 과장해서 얘기하면, 소르본대학이란 건 바칼로레아만 붙고 원서 내면 그냥 받아주는 학교입니다. 그런 학교를 롤랑 바르트는 다녔습니다. 롤랑 바르트도 소르본엘 가고 싶진 않았는데 고등학교 때 결핵을 심하게 앓아서 소르본엘 갈 수밖에 없었습니다.

그럼 바르트가 건강해서 공부를 열심히 할 수 있는 신체조건이었다면 어느 학교를 가려고 했을까요? 프랑스 학제에는 일반 대학 말고 그랑드제콜이라는 게 있습니다. 한국어로 번역하면 커다란 학교들, 위대한 학교들, 그 정도의 뜻입니다. 이 학교는 일종의 직업학교입니다. 교사를 키운다거나 엔지니어를 키운다거나 행정가를 키운다거나 그렇습니다. 그중에서 교사를 키우는 파리고등사범학교는 장차 학문을 하려고 하는 모든 프랑스 고등학생들이 들어가고 싶어 하는 학교입니다. 그런데 이 그랑드제콜은 일반대학과 달리, 고등학교를 졸업하고 곧바로 들어갈 수가 없습니다. 보통 2년 안팎의 예비반을 거친 뒤에 시험을 봐서 들어갑니다. 고등사범학교의 경우도 2년의 준비반을 거친 뒤에야 입학시험을 볼 자격이 생깁니다.

일반대학을 졸업하면 학사가 되지만, 그랑드제콜의 경우엔 준비반 동안의 학습기간이 있으니 졸업할 때 석사학위를 받습니다. 그렇지만 그랑드제콜이라는 건 본디 직업학교이다 보니 박사과정은 없습니다. 그러니까 고등사범학교를 졸업한 뒤에 박사학위를 받고 싶으면 소르본을 비롯한 일반대학으로 가야 합니다.

롤랑 바르트는 파리고등사범학교엘 가고 싶었지만, 건강 상태 때문에 예비반 공부가 힘들 것 같아 할 수 없이 소르본엘 간 것입니다. 그리고 소르본을 졸업한 뒤 대학원 진학을 하지 않았습니다. 가진 게 학사학위뿐입니다. 그런데도 나중에, 수백 년 역사의 개방대학인 콜레주 드 프랑스의 교수가 됩니다. 콜레주 드 프랑스는 보통 대학과 달리 일반 시민들이 가서 그냥 강의를 듣는 학교입니다. 그렇지만 이 학교 교수가 되는 건 프랑스에서 지적 이력의 정점으로 평가됩니다. 콜레주 드 프랑스 교수다, 그러면 저 사람은 프랑스에서 학문적으로 최고다,

이렇게 되는 겁니다. 이렇게 바르트는 오직 학사학위 하나 가지고서 콜레주 드 프랑스 교수를 했습니다. 한국에서라면 상상할 수 없는 일입니다. 사실 프랑스에서도 매우 드문 일입니다.

사르트르는 파리고등사범학교를 졸업하고 나서는 박사과정을 가지 않았습니다. 교수가 되기 싫었거든요. 교수가 되는 것을 경멸했습니다. 고등사범학교 동문이자 손아래 친구인 철학자 메를로 퐁티가 교수직에 연연하는 걸 비웃기까지 했습니다. 갑자기 사르트르와 관련된 일화가 하나 생각납니다. 고등사범학교를 졸업하면 교사자격시험을 봅니다. 보통 철학교사 자격시험을 많이 봅니다. 그런데 이 시험이 무지무지하게 어렵습니다. 고등사범학교에 들어가는 것만큼 어렵습니다. 고등사범학교 졸업생들도 떨어지는 일이 비일비재하니까요. 사르트르는 고등사범학교를 졸업하고 철학교사 자격시험을 봤는데, 그해에 떨어졌습니다. 학교 동기인 레몽 아롱^{Raymond Aron, 1905~1983}은 수석으로 붙었습니다. 레몽 아롱은 나중에 유명한 사회학자가 됩니다. 사르트르와는 달리 우파 사회학자가 됩니다. 아무튼 사르트르는 재수를 해서 다시 철학교사 자격시험을 봅니다. 그리고 수석으로 합격합니다. 그런데 그때 차석으로 이 시험에 붙은 사람이 시몬 드 보부아르입니다. 몽파르나스 묘지에 같이 묻혀 있는 시몬 드 보부아르. 이분은 20세기 페미니즘에, 그러니까 여성주의에 아주 큰 영향을 끼친 사람입니다. 《제2의 성 ^{Le Deuxième Sexe}》이라는 책으로 프랑스만이 아니라 전 세계적으로 페미니즘 운동에 큰 영향을 끼쳤습니다. "여성이라는 건 태어나면서 정해진 게 아니라 자라면서 권력자인 남자들이 부여한 두 번째 성이다"라고 주장해서 여성들에게 엄청난 각광을 받았습니다. 물론 그 뒤에 비판도 받았습니다. 이분은 사르트르 같은 본격적 철학자는 아니었지만 그래도 일종의 철학자였고, 사르트르처럼 소설가였고 에세이스트였습니다. 그렇지만 마르크스의 말대로 철학자의 임무가 세상을 해석하는 게 아니라 변화시키는 거라면, 시몬 드 보부아르가 사르트르보다 위대한 철학자였다고도 할 수 있습니다. 보부아르는 여성주의 담론을 통해 실제로 세상을 변화시켰지만, 사르트르는 그만큼 세상을 변화시키지는 못했습니다.

이야기가 자꾸 곁가지로 새고 있습니다. 다시 오늘의 주제인 글쓰기로 돌아가자면, 오웰이 말한 정치적 목적의 글쓰기, 사르트르가 말한 도구의 언어, 바르트가 말한 타동사적 글쓰기가 설핏 겹친다는 걸 아시겠지요? 물론 완전히 겹친다는 게 아니라, 상통한다는 것입니다. 그리고 오웰이 말한 미학적 열정의 글쓰기는 사르트르가 말한 사물의 언어, 롤랑 바르트가 말한 자동사적 글쓰기와 서로 통합니다.

여러분들이 이곳에 앉아 계신 건 궁극적으로 오웰이 말한 정치적 목적의 글쓰기, 사르트르가 말한 도구로서의 언어, 롤랑 바르트가 말한 타동사적 글쓰기를 익히기 위한 것일 겁니다. 그런데 타동사적 글쓰기를 실천하기 위해서는 자동사적 글쓰기를 할 줄 알아야 합니다. 누굴 설득하려면 설득할 방법을 알아야 할 거 아닙니까. 그래서 결국 우린 부분적으로 자동사적 글쓰기를, 다시 말해 기법을 배우겠지만, 그건 타동사적 글쓰기를 위해서, 즉 활동을 위해서 배우는 것이다, 이렇게 말할 수 있습니다.

고종석의 문장

재주는 타고난 것인가?

　　　　　　　　　　글쓰기 능력이라는 건, 그러니까 말을 다루는 솜씨라는 건 타고나는 것일까요, 아니면 훈련을 통해 얻을 수 있는 것일까요? 만약에 전적으로 타고나는 것이라면, 여러분이 이 자리에 계실 필요가 없습니다. 배울 수 있는 게 아니니까요. 불행하게도, 제 생각에 모든 뛰어남이라는 건 압도적으로 타고나는 것 같습니다. 그런데 다행스럽게도, 분야에 따라서 타고남의 정도는 큰 차이가 있는 게 확실합니다.

　음악이나 수학 같은 분야는 재능을 타고나지 않으면 일정 수준 이상의 능력을 갖추는 게 불가능합니다. 절대음감을 타고나지 않으면, 아무리 듣고 또 들어봐야 그 소리가 그 소리일 겁니다. 저도 도레미파솔라시도를 구분 못합니다. 그런데 어떤 사람들은 대화를 하면서도 '아, 저건 지금 시네, 파네' 이렇게 알아들을 수 있는 능력이 있지않습니까? 이런 사람들, 이런 타고난 천재라는 게 분명히 있습니다. 수학적 추상능력도 마찬가지입니다. 수학사의 천재들을 보면 대개 열 살 이전부터 그 재능이 드러납니다.

　흔히 가장 위대한 수학자라고 불리는 가우스Carl Friedrich Gauss, 1777~1855의 유명한 예를 들어봅시다. 가우스가 초등학교에 들어가 얼마 뒤, 선생님이 산수 시간에 어린이들에게 1에서 100까지 다 합하면 얼마가 되는지 계산해보라고 했답니다. 선생님은 당연히 시간이 한참 걸릴 줄 알았는데, 가우스란 어린이가 "5,050이요"라고 즉석에서 말해버린 겁니다. 선생님이 얼마나 놀랐겠습니까. 이 아이가 원래 답을 알고 있었나, 하는 의심도 들었을 겁니다. 그래서 선생님은 꼬마 가우스에게 5,050인 줄 어떻게 아느냐고 물었습니다. 가우스가 대답했습니다. "첫 수인 1이랑 마지막 수인 100을 더하면 101이고, 두 번째 수인 2와 마지막에서 두 번째 수인 99를 더해도 101이고, 세 번째 수인 3이랑 마지막에서 세 번째 수인 98을 더해도 101… 그래서 101×50 하니까 5,050입니다."

여러분도 아시는 일화죠?(웃음) 우리가 이 일화를 알고 있으니까 그리 놀랍지 않을지도 모르지만, 꼬마 가우스는 이 수리능력을 어디서 배운 게 아니라 타고난 것입니다. 문제가 제시된 순간, 수학적 추상능력이 곧바로 발동해버린 겁니다.

수학은 결국 천재들의 학문입니다. 그래서 수많은 천재들이 수학의 역사에 아로새겨져 있습니다. 그 가운데 에바리스트 갈루아 Évariste Galois, 1811~1832라는 사람이 있습니다. 프랑스 사람인데 이 사람은 대학시험에 계속 떨어졌습니다. 프랑스에서는 수학자가 되려면 보통 파리이공학교라는, 나폴레옹이 세운 특수학교엘 갑니다. 파리이공학교도, 프랑스말로는 에콜 폴리테크니크라고 하는데, 그랑드제콜 가운데 하나입니다. 갈루아는 이 학교에 두 번 시험을 쳤는데 두 번 다 떨어집니다. 왜 떨어졌냐면, 채점관들이 에바리스트 갈루아의 답안지를 이해하지 못했기 때문입니다. 그래서 항상 수험생들은 시험관보다 덜 똑똑해야 합니다. 수험생들이 시험관보다 똑똑하면 인생 완전히 망가지는 겁니다.(웃음) 이 친구는 그래서 결국 대학엘 못 가고 혼자서 수학 공부를 했습니다. 그러다가 스물두 살엔가 어떤 여자를 사이에 두고 어떤 사내와 결투를 벌였다가 총에 맞아서 죽습니다. 갈루아는 견결한 공화주의적 신념을 지니고 있었습니다. 요즘 한국말로 하면 운동권이었지요. 그래서 이 결투가 경찰에서 갈루아를 제거하기 위한 공작의 일환으로 이뤄졌다는 주장도 있습니다. 그렇다면 갈루아는 결국 정치에 휩쓸려 죽은 셈입니다.

그런데 이 친구가 결투에 나서기 전날 밤새워 대단한 논문을 씁니다. 수학사의 한 획을 그은 논문입니다. 저는 수학을 잘 모르는데 '군群이론'이라는 게 있다고 합니다. 갈루아가 죽기 전에 쓴 논문이 이 이론의 토대가 됐습니다. 갈루아는 방정식이론에도 아주 큰 기여를 했습니다. 5차 이상의 방정식은 대수적 방법으로 풀 수 없다는 사실을 증명했습니다. 사실 갈루아가 너무 일찍 죽었기 때문에, 그가 쓴 논문전집이라고 해봐야 몇 페이지 되지도 않습니다. 그래도 갈루아는 수학사에서 불멸의 이름이 됐습니다. 음악사도 마찬가지입니다. 모차르트도 일찍 죽었지만, 설령 더 일찍 죽었다고 해도 음악사에서 불멸의 이름이 됐을 것입니다.

특히 수학사를 보면 일찍 죽은 사람들이 적지 않고, 또 오래 살았다고 해도 중요한 업적을 10대, 20대 때 다 끝내버립니다. 나머지 인생은 대충대충 놀며 가르치며 사는 겁니다. 심지어 물리학도 그렇습니다. 아인슈타인 같은 사람도 자신의 중요한 업적을 20대, 30대 때 다 이뤘습니다. 그 이후엔 그저 명성으로 살았습니다. 노벨물리학상을 받은 것(1921년)도 상대성이론으로 받은 게 아닙니다. 한참 전에 발표한(1905년) 광전효과에 관한 논문으로 받은 것입니다. 광전효과라는 건, 금속에 빛을 쪼이면 전자가 튀어나오는 현상을 말합니다. 그전까지 알려진 빛의 이론, 즉 빛의 파동론으로는 이 현상을 설명할 수가 없었습니다. 그래서 아인슈타인은 빛은 파동이면서 입자라는 대담한 가설을 내놨습니다. 그리고 이제 그건 중학생들도 아는 물리학 상식이 됐습니다. 그러니까 아인슈타인이 노벨물리학상을 받은 건 상대성이론이랑 아무 상관도 없습니다. 상대성이론이든 광양자이론이든 아인슈타인이 다 젊어서 세운 이론입니다. 아인슈타인이 중년 이후에 세운 업적이라는 건 거의 없다고 해도 좋을 정도입니다.

물론 예외적인 사람들도 있습니다. 나이 들어서까지 새로운 이론을 세운 수학자들이나 뛰어난 곡을 만든 음악가들이 있긴 합니다. 아까 예로 든 가우스 같은 이가 그랬습니다. 거의 아흔이 다 되도록 살았는데, 일생 동안 슬럼프 없이 업적을 남겼습니다.

글은 재능이 아닌 훈련에 달렸다!

그렇다면 글쓰기의 경우엔 어떨까요? 제가 처음 말씀드렸듯, 모든 뛰어남이라는 것은 본질적으로 타고나는 겁니다. 그렇지만 글쓰기는 수학이나 음악과는 다릅니다. 음악이나 수학은 재능을 타고나지 않으면 아무리 노력해도 다다를 수 없는 한계가 있습니다. 글쓰기는 다릅니다. 물론 글쓰기 능력이라는 것도 저는 어느 정도 타고난다고 생각합니다. 말에 대한 감각, 말을 다룰 줄

아는 능력 같은 게 어느 정도는 타고난다고 생각하는데, 음악이나 수학과 달리 이건 충분한 훈련이나 연습으로 크게 개선할 수 있습니다.

글쓰기 중에서도 시는 음악이나 수학처럼 타고난 재능에 많이 의존한다는 생각이 듭니다. 랭보라는 시인 아실 겁니다. 이 양반은 10대 말부터 20대 초까지 시를 다 쓰고 나머지 인생은 세상을 돌아다니며 산 사람입니다. 그래도 문학사에서 불멸의 이름이 됐습니다. 꼭 랭보가 아니더라도, 시인들의 경우엔 첫 시집이 가장 뛰어난 시집이 되는 사람들이 많습니다. 젊은 시절에 재능이 발휘된 것입니다. 그렇지만 산문은 전혀 그렇지 않습니다. 제 글에 큰 영향을 준 분 가운데 김현이란 분이 계십니다. 지난 세기 90년에 마흔여덟 살 나이로 돌아가신 분입니다. 불문학자고 문학평론가셨는데 이분이 젊었을 때, 20대에 쓴 글을 지금 읽어보면 너무 어설픕니다. 어떻게 김현이 이런 글을 썼을까 싶습니다. 일찍 평론가로 데뷔해서 일찍부터 글을 쓰신 분인데, 데뷔 직후에 쓴 글들을 보면 읽기가 짜증날 정도입니다. 세상에 어떻게 글을 못 써도 이렇게 못 쓸 수가 있을까, 이렇게 쓰려고 해도 어렵겠다 싶은데, 이분의 만년 글들을 보면 정말 좋습니다. 한국어 산문의 한 정점에 있다 싶을 정도입니다. 김현 선생이 마지막으로 낸 책이 《말들의 풍경》이라는 평론집입니다. 이 책에 실린 글들을 김현 선생 초기 글들과 비교해보면, 과연 같은 사람이 쓴 글이 맞나 싶을 정도입니다. 한 20년 세월이 흘렀다지만, 도저히 상상할 수 없을 만큼 다릅니다.

이건 김현 선생님 경우만이 아니라 많은 분들이 그런 것 같습니다. 20대에 어설픈 글들을 쓴 이들이 훈련을 통해서나 경험을 통해서 완전히 다른 글들을 쓸 수 있는 것 같다는 뜻입니다. 수학자들이나 음악가들이 어렸을 때 또는 젊었을 때보다 더 뛰어난 이론을 만들었다거나 더 뛰어난 작품을 만들었다거나 하는 일은 굉장히 드뭅니다. 그런데 대부분의 글 쓰는 사람들은 나이가 들면서 점점 더 글이 나아집니다. 특히 산문가들의 경우에 그렇습니다. 소설이나 에세이를 쓰는 사람들의 경우 말입니다. 그렇다는 건 글쓰기가 재능에 달린 게 아니라 많은 부분이, 압도적 부분이 훈련에 달려 있다는 걸 뜻하는 것입니다. 재능도 필요하지만, 노력이 훨씬 더 필요하다는 말입니다. 그러니까 여러분들이 지금 여기에 있는 것입니다. 음악이나 수학을 배우려면, 굳이 여기 있을 필요가 없겠지요? 그건 일정 정도 이상은 배울 수가 없는 거니까요. 제가 설령 수학의 천재라고 하더라도 여러분들한테 줄 수 있는 건 거의 아무것도 없습니다. 그렇지만 글쓰기는 다릅니다. 그래서 지금부터 글쓰기 연습을 하는 겁니다.

제 경험 얘기를 하자면, 전 초등학교 때부터 글 잘 써서 상을 타본 적이 한 번도 없습니다. 다른 상도 마찬가지지만요. 초등학교 때 글짓기 시간도 있고 글짓기대회도 많이 하잖아요? 제 글이 교실 뒤에 걸려 있었던 적은 한 번도 없었습니다. 글쓰기 능력을 타고나지 못한 겁니다. 그래서 글쓰기를 싫어했습니다. 성장기 내내 그랬고, 대학 들어가서도 마찬가지였습니다. 리포트 내는 게 정말 끔찍했습니다. 그러다가 신문기자가 됐는데 처음 들어간 신문사가 우연히 영자 신문이었습니다. 그래서 영어로 글쓰기를 시작했고, 5년 정도 있다가 한국어 신문으로 와서 한국어로 글을 쓰기 시작했습니다. 그런데 대학 졸업할 때까지 글 쓰는 데 너무 무능했다고 생각했던 사람이, 막상 직업적 글쟁이가 돼 거의 매일 글을 쓰다 보니, 글이 점점 나아지고 글쓰기가 그렇게 어렵시 않았습니다. 저 자신도 놀랄 징도였습니다. 그 말은, 글쓰기 능력이라는 건 타고남의 부분이 굉장히 적은 것이다, 압도적으로 노력과 훈련의 결과다, 그런 뜻입니다.

글을 잘 쓰려면
어떻게 해야 하는가?

글을 계속 쓰는 게 중요합니다. 꾸준히 써보는 것. 그렇지만 아무리 좋은 글이라고 하더라도 남의 글을 쓸데없이 필사하거나 하진 마십시오. 제 경험으론 그렇습니다. 저는 필사를 한 번도 해본 적이 없습니다. 흔히 좋다는 글을 많이 베끼고 그러잖습니까? 저는 그게 글쓰기에 별로 도움이 안 된다고 생각합니다. 아니, 해본 적이 없으니까 모르겠습니다. 혹시 도움이 될지는 모르겠는데, 그것보다는 그 시간에 자기 글을 쓰고, 무엇보다도 좋은 글을 많이 읽는 게 중요하다고 생각합니다. 잘 쓰기 위해서는 열심히 읽어야 합니다. 그런데 아무 글이나 막 읽지는 마세요. 아무 글이나 막 읽으면 글이 외려 나빠집니다. 정말 잘 쓰인 글을 많이, 되풀이 읽는 게 중요합니다.
제 친구 얘기를 잠깐 하면, 시 쓰는 황인숙이란 친구가 있습니다. 이 친구는 시인이지만 산문도 아주 깔끔하게 잘 씁니다. 그다음에 차병직이라는 친구가 있는데, 차병직 씨는 법률가입니다. 원래 법률가들은 글을 굉장히 못 씁니다. 외국 법률가들은 모르겠고, 어쨌든 과거의 한국 법률가들은 글을 형편없이 썼습니다. 요새 젊은 법률가들은 좀 다르지만요. 법학 책 자체가 워낙 악문의 전시장입니다. 그런 책만 읽다 보면 자기도 악문밖엔 못 쓰게 되는 겁니다. 그런데 차병직 변호사는 전문 문필가 뺨치게 글을 잘 씁니다.

황인숙 시인과 차병직 변호사 이 두 사람의 공통적 특징이 뭐냐 하면, 완전히 독서광입니다. 차병직 씨는 직업적 글쟁이도 아닌데 저보다 글쎄, 한 열 배는 책을 더 읽는 거 같습니다. 저는 그리 열심히 책을 읽지는 않습니다. 책을 읽는 데 대한 강박도 없습니다. 어쨌든 이 사람들의 경우를 보면 글을 잘 쓰기 위해선 글을 읽어야 한다, 좋은 글을 읽어야 한다는 걸 알 수 있습니다.

'선전'과 '선동'

제가 읽은 글 중에서 깊은 인상을 받은 것들은 기다란 책이든 짧은 아티클이든 대개 첫 문장이 인상적이었습니다. 또는 마지막 문장이 인상적이었습니다. 저는 지금 아주 중요한 말을 하고 있습니다. 아무리 인상적인 문장을 써도, 그 문장을 책 한가운데 갖다놓으면 독자들은 그냥 지나쳐버리기 쉽습니다. 첫 문장이 인상적일 때, 사람들은 그 글에, 또는 그 책에 빨려 들어가기 시작합니다. 사람들한테 인상을 주는 것, 그럼으로써 사람들의 생각을 바꾸는 데에는 두 가지 방법이 있습니다. 하나는 '선전'이고 다른 하나는 '선동'입니다.

선전이라는 건 독자의 이성에 호소하는 것입니다. 전후좌우의 사태가 이러이러하니 논리적으로 이거 아니냐, 하는 게 선전입니다. 반면에 선동이라는 건 독자의 감성에 호소하는 것입니다. 논리적으로 하는 게 아니라 그야말로 말을 잘 다룸으로써 하는 것입니다. 달리 말하면 선전은 설득하는 기술이고, 선동은 매혹하는 기술이라고도 할 수 있습니다. 지금 제가 선전, 선동이라고 할 때 이것은 중립적 의미로 쓰는 말입니다. 나쁜 의미로 쓰는 게 아닙니다. 그러니까 사람의 마음을 바꾸는 기법에는 선전과 선동이 있는데 '선전은 독자의 이성에 기댄다, 선동은 독자의 감성에 기댄다'고 할 수 있습니다.

뛰어난 선동문 세 권

제 독서 범위 내에서 역사상 가장 뛰어난 선동문 세 권을 고른다면 토머스 페인의 《상식Common Sense》, 마르크스와 엥겔스의 《공산당선언Communist Manifesto》, 아룬다티 로이의 《9월이여, 오라Complete Essays》입니다.

토머스 페인은 영국에서 태어나 미국으로 건너가서 미국 독립운동에 참가한 사람입니다. 《상식》이라는 책이 없었으면 아마 미국의 독립은 한참 늦어졌을 것입니다. 그 당시 대부분의 아메리카 식민지 사람들은 자치권을 확대하려고 애는 썼지만, 영국으로부터 완전히 독립하겠다는 의지를 지니진 못했습니다. 그래서 영국 왕 조지 3세를 직접 공격하지는 않았습니다. 그건 반역죄니까요. 그런데 토머스 페인은 이 책에서 '조지 3세 저놈 나쁜 놈이다. 우리가 저놈한테 빚진 거 하나도 없다. 우리한테 세금만 뜯어가지 우리한테 주는 건 하나도 없다. 우리끼리 나라를 만들어야 한다'고 아주 대놓고 반란을, 다시 말해 독립을 부추겼습니다. 정확한 워딩이 그렇다는 게 아니라 그런 식으로 썼다는 겁니다.

이 책의 서문 첫 문장은 이렇습니다. "아마도 아래 담겨 있는 의견들은 아직 충분히 보급되어 있지 않기 때문에 일반으로부터 환영받지 못할 것이다." 짐짓 자신이 소수파라는 걸 강조하며 사람들의 호기심을 자극하는 수법입니다. '늬들은 내 말에 동의하지 않을 거야', 이렇게 시작하고 이야기를 끌어나가면, 사람들은 궁금해서 더 읽게 됩니다. 실상《상식》은 순식간에 베스트셀러가 돼버렸습니다. 그런데 페인은 이 책을 익명으로 썼고, 저작권을 식민지 대표자 회의인 대륙회의에 넘긴 터라 인세를 한 푼도 못 받았습니다. 페인이 만약에《상식》의 인세를 받았다면 그 뒤 풍족한 삶을 살았을 겁니다.

페인은 평생을 가난하게 살았습니다. 그리고 꼭 가난해서만이 아니라, 자신의 정치적 열정 때문에 인생을 굉장히 힘들게 살았습니다. 영국 왕한테서야 당연히 탄압받았지만 나중에 조지 워싱턴한테서까지 괄시를 받습니다. 페인은 프랑스대혁명에도 참가합니다. 프랑스대혁명 이후에 공화정이 수립돼 최후의 승자가 된 사람은 로베스피에르인데, 이 사람은 반혁명파라고 생각되는 사람을 가차 없이 처형하는 공포정치를 실시합니다. 그런데 프랑스대혁명을 열렬히 지지하고 거기 참여하던 페인은 로베스피에르의 정적이 되고 맙니다. 왜냐? 로베스피에르가 사람을 하도 죽여대니까 페인이 적당히 좀 하라고 대들었거든요. 그래서 혁명 프랑스의, 프랑스공화국의 감옥에 갇히고 맙니다. 결국 페인은 영국, 미국, 프랑스를 떠돌며 역사의 현장에서 자신의 진보적 신념을 실천했지만, 세 나라 권력자들 모두에게 미움 받고 초라하게 죽습니다.

인상적인 첫 문장과 마지막 문장

마르크스하고 엥겔스가 쓴 《공산당선언》의 서문 첫 문장은 다 아시지요? "하나의 유령이 유럽을 떠돌고 있다. 공산주의라는 유령이." 이렇게 인상적인 말이 없습니다. 하나의 유령이 지금 유럽을 배회하고 있는데 그게 바로 공산주의라는 유령이다, 지금 이 공산주의라는 유령을 잡기 위해서 유럽의 좌우파들, 기득권 세력들 모두가 단합했다. 마르크스와 엥겔스는 이들이 신성동맹을 맺었다고 표현했습니다. 이렇게 구유럽의 모든 열강이 힘을 합쳐 공산주의자들을 탄압하고 있다, 집권당들은 모든 반정부당들을 공산당이라고 몰아붙인다, 그뿐만 아니라 반정부당들끼리도 자기들이 싫은 당에겐 공산주의라는 딱지를 붙인다, 이렇게 시작합니다. 무진장 인상 깊습니다.

물론 지금은 《공산당선언》서문의 이 첫 문장이 신선함을 좀 잃긴 했습니다. 아무리 인상 깊은 표현이라도 자꾸 반복되면 상투어가 되고, 죽은 표현이 됩니다. 지금은 하도 많이들 써서, 예컨대 '하나의 유령이 세계를 떠돌고 있다. 포스트모더니즘이라는 유령이'라든가, '하나의 유령이 세계를 떠돌고 있다. 신자유주의라는 유령이', 이런 식으로 원래의 공산주의라는 말만 다른 말로 바꿔서 자주 쓰다 보니까, 이 표현 자체는 낡아버렸습니다. 그렇지만 1848년 2월에 이 팸플릿이 처음 나왔을 때 서문의 첫 문장, "하나의 유령이 유럽을 떠돌고 있다. 공산주의라는 유령이"를 읽은 사람이면 책을 놓을 수가 없었을 것입니다.

　더구나 《공산당선언》 본문의 첫 문장은 뭐냐? 정말 아주 노골적입니다. "이제까지의 모든 사회의 역사는 계급투쟁의 역사다." 아예 딱 까버리는 겁니다. 그냥 단정해버리는 겁니다. 충격적 선언입니다. 물론 이것도 서문의 첫 문장처럼 지금은 신선함을 많이 잃었습니다. '지금까지의 모든 역사는 남녀투쟁의 역사였다' '지금까지의 모든 역사는 재산권분할의 역사였다' 이런 식으로 패러디가 되풀이되면서 지금은 좀 낡았다는 느낌이 듭니다. 그러나 이런 패러디를 모른 채 《공산당선언》 본문의 첫 문장을 읽는 독자는 머리가 아찔해질 것입니다.

　《공산당선언》의 마지막 문장은 뭐죠? 다들 아시리라고 생각합니다. "만국의 노동자들이여, 단결하라!" 명령문에다가 느낌표를 딱 박아버렸습니다. 그 앞 패러그래프는 이렇습니다. "공산주의자는 자신의 견해와 의도를 숨기는 것을 경멸한다. 공산주의자는, 종래의 사회질서 전체를 강력한 힘에 의해 전복하지 않고는 그들의 목적이 달성되지 않는다는 것을 공공연히 언명한다. 지배계급으로 하여금 공산주의 혁명 앞에 전율케 하라! 프롤레타리아가 이 혁명으로 잃을 것은 쇠사슬뿐이고 얻을 것은 전 세계다." 숨이 확 막히지 않습니까?

물론 선언의 이 마지막 문장도 '만국의 백수들이여 단결하라' '만국의 애연가들이여 단결하라' '만국의 주정뱅이들이여 단결하라' 이런 식으로 장난스럽게 패러니가 계속되다 보니 처음 이 문장을 대했던 사람이 받았을 충격을 그대로 유지하진 못하고 있습니다. 그건 모든 언어표현의 운명입니다. 반복되면 낡아서 상투어가 되는 것입니다.

《공산당선언》은 마르크스와 엥겔스의 저서들 가운데 가장 읽기 쉬울 겁니다. 두 사람은 이 팸플릿의 성격에 맞춰 이 책에 선동과 선전을 적절히 배합했습니다. 첫 부분과 마지막 부분은 전형적인 선동이고, 본문은 당대의 유럽 사정을 해부하면서 설득하는 선전이 주류를 이룹니다. 아무튼 지금 유럽에는 공산주의라는 유령이 배회하고 있어, 지금까지의 모든 역사는 계급투쟁의 역사였어, 이렇게 시작해서, 노동자들이 공산주의 혁명으로 잃을 건 쇠사슬뿐이고 얻을 것은 전 세계야, 그러니까 단결해!, 이렇게 마무리하는 팸플릿의 유혹에 저항하기는 힘듭니다. 그래서 《공산당선언》은 마르크스와 엥겔스의 저서들 가운데 가장 널리 읽혔고, 가장 커다란 영향력을 행사했습니다.

아룬다티 로이라는 이름은 혹시 여러분들 가운데 모르는 분도 계실지 모르겠습니다. 생존 인물이, 더구나 저보다 나이가 아래인 사람이 드디어 나왔습니다. 아룬다티 로이는 인도 작가고 여자입니다. 소설은 《작은 것들의 신 The God of Small Things》 한 권밖에 안 썼는데, 이 소설로 영국의 부커상이라는 걸 받아서 단숨에 세계적 명사가 됐고, 베스트셀러 작가가 됐습니다. 그렇지만 아룬다티 로이는 이제 소설가로서보다 위대한 선전선동가로 더 유명합니다. 《9월이여, 오라》(박혜영 옮김, 녹색평

론사, 2004)라는 책이 있습니다. 《작은 것들의 신》과 마찬가지로 한국어로 번역돼 있습니다. 《9월이여, 오라》는 아룬다티 로이가 쓴 산문과 연설문을 모아놓은 책인데, 그중에 〈9월이여, 오라〉라는 연설문이 담겨 있습니다. 9월 11일 하면 무슨 생각이 듭니까? 모든 사람에게 대뜸 떠오르는 건 2001년 뉴욕 쌍둥이 빌딩과 국방부 건물에, 펜타곤이라고 하지요, 가해진 테러, 그러니까 9·11테러일 것입니다. 연설에서 아룬다티 로이는 그 9·11테러를 얘기합니다. 그러면서 또다른 9월 11일들을 거기에 포갭니다. 1973년 9월 11일은 미국중앙정보국^{CIA}의 지원을 받은 칠레 군부가 쿠데타를 일으켜 살바도르 아옌데 정부를 전복시킨 날입니다. 아옌데 정부는 민주적으로 선출된 사회주의 정권이었습니다. 당시 칠레 육군 총사령관이었던 아우구스토 피노체트가 쿠데타를 일으킨 건 9월 9일인데 아옌데 정부는 사흘을 더 버팁니다. 살바도르 아옌데는 1961년 5·16쿠데타 때의 장면 총리처럼 도망가질 않았습니다. 장면은 박정희가 쿠데타를 일으키니까 수녀원에 숨어버렸어요, 미군 부대에 숨은 것도 아니고요. 케네디가 "도대체 장면 어디 갔어? 사태를 수습해야 하는데 어디 갔어?" 이러다가 결국 사태를 수습하지 못했습니다. 도망 안 갔으면 수습됐을 겁니다. 미국이 박정희 쿠데타군을 진압했겠지요. 그런데 칠레의 쿠데타는 아예 미국에서 지원한 것입니다. 그걸 막기란 어려웠을 겁니다. 기관단총을 들고 쿠데타군에 맞서던 살바도르 아옌데가 총 맞아 죽은 날이 9월 11일입니다. 자살했다는 말도 있지만 아무튼 9월 11일에 칠레의 민주주의는 미국에 의해 종언을 맞고 기나긴 군사독재정권이 시작됩니다. 또 1922년 9월 11일에는 영국 정부가 아랍인들의 격렬한 반대를 무시하고 팔레스타인에 대한 신탁통치를 선포합니다. 그것은 결국 제2차 세계대전 이후 이스라엘이라는 국가의 수립과 팔레스타인 사람들의 수난으로 이어집니다. 아룬다티 로이는 이 세 개의 9월 11일을 포개놓으면서 서방의 위선, 특히 미국의 위선을 지적합니다. 늬들이 한 짓은 다 잊어버리고 늬들이 당한 일만 이야기하느냐는, 그런 투의 연설을 합니다. 그러면서 아들 조지 부시 정권의 이라크 침공과 소위 '테러에 맞선 전쟁'을 격렬히 비판합니다. 팔레스타인 사람들을 학살하는 이스라엘에 대한 미국의 지원역시 비판의 대상이 됩니다.

이 연설의 마지막 부분을, 좀 길지만, 인용해보겠습니다.

이제 때가 되었습니다. 아마도 사태는 더 나빠졌다가 조금씩 나아질지 모릅니다. 아마도 하늘에 작은 신이 있어서 우리에게 올 준비를 하고 있는지 모릅니다. 지금과 다른 세계는 가능할 뿐 아니라, 이미 오고 있습니다. 아마도 우리들 중 많은 사람은 이 여신을 맞이하기 위해 여기에 오지는 않을 것입니다. 그러나 어느 고요한 날, 주의 깊이 귀 기울이면 나는 그녀의 숨소리를 들을 수 있습니다. 감사합니다.

청중석에서 박수가 터져 나옵니다. 그러자 아룬다티 로이는 자신의 연설을 이렇게 마무리합니다.

여러분에게 말씀드리고 싶은 게 있습니다. 저는 미국에 오는 게 굉장히 두

려웠습니다. 신문을 보고 텔레비전을 보면, 마치 미국에서는 모든 사람이 조지 부시의 복제인 것처럼 생각되었습니다.

이 말을 하며 아룬다티 로이는 잠깐 웃었습니다. 그리고 이렇게 덧붙였습니다.

저는 미국에 온 것을 기쁘게 생각합니다. 왜냐하면 여러분을 여기서 뵙고, 토마토가 제게 날아오지 않는 것을 보고, 다시 한 번 인간에 대한 저의 믿음이 확인되었기 때문입니다. 감사합니다.

어떻습니까? 당연히 청중석에선 다시 한 번 우렁찬 박수소리가 날아들었습니다. 이건 글이 아니라 연설이긴 하지만, 결국 둘 다 마찬가지입니다. 제가 말씀드리고 싶은 건, 첫 문장과 마지막 문장이 중요하다는 것입니다.

선동가 마르크스에 대해

마르크스 이야기를 좀더 해보겠습니다. 마르크스의 직업이 무엇이었나요? 물론 혁명가입니다. 학자로서의 직업은 경제학자고 철학자고 사회학자입니다. 그렇지만 당대 역사를 다루는 책을 쓰기도 했으니 역사학자라고도 불러줄 수 있습니다. 마르크스가 쓴 역사서 중에서 가장 유명한 게 《프랑스 혁명사

3부작》(임지현·이종훈 옮김, 소나무, 1993)일 겁니다. 이때의 프랑스 혁명은 1789년의 대혁명이 아닙니다. 마르크스는 이 책에서 1848년 2월혁명부터 1871년 파리코뮌까지를 다룹니다.

1789년 대혁명 이후 19세기 내내 프랑스가 격동기가 아니었던 적이 없듯이, 1848년부터 1871년까지도 그렇습니다. 1848년은 2월혁명으로 프랑스 제2공화국이 수립된 해고, 1871년은 보불전쟁의 패배 뒤 제3공화국이 수립된 해입니다. 프랑스대혁명으로 수립된 제1공화국을 뒤집어엎고 제1제정을 수립한 사람이 유명한 정복자 나폴레옹 보나파르트입니다. 이 사람 조카 중에 루이 보나파르트라는 사람이 있었는데, 이루이 보나파르트가 1848년 2월혁명 뒤 수립된 프랑스 제2공화국 때 직선으로 대통령으로 뽑힙니다. 그런데 1851년 쿠데타를 일으켜서 황제가 돼버립니다. 이때가 프랑스 제2제정입니다. 그러니까 나폴레옹 보나파르트 때가 제1제정, 루이 보나파르트 때가 제2제정, 이때부터 루이를 나폴레옹 3세라고 부릅니다. 황제가 된 뒤 나폴레옹 1세로 불린 나폴레옹 보나파르트의 아들이라면 나폴레옹 2세라고 했을 텐데, 조카니까 2세라고 자칭하지 못하고 3세라고 자칭합니다. 나폴레옹 1세의 아들이 집권한 적은 없지만, 그 아들을 2세로 본 것입니다. 아무튼 프랑스의 제1제정과 제2제정에는 황제가 한 명씩밖에 없습니다.

마르크스가 쓴 《프랑스 혁명사 3부작》은 첫 번째가 〈프랑스에서의 계급투쟁〉, 두 번째가 〈루이 보나파르트의 브뤼메르 18일〉, 세 번째가 〈프랑스 내전〉입니다.

〈프랑스에서의 계급투쟁〉은 1848년 2월혁명 직후 상황을 얘기하고 있고, 〈루이 보나파르트의 브뤼메르 18일〉은 루이 보나파르트가 어떻게 쿠데타를 일으켰고 획득한 권력을 잃지 않기 위해서 어떤 정치적 선택들을 하게 되는지를 상세하게 분석하고 있습니다. 〈프랑스 내전〉은 파리코뮌을 다룹니다. 파리코뮌은 프랑스와 프로이센의 전쟁 중 프랑스의 패색이 짙어진 1871년 3월에 파리 시민들의 봉기로 수립돼 그해 5월에 정부군, 다시 말해 베르사유군에 의해 붕괴된 공산주의 정권입니다. 세계 최초의 공산주의 정권입니다. 이 파리코뮌에 대해 쓴 게 〈프랑스 내전〉입니다.

'브뤼메르'라는 말 처음 들어보시나요? 프랑스대혁명(1789년)이 일어난 다음에 대혁명 지도자들은 신분제 폐지를 비롯한 혁명적 조처를 여럿 취했는데, 그 가운데 하나가 미터법입니다. 1792년에 만들었습니다. 지금은 영어권 세계를 빼고 전 세계로 퍼졌지요. 혁명 주체들은 프랑스어에서 존칭도 폐지했습니다. 존댓말을 쓰면 단두대에 끌려갈 수도 있었습니다. 한국어처럼 복잡한 경어체계는 아니지만 프랑스에도 존칭 표현이 있습니다. 가까운 사람이 아니면 여자에게는 마담이라는 존칭을, 남자에게는 무슈라는 존칭을 씁니다. 그런데 혁명 주체들은 이 말을 폐지했습니다. 상대가 남자일 경우 무슈 대신에 무조건 시투아앵^{citoyen}이라 부르게 했습니다. citoyen은 영어의 citizen이란 뜻입니다. 시민입니다. 그리고 여성형이 시투아앤^{citoyenne}입니다. 그러니까 프랑스라는 정치공동체의 구성원끼리는 서로를 '시민'이라고 부르라고 강요한 겁니다. 이건 비유컨대 러시아혁명 뒤에 '동무'라는 말이 강요된 것과 비슷합니다. 그런데 이 말을 안 쓰고 마담, 무슈라는 말을 썼다가 단두대에서 목 잘린 사람이 많았습니다. 자기가 모시던 분을 하루아침에 갑자기 citoyen이라고 부르기가 쉽겠습니까?

파리에 르 프로코프Le Procope라는 카페가 있습니다. 프랑스에서 가장 오래된 카페입니다. 프랑스대혁명 당시에 이 카페에 로베스피에르나 당통 같은 사람들이 드나들면서 모의도 하고 잡담도 했다고 합니다. 이 카페 화장실에 가보면 남자용 화장실 문에는 '신사'라고 쓰여 있는 게 아니라 citoyen이라고 쓰여 있고, 여자용 화장실 문에는 '숙녀'라고 쓰여 있는 게 아니라 citoyenne이라고 써 있습니다. 혁명의 주역들이 드나들던 곳이라는 걸 내세워 장사에 이용하는 것입니다.

혁명 주체들은 공화력이라는 새 달력도 만들었습니다. 프랑스도 그 전까지는 다른 나라처럼 그레고리우스력을 쓰고 있었는데 완전히 새로운 달력을 만듭니다. 1792년 9월 22일이 추분이었습니다. 이날 공화정을 선포합니다. 그러니까 9월 22일이 프랑스 공화국의 생일입니다. 낮과 밤의 평등이 이루어지는 날, 전 프랑스 국민의 평등도 이루어졌다고 선언한 것입니다. 낮과 밤의 평등이라는 건 낮밤의 길이가 똑같다는 뜻이고, 바로 이날이 프랑스 사람들이 평등을 이룬 날이라며 공화력, 공화국 달력이란 걸 만들었습니다.

달마다 그 달에 해당하는 어떤 자연풍경이나 기후를 이름으로 주었는데 안개의 달, 추위의 달, 더위의 달, 이런 식입니다. 영화화되기도 한 에밀 졸라의 소설 〈제르미날〉이라는 작품이 있지요? '제르미날'도 공화력의 달 이름 가운데 하나입니다. '싹이 트는 달'이라는 뜻입니다. 브뤼메르는 어원적으로 안개의 달이라는 뜻입니다. 무월霧月이라고도 하는데 '브뤼메르 18일'은 1799년 11월 9일, 즉 브뤼메르 18일에 나폴레옹 보나파르트가 쿠데타를 일으켜 총재정부를 뒤집어엎어버린 날입니다. 나폴레옹 보나파르트는 통령정부라는 걸 만들어서 자기가 세 명의 통령 중에 하나가 됐다가 곧 제1통령이 됩니다. 그리고 나중엔 공화정을 뒤엎고 황제가 됩니다. 그러니까 브뤼메르 18일은 나폴레옹 보나파르트가 쿠데타를 일으킨 날입니다.

그런데 마르크스가 쓴 책은 '나폴레옹 보나파르트의 브뤼메르 18일'이 아니라 '루이 보나파르트의 브뤼메르 18일'입니다. 그러면 이게 무슨 얘기겠습니까? 삼촌이 쿠데타를 일으켰듯이 '이놈도 똑같은 곳에서 쿠데타를 일으켜서 똑같이 또 해먹는구나!', 그런 뜻으로 제목을 '루이 보나파르트의 브뤼메르 18일'이라고 지은 것입니다.

이 책의 첫 문단이 많이 인용됩니다. 이렇게 시작합니다.

헤겔은 어디에선가 세계사적으로 매우 중요한 사건이나 인물들은, 말하자면, 두 번 나타난다고 썼다. 그러나 그는 이렇게 덧붙이는 것을 잊었다. 첫 번째는 비극으로, 두 번째는 소극으로.

굉장히 유명한 문단입니다. 지금은 닳고 닳은 표현이 됐습니다만. 이 문단 다음에 마르크스는 프랑스대혁명 때와 루이 보나파르트가 쿠데타를 일으키기 전 상황, 그러니까 제1공화국과 제2공화국의 중요한 주체들을 대응시킵니다.

당통 대신에 코시디에르가, 로베스피에르 대신에 루이 블랑이, 1793~1795년 산악당山嶽黨 대신에 1848~1851년 산악당이, 삼촌 대신에 조카가 나타난다.

여기서 삼촌이란 물론 나폴레옹 보나파르트 즉 나폴레옹 1세고, 조카란 루이 보나파르트 즉 나폴레옹 3세입니다. 그리고 이렇게 덧붙입니다.

그리고 브뤼메르 18일의 재판이 나온 정세에서도 똑같은 희화를 볼 수 있다.

여기서 재판이라는 건 책을 찍을 때 초판, 재판, 3판 할 때의 그 재판입니다. 그리고 희화란 캐리커처를 말합니다. 초판, 즉 나폴레옹 보나파르트의 쿠데타와 똑같지는 않지만, 루이 보나파르트의 쿠데타는 그 재판에 불과하다는 것입니다. 그게 참 희화적이라고 비꼬는 겁니다. 그러니까 마르크스는 단지 뛰어난 학자였을 뿐만 아니라, 타고난 문장가고 뛰어난 선동가였습니다. 저런 문단들을 책 앞에 딱 배치해놓으면, 이어지는 내용을 안 읽을 재간이 없습니다.

〈프랑스 내전〉의 마지막 문장도 절절합니다. 프랑스 내전, 즉 파리코뮌 때 베르사유군은 정부군이고, 파리군은 시민군입니다. 그런데 시민군이 패해서 엄청나게 학살을 당합니다. 당시에 실제로 총을 들고 정부군과 싸웠던 사람들이 아무런 재판 없이 즉결 처분당했을 뿐만 아니라, 파리코뮌이 진압된 이후에 이 도시의 노동계급 3분의 1 정도가 살해당해서 파리 인구가 확 줄어버립니다. 정부군이 그 정도로 대학살을 벌인 것입니다.

마르크스는 이 책을, 사실은 연설입니다. 이 책을 이렇게 마무리합니다.

노동자들의 파리는 그 코뮌과 더불어 새로운 사회의 영광된 선구자로서 영원히 찬양될 것입니다. 그 순교자들은 노동계급의 위대한 마음에 고이 간직될 것입니다. 역사는 이미, 코뮌을 절멸시킨 자들의 목에 씌운 영원한 형구에 못질을 해버렸습니다. 이자들, 성직자의 어떤 기도로도 이자들을 그 형구에서 구해낼 수 없을 것입니다.

지금 생각해보면 마르크스의 예상이 옳았다고는 할 수 없습니다. 그런데 그 당시 사람들이 이 글을 읽었다고 생각해보십시오. 또는 이 연설을 들었다고 생각해보십시오. 가슴이 쿵쿵 뛰었을 것입니다. 마르크스에겐 그런 재능이 있었습니다. 학자나 저널리스트로서의 재능만이 아니라 선동가로서의 재능, 팸플릿 작가로서의 재능이 있었습니다.

〈러브 스토리〉와
〈이방인〉의
첫 문장과 마지막 문장

첫 문장, 마지막 문장이 중요하다

고 말씀드렸는데, 이건 꼭 선전선동문에서만이 아닙니다. 제가 좋아하는 문장이 있습니다. 몇 년 전에 돌아가신 분의 문장인데, 에릭 시걸이라는 작가입니다. 대중소설가이면서 고전문학자인데 〈러브 스토리〉라는 소설이 가장 유명할 겁니다. 이 양반의 첫 소설입니다. 에릭 시걸은 원래 예일대학교에서 고전문학을 가르친 분이었습니다. 옛날 로마문학, 라틴어로 쓰인 중세문학 등 고전문학을 가르쳤는데, 소설이 세계적인 베스트셀러가 돼서 학자로서보다는 대중소설가로 훨씬 더 유명해졌습니다. 다작의 소설가는 아니었습니다. 열 편 안팎을 쓴 거 같은데, 저는 시걸의 대중소설을 좋아해서 죄다 읽었습니다. 〈러브 스토리〉는 영화로도 만들어졌는데, 라이언 오닐과 알리 맥그로가 주연을 맡았습니다.

하버드대 학생인 남자주인공과 하버드와 자매학교인 래드클리프여대 학생이 서로 눈이 맞아 사랑을 하고 결혼을 합니다. 남자주인공이 올리버 배릿인데 재벌 아들입니다. 엄청난 부자입니다. 하버드대학 안에 이 사람 이름으로 된 건물이 들어서 있는 걸로 서술됩니다. 사실은 아니겠지만, 소설이니까. 여자주인공 제니퍼 카발레리는 이탈리아 이민자의 딸입니다. 아버지가 빵가게를 합니다. 카발레리는 이탈리아계 가난뱅이고 올리버는 앵글로색슨계의 부잣집 도련님입니다. 계급적으로는 이루어질 수 없는, 적어도 이루어지기 힘든 사랑입니다. 그런데 둘이 결혼을 하고 무지무지 사랑하는데, 멜로드라마에서 흔히 그러듯 여자가 일찍 죽습니다. 스물다섯 살에 죽습니다. 무슨 병으로 죽겠어요? 뻔하지요! 백혈병으로 죽어요.(웃음) 백혈병이 한때는 멜로드라마를 마무리하는 제일 유명한 병이었습니다. 멋있게 사랑을 종말 짓는 병이었지요.

〈러브 스토리〉의 첫 문장이 어떻게 됩니까?

What can you say about a twenty-five-year-old girl who died?

That she was beautiful. And brilliant.

That she loved Mozart and Bach. And the Beatles. And me.

스물다섯 살에 죽은 여자에 대해 무슨 말을 할 수 있을까? 그녀가 예뻤다고. 그리고 총명했다고. 그녀가 모차르트와 바흐를 사랑했다고. 그리고 비틀즈를 사랑했다고. 그리고 나를 사랑했다고.

대중소설이긴 하지만 도입부가 아주 세련됐다고 생각합니다. '스물다섯 살에 왜 여자가 죽었을까? 도대체 무슨 사연이 있을까?' 첫 문장에서부터 벌써 뭔가가 오지 않습니까. '내가 가르쳐줄게. 아름답기만 한 게 아니라 똑똑하기까지 했다니까. 그녀는 바흐랑 모차르트를 사랑했어. 그리고 비틀즈를 사랑했지.' 바흐랑 모차르트는 클래식 음악의 상징 같은 사람입니다. 여기다 비틀즈를 병치시키는 겁니다. 물론 비틀즈는 대중음악가들이긴 하지만, 클래식한 느낌을 주는 대중음악가들입니다.

피에르 부르디외^{Pierre Bourdieu}라는 사회학자가 있습니다. 지금은 돌아가셨지만요. 이 양반이, 어떤 사람의 계급을 결정적으로 드러내는 취향은 문학도 아니고 뭣도 아니고 음악이라고 했습니다. 저 사람이 어떤 장르의 음악을 좋아하는지 알면 그 사람 계급을 알 수 있다고 했습니다. 한국엔 해당이 안 될지 몰라도 유럽에서는 그렇다는 겁니다. 한국에서야 재벌 아들도 트로트를 좋아힐 수 있습니다.

그런데 제니퍼 카발레리는 바흐와 모차르트를 좋아했습니다. '이태리 이민자인 빵가게 주인의 딸이었다 하더라도 이 사람은 그게 아니야, 바흐랑 모차르트를 좋아했어, 대중음악도 비틀즈처럼 세련된 음악을 좋아했다고, 정말 대단하지 않아? 그 사람들의 작품만 사랑한 게 아니라 나도 사랑했어.'

이렇게 하고는 '언젠가 좋아하는 순서를 그녀에게 물어봤어. 그녀는 알파벳순이라고 대답했어. 나는 알파벳순이라는 게 퍼스트 네임이 기준인지 라스트 네임이 기준인지 궁금해졌어', 이러면서 자신이 그 여자에게 몇 번째인지 따져보는 겁니다. 이렇게 소설이 이어집니다. 왠지 구미가 당기지 않아요?

카뮈가 쓴 〈이방인〉이라는 소설은 첫 문장이 이렇습니다.

　　　오늘 엄마가 죽었다.

아주 간결한데, 저는 이 첫 문장에 반해서 〈이방인〉을 읽었습니다. 꼭 길게 늘어놓을 필요도 없습니다. 인상 깊은 글을 쓰고 싶다면, 다른 사람에게 인상을 주고 싶다면 첫 문장이나 마지막 문장에 신경을 써야 합니다. 보석 같은 문장을 중간에 넣어놓으면 별 소용이 없습니다. 〈러브 스토리〉 얘기를 한 번 더 합시다.

Love means not ever having to say you're sorry.

사랑은 미안하다는 말을 하지 않는 거예요.

〈러브 스토리〉에 이 문장이 두 번 나옵니다. 한 번은 중간에 나옵니다. 저게 중간에만 나왔으면 그리 기억이 안 됐을 겁니다. 이 문장 자체는 폼 나는 말이지만요. '사랑하는 사람들끼리는 미안하다고 말하지 않아도 돼.'

올리버 배릿은 아버지랑 사이가 굉장히 나쁩니다. 아버지도 자식이 가난한 집 딸과 결혼하는 데 반대합니다. 그래서 결혼식에 아버지를 부르지도 않습니다. 제니퍼 카발레리는 부자를 화해시키려고 시아버지에게 계속 전화를 합니다. 그 광경을 목격한 올리버 배릿이 전화기를 내던지면서 화를 냅니다. 그러니까 제니퍼가 울면서 집을 나가버립니다. 겁이 덜컥 난 올리버가 제니퍼를 찾아 보스턴의 밤거리를 헤맵니다. 그러다가 어느 건물 계단 위에 앉아 있는 제니퍼를 몇 시간 뒤에 찾습니다. 그때 올리버가 제니퍼한테 "I'm sorry"라고 말합니다. 그러니까 제니퍼가 "Love means not ever having to say you're sorry"라고 합니다.

그런데 제니퍼가 죽은 다음, 올리버의 아버지가 그 소식을 듣고 올리버를 찾아옵니다. 부자끼리 절연하고 살다가 자식이 상처를 하자 자식을 찾아온 것이지요. 찾아서 자기 아들한테 "I'm sorry"라고 말합니다. 아들이 언젠가 자기 아내한테 했던 말을 그대로 하는 겁니다. 아들은 아내에게 들었던 말을 아버지에게 그대로 들려줍니다. "Love means not ever having to say you're sorry" 이게 마지막 문장은 아니지만, 거의 마지막 문장입니다. 그 뒤에 서너 문장이 더 나옵니다. "나는 아버지 앞에서라면 결코 하지 않았을 일을 저질렀다." 그다음에 마지막 문장 "나는 울었다[I cried]"가 나옵니다. 이 마지막 문장, 〈이방인〉의 첫 문장 "오늘 엄마가 죽었다"만큼이나 인상적이지 않습니까? 이렇게 되면 밀리언셀러가 되는 겁니다.(웃음)

〈자기 앞의 생〉의 마지막 문장

혹시 에밀 아자르의 〈자기 앞의 생〉이라는 소설 읽어보셨나요? 〈자기 앞의 생〉은 여생이란 뜻입니다. 남아 있는 생, 나머지 생에 관한 얘기입니다.

세계에서 가장 영예롭게 여겨지는 문학상은 아마 노벨문학상일 겁니다. 프랑스에서 가장 영예로운 문학상은 공쿠르상입니다. 이 상을 받으면 그 책은 베스트셀러가 됩니다. 그리고 작가는 일류 대접을 받습니다. 그리고 이 상은 기성작가한테만 주는 상이 아닙니다. 기성작가든 초짜든 상관없이 심사위원이 봐서 좋으면 줍니다.

로맹 가리[1914~1980]란 작가가 있었어요. 러시아에서인지 리투아니아에서인지 무명 연극배우의 사생아로 태어나서, 어머니를 따라 유럽을 가로질러 프랑스 니스에 정착했습니다. 그러니까 그루터기 프랑스인은 아닙니다. 나중에 커서 외교관이 되어 여러 곳을 돌아다니면서 소설을 썼는데, 쓰는 소설마다 많이 팔렸습니다. 그러다가 1956년 장편 〈하늘의 뿌리〉로 공쿠르상을 받았습니다. 성공한 외교관이 일류 작가까지 된 겁니다. 그런데 언제부턴가 평론가들이 로맹 가리가 한물갔다고 씹어대기 시작하는 것입니다. 소설만 발표하면 '하나도 안 변했다'고 비난을 하는 겁니다. 근데 어느 해, 에밀 아자르라는 사람이 쓴 〈자기 앞의 생〉이 공쿠르상을 받습니다. 그리고 평론가들은 이 뛰어난 신예 작가를 한물간 작가 로맹 가리와 비교하며 로맹 가리를 조롱하곤 했습니다.

그런데 에밀 아자르가 상은 받았는데 도대체 모습을 드러내지 않는 겁니다. 에밀 아자르는 이후로도 소설을 몇 편 발표했습니다. 그때마다 격찬을 받았습니다. 로맹 가리도 그 이후 소설을 몇 편 발표했습니다. 그때마다 평론가들의 혹평을 받았습니다. 한참 이후, '에밀 아자르가 로맹 가리의 조카다'라는 소문이 돌기 시작했습니다. '문체가 좀 비슷하지 않나?' 하는 소리도 나돌았고요. 평론가들은 '삼촌이 조카가 자기 문체를 흉내 내는 걸 양해해줬나 보다. 어쨌든 로맹 가리는 갔어. 에밀 아자르가 제일이야. 조카가 삼촌보다 훨씬 낫군' 했습니다. 그러다가 로맹 가리가 자살을 해요, 자기 입안에 권총을 쏩니다. 그로부터 1년 뒤에 발표된 로맹 가리의 유고 〈에밀 아자르의 삶과 죽음〉을 통해 로맹 가리와 에밀 아자르가 동일인이었다는 사실이 밝혀집니다. 이 책에서 로맹 가리는 썩어빠진 평론가들을 신랄하게 비판합니다. 엄청난 스캔들이었습니다. 같은 사람일 거라는 생각을 해본 사람이 거의 없었으니까요.

〈자기 앞의 생〉은 배경이 파리입니다. 벨빌이라는 동네. 가난한 동네고 외국인들이 많이 삽니다. 특히 중국인들이 많이 삽니다. 아랍인들과 유대인들도 살고요. 이곳에서 어떤 유대인 창녀와 아랍인 꼬마가 사랑을 합니다. 로자라는 창녀와 모모라는 꼬마입니다. 여기서 사랑이라는 건 연애가 아닙니다. 나이 자이가 워낙 나거든요. 유대인 창녀 로자는 자기 동료 창녀들이 낙태할 시기를 잃어 낳게 된 아이들을 맡아서 키우는 걸로 먹고 삽니다. 물론 아이엄마한테 돈을 받습니다. 그렇게 해서 온 애 하나가 이름이 모모라는 아랍인 꼬마입니다.

소설은 모모의 1인칭 기술인데, 한국어로 만들어진 유명한 노래가 하나 있습니다. 〈모모〉라는 겁니다. "모모는 철부지, 모모는 무지개, 모모는 생을 쫓아가는 시곗바늘이다. 모모는…" 처음들 들어보시나요? 소설의 대사와 지문을 가사로 옮긴 것입니다. 그런데 이 노래 정말 몰라요? 정말? 제가 요새 계급의 벽이란 건 아무것도 아니다, 성별의 벽이란 것도 아무것도 아니다, 진짜 무서운 건 세대의 벽이다, 생각합니다. 일단 무슨 얘기를 해도 말이 안 통합니다.(웃음)

〈자기 앞의 생〉은 한국에서도 굉장히 많이 팔렸습니다. 그러니까 이 노래도 만들어졌겠지요. 근데 모모의 어머니는 얼마 뒤 소식이 끊겨버립니다. 죽었거나 어떻게 됐겠지요. 그러니까 더이상 돈이 안 옵니다. 로자에게 비즈니스 마인드가 있었다면 모모를 고아원에 보내버렸겠지요. 그런데 이 유대인 창녀는 비즈니스에 약합니다. 모모를 자식처럼 키웠어요. 둘이 갈등도 있고 그래서 싸우기도 합니다. 그러다가 결국 이 유대인 창녀가 먼저 죽습니다. 그런데 모모는 이 여자를 떠나보내기 싫어서 며칠 동안 시신 옆에서 같이 있습니다. 사람들 몰래 단둘이만. 모모한테 로자는 엄마나 다름없었거든요. 그러다가 나중에 사람들한테 발견되면서 소설이 마무리됩니다.

　그런데 이 두 주인공 설정이 아주 상징적입니다. 작가는 리투아니아 출신 또는 러시아라도 해도 좋고 하여간, 러시아 피를 가진 프랑스 사람입니다. 그리고 이 소설의 두 주인공은 유대인과 아랍인입니다. 유대인과 아랍인 사이의 적대감이라는 건 경상도와 전라도 정도가 아닙니다. 이 사람들은 상대방을 보면 거의 자동적으로 분노와 미움과 경멸을 내뿜습니다. 서로를 벌레 보듯 하지요. 그런데 로맹 가리는 유대인 창녀와 아랍인 꼬마를 주인공으로 삼았습니다. 더군다나 어느 나라에서나 그렇듯이 유대인들은 대개 중산층 이상이고 아랍인들은 가난합니다. 외국으로 이민한 아랍인들 말입니다. 그런데 로맹 가리는 가장 천대받는 직업 중 하나인 성매매자라는 직업을 유대인 여성에게 준 겁니다. 그리고 같은 직업을 가진 동료가 낳은 사생아에게 아랍인의 핏줄을 주었고요. 그러니까 주제가 뭐겠습니까? 사랑일 수밖에 없잖아요? 그 사랑은 물론 연애가 아니라 어떤 연대, 상호배려 같은 사랑인데 이 소설의 맨 마지막 문장이, 한국어로 번역하면, "사랑해야 한다", 목적어는 없습니다. 불어로는 "일 포 에메^{Il faut aimer}".

　저는 〈러브 스토리〉의 마지막 문장 "나는 울었다^{I cried}"보다 〈자기 앞의 생〉 마지막 문장 "Il faut aimer"가 더 인상적이었습니다. 유대인 창녀와 그 창녀 동료가 낳은 사생아 사이의 끈질긴 연대의식, 가족 이상의 그 무엇이 있습니다. 죽은 다음에도 떠나보내지 않으려고 시신을 부여잡고 있었던 거니까요. 그리고 나서 모모가 하는 말이 "사랑해야 한다"였습니다. 연대와 상호배려의 사랑입니다. 한국어 가사에도 비슷한 게 나옵니다. "인간은 사랑 없이 살 수 없다는 것." 소설 속에서 모모의 이웃인 하밀 할아버지가 모모에게 해준 말입니다.

　아무튼 제가 지금까지 길게 드린 말씀의 요짐은, 짧은 글이든 긴 책이든, 첫 문장과 마지막 문장이 중요하다는 것입니다.

글쓰기 이론

수사학과 논리학

아주 자잘한 글쓰기 테크닉을 넘어서 오늘 약간의 인문학적 주제를 다루게 된다면, 크게 두 분야일 것입니다. 논리학과 수사학. 글이라는 건 일단 논리가 있어야 합니다. 글에 논리가 있어야 한다는 건 굉장히 중요합니다. 논리 없이는 의사소통이 안 될 테니까요. 글에 논리가 있어야 독자가 그 글을 이해할 수 있습니다, 제대로. 그런데 논리학만 있어서는 사람들이 그 글을 읽지 않을지도 모릅니다.

마르크스나 에릭 시걸 책들의 첫 문장, 마지막 문장에서 살폈듯이, 글이 잘 읽히기 위해서는 화장을 좀 해야 합니다. 그걸 수사학이라고 합니다. 말하는 기술과 마찬가지로 글 쓰는 기술도 논리학과 수사학에 기초를 둡니다. '로직logic'과 '레토릭rhetoric'.

아름다움을 추구하는

수사학 수사학이라는 건 기본적으로 아름다움을 추구하는 것입니다, 아름다움. 수사는 화장을 하는 것입니다. 중고등학교 때 배운 수사법 종류에 수십 가지가 있습니다. 예컨대 비유법 해놓고서 비유법 안에 직유법과 은유법과 제유법과 대유법, 또 이어서 비유법 말고 과장법, 점층법, 억양법 같은 게 있습니다. 다 잊어버리세요. 레토릭, 수사학이라는 것은 그냥 비유입니다. 비유법 말고 다른 법이 있는 게 아니라 수사학은 다 비유에 속하는 것입니다. 비유라는 건 크게 은유와 환유로 나뉘는데, 결국 근본으로 들어가면 환유도 은유의 일종입니다. 그렇지만 은유와 환유의 구별은 아직까진 엄격히 합니다. 그러니까 수사학이라는 건 은유와 환유에 대한 공부인 것입니다.

사실 이건 로만 야콥슨^{Roman Jakobson, 1896~1982}이라는 언어학자의 얘기입니다. 야콥슨은 러시아 태생으로 젊은 시절엔 프라하에서 활동했습니다. 언어학사에서 프라하학파라는 건 굉장히 중요한데, 얘기가 곁길로 샐 테니까 그 얘기는 접기로 하겠습니다. 아무튼 야콥슨은 프라하학파에서 활동했고, 나중에 미국으로 건너가 하버드에서 가르칩니다.

은유와

환유 야콥슨이 가만히 생각하다가 '비유라는 게 그리 갈래가 많은 게 아니다, 직유·은유·대유·제유 하는데 다 필요 없고 비유에는 딱 둘밖에 없다, 그게 은유와 환유다' 이런 결론에 이르렀습니다. 은유란 무엇이냐? 야콥슨에 따르면 유사성에 기초한 비유입니다. 환유란 무엇이냐? 야콥슨에 따르면 인접성에 기초한 비유입니다.

은유와 환유의 대립은 야콥슨 이후로 많이 연구됐습니다. 그리고 단순히 언어학이나 시학, 문학만이 아니라 광고, 사회학, 매스커뮤니케이션으로 확장됐습니다. 그러니까 꼭 언어에만 은유, 환유가 있는 것이 아니라 언어 바깥에도 전반적으로 은유와 환유가 있다는 것입니다.

은유로서 얼른 떠오르는 게 뭐가 있을까요? 저는 조지훈 선생의 〈승무〉라는 시가 떠오릅니다.

얇은 사 하이얀 고깔은/고이 접어서 나빌레라

〈승무〉의 첫 연입니다. 그러니까 조지훈 선생은 이 하얀 고깔에서 나비와의 유사성을 발견한 것입니다. 더구나 그 고깔이 가만히 있는 게 아니라, 춤을 추고 있습니다. 제목이 '승무'니까요. 고깔이 휘날리니까 날아다니는 나비를 연상하게 되고, 그러니까 고깔은 나비다, 이런 것입니다. 중고등학교 때 '고깔은 나비다' 하면 은유지만, '고깔은 나비 같다' 하면 직유다, 이렇게 배웠을 것입니다. 그렇지만 이것은 똑같습니다. 은유로 할 것을 바보같이 한 것이 직유일 뿐입니다. "직유는 은유의 아주 가난한 사촌이다, 아주 가난한 친척이다." 유명한 말입니다. 그러니까 '은유인지 직유인지 고르시오'라는 국어시험 문제가 나오는 것 자체가 우스운 겁니다.

'고깔은 나비와 같다'는 '고깔은 나비다'랑 똑같은 얘기인데, 이 '같다'라는 군더더기를 넣음으로써 오히려 더 품격이 떨어져버렸습니다. 은유는 이렇게 유사성에 기초한 비유입니다.

은유는 유사성에 기초하고 환유는 인접성에 기초하는 거라고 제가 말씀드렸는데, 그럼 인접성이란 무슨 뜻이냐? '청와대는 야당의 국정원 수사 요구에 침묵했다'라는 말을 봅시다. 여기서 '청와대'라는 건 무엇일까요? 세종로 1번지에 있는 기와가 파란 그 집을 청와대라고 부르지만, '이 집이 침묵했다'라고 말하는 것은 아니겠지요? 집이 떠들 수는 없을 것이고. 그러니까 여기서 청와대는 박근혜 대통령이거나 아니면 김기춘 비서실장이거나, 아무튼 박근혜 대통령과 그 둘레에 있는 사람들을 가리키는 것입니다. 궁극적으로는 박근혜 대통령입니다. 박근혜 대통령과 청와대의 관계, 이것을 인접성이라고 하고, 이 인접성에 기초한 비유를 환유라고 합니다.

또는 '최근 워싱턴과 파리의 사이가 가까워졌다'라는 문장이 있다고 합시다. 여러분 기억나시지요? 이라크전쟁 때 프랑스가 미국의 이라크 침공에 반대하면서 러시아랑 중국 편을 드는 바람에 프랑스와 미국 사이가 굉장히 나빠졌더랬습니다. 그때 미국에서 별 소동이 다 일어났는데 '프렌치프라이'라는 말을 쓰기 싫어서 '프리덤프라이'로 바꿨다든가, 하여간 그 정도로 반불 감정이 심했습니다.

지금 시리아에서 한창 내전이 벌어지고 있는데, 아사드 대통령에 반대하는 반군이 거의 2년 넘게 정부군과 싸우고 있습니다. 세력이 막상막하입니다. 최근에 정부군 쪽에서, 최근이 아니라 사실 오래전부터 나온 얘기입니다. 화학무기를 썼다는 주장이 나와서 그것 때문에 미국이 개입하려고 하는데, 거기에 프랑스의 올랑드 대통령이 이라크전쟁 때와는 달리 아주 직극 화답을 합니다. 영국도 가만히 있고 독일도 조용히 있는데 프랑스가 갑자기 맞장구를 치는 겁니다, 뜻밖에도. 그러니까 갑자기 '워싱턴과 파리 사이가 가까워졌다'는 것입니다. 물론 워싱턴과 파리 사이의 거리가 가까워졌다는 뜻은 아닙니다. 워싱턴과 파리의 사이가 가까워졌다는 건 미국 정부와 프랑스 정부의 사이가 가까워졌다, 그런 뜻입니다. 이런 게 환유입니다.

또 예컨대 '나는 비틀즈를 좋아해', 저도 그렇게 말합니다. 비틀즈란 사람은 개인적으로 알지도 못하지만, 제가 비틀즈를 좋아한다는 건 비틀즈가 부른 노래들을 좋아한다는 뜻입니다. 거기서 비틀즈라는 건 비틀즈를 이루고 있는 네 명의 멤버들을 얘기하는 게 아니라 비틀즈의 노래들입니다. 〈러브 스토리〉에서 여주인공 제니퍼 카발레리가 바흐와 모차르트를 좋아했다고 그의 남편 올리버가 회상했을 때도, 제니퍼가 좋아한 것은 바흐와 모차르트라는 개인이 아니라 바흐의 음악, 모차르트의 음악입니다. 이게 환유의 예입니다.

또 '나는 헤겔을 세 페이지도 못 읽겠어', 누가 이렇게 말했다고 합시다. 헤겔을 세 페이지도 못 읽겠다는 건 헤겔이라는 사람을 못 읽겠다는 건 아닙니다. 그것은 헤겔이 쓴 책을 세 페이지도 못 읽겠다, 그런 얘기란 말입니다. 그러니까 이것도 환유의 예입니다. 사실 일상어에선 이런 환유가 은유보다 더 많습니다. 우리가 잘 의식하지는 못하지만요.

논리학도

아름다움에 기여할 수 있다　　　　논리학이라는 건 대체로 문법과 관련이 있습니다. 물론 문법과 논리가 포개지지는 않습니다. 문법의 핵심적 부분을 통사론이라고 합니다. 통사론^{syntax} 너머에 의미론^{semantics}이라는 분야가 있는데, 이 두 분야는 논리학과 굉장히 밀접한 연관이 있습니다.

논리학이란 말할 것도 없이 명확함에 기여합니다. 논리에 어긋나는 문장을 보고 있으면 짜증이 납니다. 자유자재로 논리와 수사를 모두 구사할 수 있다면 가장 좋겠지만, 만약에 한 가지만을 선택해야 한다면 당연히 논리를 골라야 합니다. 심지어 문학작품이라고 해도 마찬가지입니다. 특히 소설 같은 산문의 경우에는 더 그렇습니다. 문학작품에서는 수사학이 도드라지고 일반 비문학작품에서는 논리학이 도드라지지만, 어쨌든 더 중요한 건 논리학이라고 생각합니다.

논리학과 명확함, 수사학과 아름다움, 꼭 이렇게 대응하는 건 아닙니다. 어떤 논리학은 진짜 아름다움을 줄 수 있습니다. 극단적으로 아름답습니다. 이때 아름답다는 뜻은 과연 무엇일까요?

아주 극단적인 예로 수식 언어가 있습니다. 중학교 때 배운 인수분해 공식, 이게 말하자면 논리학의 아주 극단화한 형태인데, 명확할 뿐만 아니라 아름답지 않습니까?

$$a^2+2ab+b^2=(a+b)^2$$

$$a^2-2ab+b^2=(a-b)^2$$

또 역시 중학교 때 배운 이차방정식의 근의 공식이 도출되는 과정을 봅시다.

1. 이차방정식 $ax^2+bx+c=0$(단, $a \neq 0$)에서

   양변을 a로 나누면, $x^2+bx/a+c/a=0$

2. 상수항을 이항하면, $x^2+bx/a=-c/a$

3. 일차항의 계수의 $1/2$인 $b/2a$의 제곱을 양변에 더하면,

   $x^2+bx/a+(b/2a)^2=-c/a+b^2/4a^2$

4. 양변을 정리하면, $(x+b/2a)^2=(b2-4ac)/4a^2$

5. 양변의 제곱근을 구하면,

   $x+b/2a=\pm\sqrt{(b^2-4ac)}/2a$

6. 좌변의 $b/2a$를 이항하여 정리하면,

   $x=-b/2a\pm\sqrt{(b^2-4ac)}/2a=\{-b\pm\sqrt{(b^2-4ac)}\}/2a$

   $\therefore \ x=\{-b\pm\sqrt{(b^2-4ac)}\}/2a$

아름답지 않습니까? 수학자들만 아름답다고 느낄까요? 그건 아닐 겁니다. 저는 수학을 굉장히 못하는데, 저 같은 수학치도 이런 수식에서 어떤 아름다움을 느낍니다. 그러니까 제가 말씀드리고 싶은 요점은 논리학은 대체로 명확함에 대응하지만 어떨 때는 논리학이, 그 논리학의 극단적인 게 수식입니다, 굉장히 아름답게 보일 수도 있다는 것입니다. 논리를 통해서도 아름다움을 추구할 수 있다는 것입니다.

여러분들이 꼭 읽을 필요는 없는 책인데 루트비히 비트겐슈타인^{1889~}
¹⁹⁵¹이라는 철학자가 쓴 《논리철학논고^{Tractatus Logico-Philosophicus}》란 책이 있
습니다. 이 사람의 전기^{前期} 사상을 대표하는 책인데, 제목만 라틴어고
독일어와 영어로 쓰인 책입니다. 물론 우리말로 번역도 돼 있습니다. 그
런데 이 책은 처음부터 끝까지 세계나 사유의 한계, 언어의 본질에 대
한 명제들로 이뤄져 있고, 그 명제 앞에 번호를 붙였습니다. 그 명제들
가운데는 대뜸 이해되지 않는 것들도 많습니다. 생각을 하면서 읽어야
하는 책이라는 뜻입니다.

이 책 첫 문장이 "1 세계는 일어나는 모든 것이다", 둘째 문장이 "1.1
세계는 사실들의 총체이지, 사물들의 총체가 아니다"입니다. 그다음에
1.11 블라블라, 1.12 블라블라, 1.13 블라블라, 1.21 블라블라, 2 블라
블라 계속 이어지다가, 맨 마지막 문장이 "7 말할 수 없는 것에 대해서
는 침묵해야 한다"입니다. 철학이나 논리학 훈련이 돼 있지 않은 사람
이라면, 이 책에서 어떤 명료함 같은 걸 쉬이 느끼지 못할지도 모릅니
다. 그렇지만 아름다움은 느낄 겁니다. 저도 이 책을 읽으며 그랬습니
다. 문장이 굉장히 정제돼 있습니다. 이것이 논리학이 내뿜는 아름다
움의 예라고 할 수 있습니다. 《논리철학논고》는 정말 논리의 치명적 아
름다움의 예라 할 만합니다.

수사학도

명확함에 기여할 수 있다　　　　반대로 수사학은 꼭 아름다움에만
기여하느냐? 이게 적절한 예일지는 잘 모르겠지만, 저는 수사학도 어

떤 명료함에 기여할 수 있다고 생각합니다. 레미 드 구르몽^Rémy de Gour-mont이라는 프랑스 시인이 있습니다. 이 양반은 평론가로 주로 활동하고 시인으로서는 별로 활동을 하지 않아서 시를 많이 남겨놓지는 않았습니다. 그 가운데 두 편의 시가 한국인들에게도 널리 알려졌습니다. 그게 〈눈〉과 〈낙엽〉입니다. 그 유명한 〈눈〉의 시작은 이렇습니다. 화자가 "시몬"하고 부릅니다. "시몬, 눈*은 네 목처럼 희다./시몬, 눈은 네 무릎처럼 희다." 시몬은 여자입니다. 그러니까 이 시 화자의 연인입니다. 그런데, 자, 보세요.

　여기서 어떤 아름다움도 보이지만 전 명확함도 읽을 수 있을 것 같습니다. 왜냐? 지금 시인은 장난을 쳤습니다. 보통이라면 "시몬, 네 목은 눈처럼 희다" 했을 것입니다. 또 "시몬, 네 무릎은 눈처럼 희다" 했을 것입니다. 그런데 작자는 그렇게 말하지 않았습니다. 말하자면, 이건 눈에 대해서 얘기하고 있는 것 같지만 사실은 시몬에 대해서 얘기하고 있는 것입니다. 그러니까 제목이 〈눈〉이긴 하지만 이 시인은 눈에 별로 관심이 없습니다. 시몬이란 여자에 관심이 있는 것입니다. '네 목은 눈처럼 하얘' 그러면 얼마나 진부하겠습니까? 그렇게 말하지 않고 하얀 것의 상징인 눈을 애인의 목과 무릎에 비유한 것입니다. 그러니까 일반적인 본 관념과 보조 관념을 뒤바꿔버린 것입니다. 보통이라면 '네 목은 눈처럼 희다, 네 무릎은 눈처럼 희다'라고 했을 텐데 '눈은 네 목처럼 희다, 눈은 네 무릎처럼 희다'라고 본 관념과 보조 관념을 도치시켜서 시몬의 목과 무릎이 얼마나 하얀지를 아주 명확하게 드러내고 있지 않나요?

논리학이라는 것은 일반적으로 명확함과 관련된 것이고 수사학이라는 것은 일반적으로 아름다움과 관련된 것인데, 때로는 논리의 아름다움, 수사의 명확함, 이런 것도 있을 수 있다는 것입니다.

미국 수도 워싱턴 D.C.에 가보면 한국전쟁 참전용사기념공원이 있습니다. 그 공원의 벽화, 라기보다는 부조^{浮彫}라고 말하는 게 옳겠습니다. 아무튼 그곳에 이런 말이 써 있습니다.

Freedom is not free.

유명한 말이니까 다 들어보셨지요? 그런데 이 문장은 아마 어느 나라 말로도 번역 못할 겁니다. 그냥 "Freedom is not free"라고 영어로 해야 합니다. 영어의 free는 '자유롭다'는 뜻도 있고 '무료'라는 뜻도 있으니까 이런 표현이 가능한 거잖아요? 이걸 직역하면 '자유는 거저 얻어지는 것이 아니다'인데 한국말로 하면 별로 깊은 인상을 주지 못합니다. '자유는 공짜가 아니야' '자유는 거저 얻어지는 게 아니야' '자유는 무료가 아니라니까' 해봐야 뭐 별 게 아닙니다. "Freedom is not free" 하면 똑같은 이 free를 사용함으로써, 즉 프리한 상태는 프리가 아니다, 라고 말함으로써 아름다움만이 아니라 아주 강렬한 명확함을 줍니다. 이것도 일종의 수사입니다. 수사란 결국 말놀이입니다.

자연언어와

인공언어   언어에는 자연언어와 인공언어가 있습니다. 자연언어라는 건 한국어, 일본어, 영어, 독일어 같은 언어고 인공언어라는 건 컴퓨터언어나 아니면 에스페란토 같은 것들입니다. 에스페란토가 무엇인지는 아시지요? 폴란드 출신의 안과의사로 자멘호프Ludwig Lazarus Zamenhof, 1859~1917라는 사람이 있었는데, 이 양반은 유대인입니다. 자라면서 이민족들끼리의 다툼을 하도 많이 보고, 그 다툼이 대개 서로 다른 언어를 사용해서 그런 것이라고 판단해서, 세계 단일어를 만들었습니다. 이게 에스페란토입니다. 이건 사람이 만든 언어니까 자연언어가 아닙니다. 에스페란토는 아주 쉬운 규칙을 갖고 있습니다. 명사는 무조건 '오°'로 끝나고 형용사는 무조건 '아ᵃ'로 끝납니다.

'Mi amas vin'이 'I love you'입니다. 단어를 아주 쉽게 만들었어요. 예컨대 에스페란토어로 새가 '비르도'인데 그냥 영어 bird에다가 o만 붙인 것입니다. 에스페란토 명사는 무조건 o로 끝나게 돼 있거든요. 이런 식으로 만들었는데 결국 널리 확산되지는 못했습니다. 일제 때는 한국에 꽤 확산됐습니다. 에스페란토를 사용하는 문인들이 많이 있었어요. 지금 세계 공용어는 영어지 에스페란토가 아닙니다.

자연언어는 순 한국어나 일본어 같은 것, 인공언어는 컴퓨터언어나 에스페란토 같은 것. 그런데 모든 언어는 세상을 재현하는 데 일정한 제약이 있습니다. 그건 특히 자연언어에서 더 그렇습니다.

세계는 연속적이지만

언어는 불연속적이다　　　　　왜냐? 세계는 연속적이지만, 언어는 불연속적이기 때문입니다. 사실 이 명제는 제가 만든 것입니다. 불연속성, 이게 언어의 치명적 한계입니다. 그래서 언어가 세계를 재현할 수 없는 것입니다. 세계가 연속적이란 건 뭐냐 하면, 예컨대 무지개 색깔이 몇 색깔일까요? 무지개 색깔이 몇 개지요? 우리는 보통 일곱 개라고 하는데 일곱 개라고 정한 건 물리학자 아이작 뉴턴입니다. 뉴턴 이래로 세계 대부분의 나라는 무지개 색깔을 일곱 개로 치는데, 사실 어떤 언어에서는 무지개 색깔이 셋이기도 합니다. 무지개는 하나의 스펙트럼이잖아요. 무지개 빛깔 자체는 연속되어 있는 것입니다. 그 연속된 하나하나의 빛깔에 대응하는 언어는 없습니다. 언어는 불연속적이니까요.

예컨대 사람 마음씨가 아주 좋은 경우, 나쁜 경우가 있다고 합시다. 그런데 조금 좋은 경우, 조금 나쁜 경우 다 있을 것 아닙니까? 촘촘하게 있어요. 연속적입니다. 그렇지만 그 마음 좋은 정도를 일일이 가리키는 언어 표현은 없습니다. 언어가 불연속적이라는 것은 그런 뜻입니다. 그래서 언어는 세계를 재현할 수 없습니다. represent 할 수 없어요. 아주 부정확하게 대강만 재현할 수 있는데, 특히 자연언어가 그렇고 논리언어라면 조금은 더 잘 재현할 수 있을 것입니다.

그런데 어떤 자연언어든 대체로 비슷한, 극단적으로는 동일한 논리학을 지니고 있지만, 수사학은 자연언어에 따라 큰 차이를 보입니다. 그래서 한 언어의 수사법을, 그러니까 수사학으로 구성된 어떤 문장을 다른 자연언어로 옮길 때 굉장히 어색한 일이 생길 수 있습니다.

글쓰기 실전

"내가 칼럼니스트라면 다섯 번째 칼럼니스트, 곧 오열분자일 것이다."

《자유의 무늬》, 7쪽

칼럼니스트라는 건 칼럼을 쓰는 사람입니다. 근데 피프스 칼럼니스트 fifth columnist라고 하면 얘기가 전혀 달라집니다. 그건 약간의 말장난인데, 스페인내전 때 피프스 칼럼, 오열五列이라는 말이 생겨났습니다. 다섯 번째 대열, 직역하면 그렇습니다.

칼럼이란 말은 원래 '기둥'이라는 뜻인데, 신문의 단을 말하기도 합니다. 그 단에 쓴 글, 그것을 칼럼이라고 합니다. 그 칼럼을 쓰는 사람을 칼럼니스트라고 합니다. 그러니까 여기서 '내가 칼럼니스트라면 다섯 번째 칼럼니스트이고 오열분자일 것이다'라고 말했을 때 사실 다섯 번째 칼럼니스트라는 말에서 간첩이라는 말을 유추해내기는 어렵습니다. 스페인내전 때의 어떤 일화를 모른다면 그렇습니다. 실제 영어에서

fifth columnist가 간첩이라는 뜻으로 쓰이지도 않습니다. 물론 fifth column이라는 건 간첩부대를 뜻합니다.

스페인내전 때 프랑코군, 그러니까 반란군이 마드리드로 쳐들어가기 직전의 일입니다. 프랑코 바로 밑에 있던 에밀리오 몰라^{Emilio Mola} 장군이 프랑코한테 보고를 했습니다. 그 당시 정부군은 마드리드를 지키고 있었고, 마드리드를 반란군이 포위하고 있었습니다. 그런데 에밀리오 몰라는 프랑코에게 마드리드를 포위하고 있는 네 개 부대 말고 다섯 번째 부대가 마드리드 안에서 움직일 것이라고 보고했습니다. 그러니까 정부군인 척하면서 반란군에 가담한 부대 하나가 마드리드 안에 있었다는 겁니다. 실제로 그러했습니다. 그래서 마드리드는 외곽의 네 개 부대와 시내 안의 한 개 부대, 즉 다섯 번째 부대에 의해 함락됩니다. 그때부터 오열이 간첩이라는 뜻을 지니게 됐습니다. 피프스 칼럼이라는 걸 직역하면 오열분자입니다, 간첩. 제가 어려서는 오열이란 말을 흔히 썼습니다. 간첩이라는 뜻으로 말입니다. 요즘은 거의 안 쓰는 것 같습니다.

그러니까 이게 친절한 문장은 아닙니다. 말장난을 한 것입니다. '나는 어느 편도 아니다. 나는 이쪽 편이 되기도 어렵고 저쪽 편이 되기도 어렵다. 나는 어떤 이상적인 세상에도 속하지 못할 거 같고 완전히 세속적인 사회에도 속하지 못할 거 같고 왔다 갔다 하는 그런 스파이다'라는 의미입니다. 그런데 사람들이 저를 칼럼니스트라고 부르니까 '내가 칼럼니스트라면 나는 피프스 칼럼니스트야. 나는 오열분자야'라고 쓴 것입니다.

이 말을 이해하려면 사전 지식이 있어야 하는데 모든 독자가 그런 사전 지식이 있을 수는 없습니다. 저런 글쓰기는 나쁜 글쓰기입니다. 왜냐하면 독자가 이해하지 못할 테니까 말입니다. 저 책이 만약 5,000부 정도 팔렸다면 한두 사람이나 저 문장을 이해했을 겁니다. 그러니까 저런 표현은 쓰지 마십시오.

"청년의 정액처럼 힘차게 솟구쳐 나온 운동가요…"

《자유의 무늬》, 60쪽

'청년의 정액처럼'이라는 건 굉장히 강렬한 비유이긴 합니다. 강렬한 비유이긴 하지만 제가 만약 이 글을 다시 쓴다면 결코 쓰지 않을 비유입니다. 너무 천박해 보이거든요. 읽는 사람한테 불쾌감을 줄 게 틀림없습니다. 아무리 그 비유가 생생하다고 하더라도 독자들이 읽으면서 뭔가 혐오감을 느낄 만한 표현은 하지 않는 게 좋습니다. 그런 예로 이 문장을 들었습니다.

2

한국어답다는
것의 의미
I

2강에서는 한국어를 한국어답게 만들어주는 특징으로서 음성상징, 색채어, 한자어에 대해 알아보겠습니다. '한국어답다는 것'의 의미를 살펴보기 전에 잠깐 소쉬르라는 사람에 대해 이야기해봅시다. 옆길로 새는 건 아닙니다. 소쉬르 이야기를 하는 이유는 조금 있다가 밝혀질 겁니다. 페르디낭 드 소쉬르^{Ferdinand de Saussure, 1857~1913}는 스위스 사람으로 언어학자입니다. 이 사람은 천재라고 할 만한 사람이었습니다. 뛰어남이라는 게 타고난다는 것을 보여준 사람입니다.

유럽의 3대 천재 가문

흔히 유럽에서 3대 천재 가문으로 꼽히는 집안이 있습니다. 소쉬르 집안도 그 가운데 하나입니다. 다른 두 집안은 음악가 바흐 집안과 자연과학자 베르누이 집안입니다. 바흐

하면 우리는 보통 요한 제바스티안 바흐J. S. Bach를 떠올리지만, 그의 아버지, 할아버지, 증조할아버지, 고조할아버지 그리고 아들들 모두 작곡가거나 연주가였던 음악가들이었습니다. 물론 대*바흐라고 불리는 요한 제바스티안 바흐가 가장 뛰어난 업적을 남겼습니다. 그러나 그의 장남 빌헬름 프리드만, 차남 카를 필립 에마누엘, 막내 요한 크리스티안 역시 유럽 음악사가 또렷이 기록하고 있는 작곡가들입니다. 이들은 전 유럽을 무대로 활동했습니다. 그다음 베르누이 집안이 있습니다. 중고등학교 물리 시간에 자주 들어보신 이름이죠? 베르누이의 정리나 베르누이의 방정식과 관련해서 말입니다. 네덜란드에서 스위스로 이주해서 뿌리를 내린 가문인데, 수학과 물리학에서 몇 대에 걸쳐 뛰어난 업적을 여럿 남겼습니다. 가장 유명한 사람이 다니엘 베르누이지만, 베르누이 집안사람들은 자연과학사에서 여러 업적을 남겼으니까, 그냥 베르누이 하면 누군지 알 수 없습니다. 퍼스트 네임을 확인해봐야 합니다. 소쉬르 집안사람들도 자연과학에서 뛰어난 업적을 남겼습니다. 그러나 이 집안에서 가장 유명한 인물인 페르디낭 드 소쉬르는 언어학자였습니다. 이 사람의 아들 레몽 드 소쉬르는 정신분석학자였습니다. 프로이트의 제자였어요.

언어학사의 두 거성, 소쉬르와 촘스키

페르디낭 드 소쉬르는 현대 언어학

의 기초를 닦은 사람입니다. 스위스 제네바 출신입니다. 제네바에서는 프랑스어를 쓰지만, 스위스에서는 프랑스어 말고도 여러 언어가 공용어입니다. 제일 많이 쓰는 언어가 수도 베른이나 취리히에서 쓰는 독일어고, 그다음이 제네바나 로잔에서 쓰는 프랑스어입니다. 로카르노나 루가노처럼 이탈리아 국경에 가까운 지역에서는 이탈리아어를 쓰고, 레토로망어라는 스위스 고유의 언어를 쓰는 지방도 있습니다.

제네바가 고향이니 소쉬르의 모국어는, 모국어라는 표현이 좀 어색하긴 하군요, 아무튼 소쉬르가 맨 처음 배운 언어는 프랑스어입니다. 소쉬르는 제네바에서 태어나 제네바에서 자라 제네바대학엘 다녔고, 나중에 라이프치히대학에서 유학했습니다. 라이프치히대학 들어보셨지요? 독일 총리 앙겔라 메르켈의 모교입니다. 메르켈이 이 학교를 다닐 때는 교명이 라이프치히대학이 아니고 카를마르크스대학이었습니다. 원래 이름이 라이프치히대학이었는데 독일 동부가 공산화되면서 카를마르크스대학으로 이름을 바꿨다가, 공산주의 정권이 무너지고 독일이 통일되면서 다시 라이프치히대학으로 되돌아온 겁니다. 소쉬르는 라이프치히대학에서 공부하고 나중에 프랑스의 여러 학교에서 배우거나 가르쳤습니다. 하여간 소쉬르가 사용한 제1언어는 프랑스어입니다.

지난 1세기 반 가까이 동안, 그러니까 19세기 말부터 지금까지 언어학에 가장 큰 영향을 끼친 학자 두 사람을 꼽으라면 페르디낭 드 소쉬르와 놈 촘스키일 것입니다. 촘스키라는 이름은 익숙하시죠? 한국에는 정치평론으로 잘 알려진 분이지만, 본디 언어학자입니다. 변형생성문법이라는 혁명적 언어이론을 창안한 분입니다. 소쉬르와 촘스키 없이는 현대 언어학사 자체가 구성이 안 될 겁니다. 촘스키는 굉장히 다작인 데 비해, 소쉬르는 글을 많이 쓰지 않았습니다. 생전에 낸 책은 한 권도 없습니다. 그렇지만 언어학과 그 주변 과학에 끼친 영향력으로 본다면 소쉬르가 촘스키에게 조금도 뒤지지 않습니다. 외려 더 클 것 같기도 합니다.

시니피앙과
시니피에

《일반언어학 강의》라는 유명한 책이 있습니다. 소쉬르가 작고한 뒤에 알베르 세슈에와 샤를 발리라는 소쉬르의 제자 두 사람이 스승의 강의들을 정리해서 펴낸 책입니다. 소쉬르는 이 책에서 기호^{signe}를, 여기선 언어기호를 말합니다, 개념^{concept} 플러스 청각영상$^{image\ acoustique}$이라고 정의했습니다. 소쉬르는 그 책에서 개념을 시니피에^{signifié}로 바꿔 부르고 청각영상을 시니피앙^{signifiant}이라고 바꿔 불렀습니다. 프랑스어로 signifier는 '의미하다' '뜻하다'라는 뜻의 동사입니다. 이 동사의 과거분사 형태와 현재분사 형태를 빌려서 소쉬르는 시니피에와 시니피앙이라는 말을 만들어냈습니다. 아무튼 소쉬르에 따르면 시니피에와 시니피앙이 합쳐진 게 기호입니다. 언어기호죠.

시니피에가 개념이라면, 그것을 의미나 뜻이라고 해석해도 됩니다. 그러면 시니피앙은 소리일까요? 아닙니다. 소리이미지입니다, 청각영상, 청각이미지예요. 소리와 소리이미지(청각이미지), 구별이 되시나요?

소리는 물리적 현상이지만, 소리이미지는 사람 머릿속에 있는 '심리적' 실체입니다. 그러니까 시니피에만이 아니라 시니피앙도 심리적인 것입니다. 시니피앙은 소리 자체가 아니라 소리이미지입니다. 머릿속에 담긴 소리이미지 말입니다. 이해가 되시나요?

우리는 입을 다물고도 '나비'라는 소리이미지를 떠올릴 수 있습니다. 또 입을 다물고 시를 욀 수도 있습니다. 예컨대 "한 송이 국화꽃을 피우기 위해 봄부터 소쩍새는 그렇게 울었나 보다…" 이렇게 〈국화 옆에서〉라는 시를 속으로 외울 수 있습니다. 그렇게 속으로 외울 때, 우리가 소리는 내지 않더라도 그 소리이미지는 머릿속에 있는 것입니다. 그 소리이미지, 곧 시니피앙과 개념, 곧 시니피에가 합쳐진 게 기호입니다. 다시 말해 /nabi/라는 소리이미지와 蝶이라는 뜻이 합쳐져서 '나비'라는 언어기호가 생겨납니다. 이것은 너무나 당연한 얘기입니다. 그렇지만 소쉬르 이전에는 사람들이 언어기호를 그렇게 정의할 줄을 몰랐습니다. 기호를 이렇게 정의한 사람은 소쉬르가 처음입니다. 그리고 소쉬르는 기호를 이렇게 정의함으로써 기호학이라는 학문의 창시자가 됐습니다. 그리고 언어학을 기호학의 하위 분야로 자리매김했습니다.

자, 기호는 시니피앙과 시니피에의 결합입니다. 이제 다시 蝶이라는 글자를 들여다봅시다. 이건 '나비 접'자죠? '나비'. 우리는 나비라는 이 기호가 /nabi/라는 소리이미지 즉 시니피앙과, '날개 두 쌍으로 날아다니는 예쁜 곤충'이라는 개념 즉 시니피에의 결합이라는 걸 알고 있습니다.

그런데 소쉬르는 기호에는 두 가지 특징이 있다고 했습니다. 그 양반이 말한 두 번째 특징을 먼저 얘기하겠습니다. 시니피앙은 선조적線條的이다, 이렇게 소쉬르는 말했습니다. 청각이미지가 선조적이라는 말입니다. 선조적이라는 건 일직선상에 있다는 뜻입니다. /nabi/라는 시니피앙은 /n/라는 소리이미지와 /a/라는 소리이미지와 /b/라는 소리이미지와 /i/라는 소리이미지가 일직선상에서 차례로 이어지면서 이뤄진다는 겁니다. 이해하시겠죠? 음성학을 깊이 공부하면 이게 아주 정확한 얘기가 아니라는 걸 알 수 있는데, 거기까지 들어가지는 않겠습니다. 아무튼 시니피앙은 일직선 위에 있습니다. 직선을 따라서 갑니다. 이것이 선조성입니다.

기호는 자의적이다

소쉬르는 시니피앙의 선조성을 이야기하기 전에 "기호는 자의적恣意的"이라고 선언했습니다. '자의적'이라는 게 무슨 뜻이죠? 제멋대로다, 제 마음대로다, 이런 뜻입니다. 뭐가 자의적이라는 걸까요? 시니피앙과 시니피에의 결합이 자의적이라는 뜻입니다. 혹시 이해가 안 되십니까? 제가 지금부터 설명해드리겠습니다.

한국어밖에 모르는 홍길동이라는 사람이 있다고 합시다. 이 사람은 蝶이라는 개념을 지닌 곤충을 당연히 /nabi/라는 소리이미지와 결합시킵니다. 蝶이라는 시니피에와 /nabi/라는 시니피앙은 홍길동 씨의 머릿속에서 너무 단단히 결합돼 있어서, 이 사람은 "蝶=/nabi/"를 너무 당연하게 생각합니다. 그런데 홍길동 씨가 돈이 좀 생겨서 유럽 여행을 갔습니다. 맨 처음 도착한 곳이 영국 런던입니다. 그런데 홍길동 씨의 머릿속에 蝶이라는 개념으로 박혀 있는 곤충을 런던 사람들은 /nabi/라고 부르지 않고, /bʌtəflaɪ/ 버터플라이^{butterfly}라고 부르는 겁니다. 홍길동 씨는 너무 놀랐습니다. "아니, 세상에! 나비를 '나비'라고 부르지 않고 '버터플라이'라고 부르다니. 이 사람들 이상하네"라는 게 홍길동 씨 생각이었을 겁니다. 그런데 놀라움은 거기서 그치지 않았습니다. 독일 프랑크푸르트엘 갔더니 거기 사는 사람들은 나비를 /ʃmɛtɐlɪŋ/ 슈메털링^{Schmetterling}이라고 부르는 겁니다. 유럽 여행을 하면 할수록 홍길동 씨의 놀라움은 커져만 갑니다. 프랑스 파리엘 갔더니 거기 사람들은 나비를 /papijə/ 파피용^{papillon}이라고 부르고, 스페인의 마드리드에 갔더니 거기 사람들은 나비를 /mariposa/ 마리포사^{mariposa}라고 부릅니다. 마지막으로 이탈리아 밀라노에 들렀더니, 거기 사람들은 나비를 /farfalla/ 파르팔라^{farfalla}라고 부르는 겁니다. 그제야 홍길동 씨는 깨달았습니다. 세상 사람들 모두가 나비를 나비라고 부르는 건 아니구나, 다시 말해 세상 사람들 모두가 蝶이라는 시니피에를 /nabi/라는 시니피앙과 결합시키는 건 아니구나, 하는 사실을 깨달았다는 겁니다.

이렇게 시니피에와 시니피앙의 결합이 제멋대로인 것, 蝶이라는 시니피에가 /nabi/와도 결합하고 /mariposa/와도 결합하고 /farfalla/와도 결합하는 것, 이것을 기호의 자의성이라고 합니다. 거꾸로도 마찬가지입니다. /nabi/라는 시니피앙은 한국어에선 蝶이라는 시니피에와 결합하지만, 프랑스어에서는 '옛 헤브라이의 예언자'라는 시니피에와 결합합니다. 기호라는 건 시니피에와 시니피앙의 결합인데, 그 결합이 완전히 제멋대로다, 거기엔 아무런 규칙도 없다, 자의적이다, 그렇게 소쉬르는 말했습니다. 어렵지 않죠? 요컨대 자연언어들에 따라 시니피앙과 시니피에의 결합이 제멋대로라는 겁니다.

감탄사, 의성어·의태어는 반드시 자의적이지는 않다

그런데 여기에도 예외가 있습니다. 무슨 말이냐 하면, 시니피앙과 시니피에의 결합이 반드시 자의적인 것은 아니라는 뜻입니다. 예컨대 감탄사가 그렇습니다. 감탄사 '아!'나 '오!'는 거의 세계 공통입니다. 웃음소리도 그렇습니다. 한국 사람도 '하하하!' 하고 웃지만, 영국 사람이나 독일 사람도 '하하하!' 웃습니다.
 '엄마'나 '아빠'를 뜻하는 말도 마찬가지입니다. 아이들이 태어나서 제일 먼저 배우는 단어가 뭘까요? 엄마입니다. 그다음에 아빠를 배웁니다. 그 순서가 바뀔 수도 있겠죠. 아무튼 아이들이 가장 먼저 배우는 말은 '아빠' 아니면 '엄마'입니다. 왜 가장 가까운 대상을 '엄마' '아빠'라고 부르게 됐을까요? 조금만 생각해보면 알 수 있습니다. 가장 쉽게 낼 수 있는 소리니까요. 양 입술을 다물고 있다가 떼면 'ㅁ' 소리가 나거나 'ㅂ' 소리가 납니다. 그러니까 순음, 입술소리가 납니다. 인간의 언어 가운데 가장 내기 쉬운 소리가 입술소리입니다. 자음 중에서 그렇다는 겁니다. 모음은 입을 벌린 상태에서 목청만 울리면 되니까 자음보다 더 소리내기가 쉽지요. 아플 때, 순간적으로 내지르는 비명이 세계 공통적으로 '아아!'인 것도 이 소리가 가장 쉽게 나오는 소리라는 뜻이겠습니다. 그렇지만 자음 중에서는 입술소리가 제일 쉽습니다. 닫혀 있는 입술을 열기만 하면 되니까요.

모든 언어는 아닐지라도 많은 자연언어에서 엄마나 아빠를 뜻하는 말은 /m/이나 /b/나 /p/ 소리를 포함하고 있습니다. 예컨대 프랑스어에서는 엄마가 마망maman이고 아빠가 파파papa입니다. 한국어 '엄마'와 '아빠'에도 /m/ 소리와 /p/ 소리가 들어갑니다. '어머니'와 '아버지'에도 /m/ 소리와 /b/ 소리가 들어갑니다. 어머니가 엄마라는 말과 어원을 같이하고, 아버지가 아빠라는 말과 어원을 같이해서 그렇게 됐을 겁니다. '어머니' '아버지'에 해당하는 스페인어 마드레madre 파드레padre에도 /m/ 소리와 /p/ 소리가 들어 있습니다. 입술소리가 가장 내기 쉬운 소리이기 때문에 많은 자연언어에서 '엄마'나 '아빠'를 가리키는 말들이 이 입술소리를 포함하게 된 것입니다. 이것은 시니피앙과 시니피에의 결합이 자의적이라는 소쉬르의 기호 원칙을 위배하는, 예외적 경우라고 할 수 있습니다.

자의적이지 않은 음성상징

그런데 이런 감탄사나 엄마나 아빠를 나타내는 말 말고도 더 중요한 예외가 있습니다. 소위 음성상징이라는 겁니다. 음성상징이라는 건, 말 그대로, 어떤 소리 자체가 고유하게 지닌 상징이라는 뜻입니다.

영어의 예를 들어보겠습니다. crack, cramp, crash, crisp, crumble, crumple, crunch, crush 같은 단어들을 봅시다. 여러분들이 이 단어들의 뜻을 다 아셔도 상관없고 모르셔도 상관없습니다. 한두 단어의 뜻은 아시겠지요? 그런데 이 단어들의 뜻이 무엇인지는 몰라도 어떤 느낌은 오지 않습니까? 이 단어들은 왠지 뭔가 부드러운 행동이나 사물을 뜻하는 것 같지는 않습니다. 우리가 영어 사용자가 아니더라도, 이 단어들에서 뭔가 깨지거나 짓눌린다는 느낌, 거칠다는 느낌을 받습니다. 그것은 어두의 'cr/kr' 소리 때문입니다. 실제로 이 단어의 뜻들은 대개 부딪치거나 쥐어짜거나 하는 것들입니다. 그러니까 소쉬르는 시니피앙과 시니피에의 관계가 자의적이라고 했지만, 음성상징은 그 예외입니다.

한국어는 음성상징이 무지무지하게 풍부한 언어입니다. 예컨대 '열다'와 '닫다'를 발음해보세요. 또는 소리 내지 않고 그 소리이미지만 떠올려도 됩니다. 그리고 '살다'와 '죽다'라는 말을 소리 내어보거나 그 소리이미지를 떠올려보십시오. 여기서 'ㄹ' 소리는 흐름 내지는 열림, 생명성, 이런 걸 드러내는 것 같습니다. 그리고 '닫다'의 종성 'ㄷ'은 폐쇄의 느낌이 나는 것 같습니다. '살다'에서도 마찬가지로 흐름, 생동감 같은 것이 느껴집니다. 죽다의 'ㄱ' 받침에서는 어떤 막힘의 느낌이 듭니다. 'ㄹ' 하면 흐름이 연상되는데, '흐름'이라는 말 자체에도 이미 'ㄹ'이 있습니다. 'ㄹ' 소리가 흐름이나 미끄러짐, 움직임을 상징하는 예들을 한번 들어볼까요? 무수합니다. 대개는 의성어나 의태어들입니다.

재잘재잘, 산들산들, 보풀보풀, 졸졸, 간질간질, 반질반질, 넘실넘실, 새실
새실, 꿈틀꿈틀, 보슬보슬, 흔들흔들, 한들한들, 야들야들, 매끌매끌, 빙글빙
글, 생글생글, 데굴데굴, 나풀나풀, 까불까불, 너울니울.

뭔가 흐른다는 느낌, 가볍다는 느낌이 나지 않습니까? 안 나면 곤란
합니다.(웃음) 저는 그런 느낌을 받습니다. 여러분들이 그런 느낌을 안
받으시면 할 수 없는데, 저는 그런 느낌을 받습니다. 'ㄹ'은 어떤 흐름,
가벼움, 밝음 같은 음성상징을 가지고 있습니다. 받침으로 쓰인 'ㄹ' 소
리만 그런 것이 아닙니다. 이런 말들을 봅시다.

스르르, 사르르, 까르르, 뱅그르르, 조르르, 함치르르, 찌르르, 번지르르,
반드르르, 야드르르, 보그르르, 와르르, 데구루루, 후루루.

여기서도 흐름이 느껴지지요? 이렇게 'ㄹ' 소리는 흐름을 상징합니다.
고려속요 〈청산별곡〉 아시지요?

살어리 살어리랏다. 청산靑山애 살어리랏다
멀위랑 드래랑 먹고, 청산靑山애 살어리랏다
얄리얄리 얄랑셩, 얄라리 얄라.

우러라 우러라 새여. 자고 니러 우러라 새여.
널라와 시름 한 나도 자고 니러 우니노라.

얄리얄리 얄랑셩, 얄라리 얄라.

가던 새 가던 새 본다. 믈 아래 가던 새 본다.

잉 무든 장글란 가지고, 믈 아래 가던 새 본다.

얄리얄리 얄랑셩, 얄라리 얄라.

이링공 뎌링공 ᄒᆞ야 나즈란 디내와숀뎌,

오리도 가리도 업슨 바므란 ᄯᅩ 엇디 호리라.

얄리얄리 얄랑셩, 얄라리 얄라.

어듸라 더디던 돌코, 누리라 마치던 돌코.

믜리도 괴리도 업시 마자셔 우니노라.

얄리얄리 얄랑셩, 얄라리 얄라.

살어리 살어리랏다. 바ᄅᆞ래 살어리랏다.

ᄂᆞ므자기 구조개랑 먹고, 바ᄅᆞ래 살어리랏다.

얄리얄리 얄랑셩, 얄라리 얄라.

가다가 가다가 드로라. 에졍지 가다가 드로라.

사ᄉᆞ미 짒대예 올아셔 ᄒᆡ금^{奚琴}을 혀거를 드로라.

얄리얄리 얄랑셩, 얄라리 얄라.

가다니 빈 브른 도귀 설진 강수를 비조라.

조롱곳 누로기 민와 잡스와니, 내 엇디 흐리잇고.

얄리얄리 얄랑셩, 얄라리 얄라.

그야말로 'ㄹ' 소리의 향연입니다. 〈청산별곡〉은 'ㄹ' 소리를 타고 흐르고 또 흐릅니다. 그런데 〈청산별곡〉을 읽다 보면 이것이 'ㄹ'의 노래일 뿐만 아니라, 부분적으로는 'ㅇ'의 노래라는 것도 알 수 있습니다. "잉 무든 장글란"이나 "이링공 뎌링공" 같은 가사가 그렇습니다. 'ㅇ' 소리는 탄력이라든가 말랑말랑함, 통통 튐 같은 상징을 지닙니다. 거기에 더불어 둥긂의 상징도 지닙니다. 여기서 'ㅇ' 소리라는 건 받침 'ㅇ' 소리입니다. 우리말 맞춤법에서 음절 처음에 오는 'ㅇ'은 아무 소릿값이 없지요? 그건 한글을 네모꼴로 모아써야 하기 때문에 그냥 폼으로 붙여놓은 장식물입니다. 그러니까 여기서 말하는 'ㅇ' 소리는 받침 'ㅇ'입니다. 'ㅇ'이 얼마나 통통거리는지, 방방 뜨는지 살펴볼까요?

낭창낭창, 가르랑가르랑, 오동통, 둥글다, 동그랗다, 아장아장, 깡충깡충, 빙빙, 송송, 어화둥둥, 붕붕, 아롱아롱, 대롱대롱, 퐁당퐁당, 초롱초롱, 또랑또랑, 송이송이.

통통 튀는 느낌과 함께 둥긂의 느낌이 나지 않습니까? 그리고 통통 튀는 'ㅇ'과 흐르는 'ㄹ'이 섞이면 흘러가면서 튀는 느낌이 납니다.

올망졸망, 살랑살랑, 살강살강, 팔랑팔랑, 찰랑찰랑, 가르랑가르랑, 종알종알, 몰캉몰캉.

위와 같은 말들이 그렇습니다. 'ㄹ'과 'ㅇ'만 예시했는데, 한국어는 전반적으로 다른 자연언어에 비해 음성상징이 차지하는 비중이 굉장히 큰 언어입니다. 'ㄱ' 소리도 그렇고 'ㄷ' 소리도 그렇고 'ㅁ' 소리도 그렇습니다. 이런 소리들은 흔히 의성어나 의태어 형태로 음성상징을 감당합니다. 한국어는 의성어와 의태어가 굉장히 발달한 언어입니다. 사실 우리가 아는 외국어들에는 의성어는 제법 있어도 의태어는 찾아보기 어렵습니다. 허우적허우적, 너울너울, 둥실둥실 같은 의태어를 외국어로 옮기기는 굉장히 어려울 겁니다. 이 말들에선 어떤 소리가 연상되는 게 아니라 모양이 연상됩니다. 이런 말들이 외국어에는 드물다는 뜻입니다. 그래서 언어학 용어에도 의태어에 해당하는 말이 없습니다. 의성어에 해당하는 말이 onomatopoeia인데, 한국어에 대입한다면 의성어와 의태어를 함께 가리킨다고 보아도 좋을 것 같습니다.

좋은 글을 쓰려면 우선 단어를 많이 알아야 합니다. 단어를 많이 익혀야 합니다. 그런데 한국어는 의성어와 의태어가 매우 발달한 언어입니다. 음성상징이 매우 발달한 언어라고 바꿔 말할 수도 있겠습니다. 그렇다면 이런 자원을 버리지 말고 한껏 사용해야 합니다. 물론 한껏 사용하더라도 적절한 자리에서 사용해야겠지요.(웃음) 그러면 문장이 한국어다워집니다.

사피어-워프 가설

19세기에 에드워드 사피어^{Edward Sapir}라는 사람이 살았습니다. 그리고 이 사람의 제자로 벤저민 리 워프 ^{Benjamin Lee Whorf}라는 이가 있었습니다. 이 두 사람은 원래 인류학 공부를 하다가 나중에 언어학 쪽으로 돌아선 분들입니다. 워프가 인류학 공부를 할 때 아메리카 원주민들에 대해서 연구했습니다. 자연히 그 사람들의 언어에 대해서 관심을 쏟게 됐지요. 워프와 사피어는 원주민들에게 이렇게 물어봤습니다. 무지개 빛깔이 몇 색이냐고요. 무지개 띠가 몇 개냐는 뜻이지요. 그런데 부족마다, 쓰는 언어에 따라 대답이 달랐습니다. 네 개라고 대답하는 사람도 있었고 일곱 개라고 대답하는 사람도 있었고 열 개라고 대답한 사람도 있었습니다. 거기서 사피어와 워프가 어떤 영감을 떠올렸습니다.

여러분! 무지개 빛깔이 몇 개일까요? 1강에서도 말씀드렸듯, 무지개 자체는 스펙트럼이어서 사실 띠가 몇 개인지 알 수 없습니다. 띠의 수가 무한대라고도 할 수 있습니다. 그런데 사피어와 워프는 다른 언어를 쓰는 원주민 부족들마다 무지개 빛깔 수를 다르게 대답하는 것을 보고, 기발한 생각을 떠올렸습니다. '아! 어떤 언어를 쓰는 사람에겐 무지개 빛깔이 네 개로 보이고, 다른 어떤 언어를 쓰는 사람에겐 일곱 개로 보이는 걸로 봐서, 우리는 모국어의 지령대로 세계를 분단하는 거구나'라고 생각했습니다. 사람들은 모국어가 가르치는 대로 세상을 바라본다는 뜻입니다. 그러니까 어떤 자연언어에 빛깔을 나타내는 말이 네 개라면 그 언어를 쓰는 사람은 빛깔을 네 개밖에 구별하지 못하고, 다른 자연언어에 빛깔을 나타내는 말이 열두 개라면 그 언어를 쓰는 사람은 빛깔 열두 개를 구별할 수 있구나, 하고 생각했다는 것입니다. 이것을 세계관의 언어결정론 또는 사피어-워프 가설이라고 합니다.

사피어-워프 가설의 핵심은 세계나 생각이나 인식에 앞서 언어가 있다는 것입니다. 언어 바깥에서는 생각도 인식도 할 수 없다는 것입니다. 이 가설에 대해 어떻게 생각하십니까? 생각이나 의식이 먼저 있고 그다음에 언어가 있을까요? 아니면 언어가 있은 다음에 생각이나 의식이 있을까요? 어느 쪽이 먼저일까요?

수강생   말로 못하는 감정이지만,

            어떠한 감정이 먼저 있겠죠.

그렇습니다. 아주 중요한 지적입니다. 말로는 표현하지 못한다 할지라도, 우리는 어떤 생각이나 인식을 할 수 있고 감정도 지닐 수 있습니다. 생각이나 인식, 감정이 언어보다 먼저 있는 것입니다. 그러니까 사피어-워프 가설은 틀린 겁니다. 그렇지요? 이 사람들은 바보입니다. 바보이긴 하지만 한 세기 이상 언어학과 인지과학에 굉장히 큰 영향력을 끼친 바보들입니다. 이 사람들 말이 옳다면 실어증 환자들은 전혀 생각을 못할 것입니다. 그렇지요? 사피어-워프 가설에 따르면, 말을 못하니까 생각도 못할 거 아닙니까? 그런데 실어증 환자들도 생각을 합니다. 언어 없이 말입니다. 여기서 생각을 인식, 감정 또는 세계관이라고 바꿔 말해도 좋습니다. 물론 모든 구속은 상호구속이기 때문에 언어가 생각에 영향을 주기도 합니다. 그렇지만 독립변수는 생각, 인식, 세계관, 이것들입니다. 이것들이 먼저 있고 그다음에 언어가 그것들을 반영하는 것입니다.

언어결정론과 멘털리즈

그런데 사피어와 워프의 이 언어결정론은 척 들으면 굉장히 매력적으로 보이지요? 멋있어 보입니다. 세계 이전에 언어가 있다, 뭔가 있어 보이는 명제입니다. 사실 《성경》의 〈요한복음〉은 "태초에 말이 있었다"라는 문장으로 시작합니다. 여기서 '말'이라는 건 지금 우리가 얘기하는 자연언어가 아니라 신의 말, 또는 신 자체를 가리키는 것이니까 우리 주제와는 상관없는 겁니다. 아무튼 언어가 인식을 결정한다, 언어가 생각을 결정한다는 주장은 처음 들을 땐 일리가 있어 보이기도 합니다. 워프는 자신의 이 주장을 정당화하기 위해 에스키모, 다시 말해 이누이트에게는 '눈'을 가리키는 말이 400개나 된다는 거짓말까지 했습니다. 사실 이누이트 언어에 눈을 가리키는 말이 다른 자연언어들보다 많기는 합니다. 그러나 그건 고작 네 개 정도라고 합니다. 이누이트의 일부 언어에선 내리는 눈과, 땅에 쌓인 눈과, 바람에 흩날리고 있는 눈과, 바람에 흩날려 한곳에 쌓인 눈을 구별한다고 합니다. 한국어로는 다 '눈'이라고 부르고, 영어로는 다 '스노snow'라고 부르지요.

사실 워프에게는 400개든 네 개든 그게 중요하지는 않았을 겁니다. 눈을 가리키는 단어가 네 개인 언어를 쓰는 사람들은 눈을 가리키는 단어가 하나밖에 없는 사람들보다 눈을 네 배나 섬세하게 경험한다고 말할 수 있을 테니 말입니다.

그런데 워프의 주장이 옳을까요? 워프의 주장이 옳다면 영국인이나 한국인은 쌓인 눈과 내리는 눈, 바람에 휘날리는 눈을 구별하지 못할 것입니다. 그렇지만 우리는 그 각각의 눈을 구별할 수 있습니다. 단지 그런 눈들에 상응하는 단어가 없을 뿐입니다. 그래도 다른 방식으로는 표현할 수 있습니다. '쌓인 눈' '바람에 휘날리는 눈' '내리는 눈', 이런 식으로 말입니다. 그러니까 사피어-워프 가설은 틀린 것입니다. '사람들은 자기 자연언어, 자기 모국어로만 생각한다. 자기 모국어 바깥에서는 사고하지 못한다. 자기 모국어 바깥에서는 인식하지도 못한다'는 게 사피어와 워프의 생각인데, 이 이론은 지금 완전히 폐기됐습니다. 이건 완전히 사기다, 라는 걸 가장 명료하고 통쾌하게 폭로한 사람이 스티븐 핑커라는 사람입니다. 이 양반은 지금도 살아 있습니다. 저보다 네 살 정도 위입니다. 캐나다 출신의 미국학자인데 심리학자라고 불러도 좋고 인지과학자라고 불러도 좋습니다.

어쨌든 스티븐 핑커는 '사피어와 워프 저 사람들은 사기꾼이다. 우리는 영어로 생각하는 것도 아니고 중국어로 생각하는 것도 아니고 한국어로 생각하는 것도 아니다. 우리는 생각의 언어language of thought로 생각한다'고 주장했습니다. '생각의 언어'란 영어나 중국어나 한국어 같은 자연언어의 기저에 있는 공통언어입니다. 이 공통언어를 핑커는 멘털리즈^{mentalese}라고 불렀습니다. 그러니까 모든 사람이 생각하고 인식하는 데 사용하는 언어는 똑같다는 것입니다. 영국 사람이건 중국 사람이건 모든 사람이 똑같은 언어로, 자기들 모국어 저 아래 숨겨져 있는 멘털리즈로 사유한다는 겁니다. 그러니까 사람들이 제 모국어가 지령하는 대로 세계를 분단하는 것은 아니라는 거지요.

영어에 'be'라는 동사가 있지요? be동사를 스페인어에서는 두 가지로 구별합니다. be동사에 해당하는 단어가 스페인어에는 'estar'와 'ser' 둘이 있습니다. estar는 존재나 일시적 상태를 뜻하고, ser는 영구적 상태를 뜻합니다. 그래서 예컨대 'You are pretty'라는 영어를 스페인어로는 두 가지로 번역할 수 있습니다. estar 동사를 써서 'Estás guapa'라고 말하면 '너 (오늘 특히) 예쁘네'라는 뜻이고, ser 동사를 써서 'Eres guapa'라고 말하면 '넌 미녀야'라는 뜻이 됩니다. 물론 이 두 문장을 영어나 한국어로 직역해서 구분할 수는 없습니다. 그렇다고 해서 영국인이나 한국인이 이 두 가지 표현의 의미 차이를 이해할 수 없는 것은 아닙니다. 이해합니다! 그리고 표현할 수도 있습니다. 스페인어와는 좀 다른 방식으로 표현하게 되겠지만 말입니다.

마찬가지로 한국어에는 관사가 없지만, 우리는 'He loves a girl'과 'He loves the girl'의 차이를 압니다. 이 두 문장의 차이를 머릿속으로 구별할 수 있습니다. 앞의 문장은 그 남자가 어떤 여자를 사랑한다는 거고, 뒤의 문장은 그 남자가 특정한 여자를 사랑한다는 거라는 것을 우리는 압니다. 그 둘을 구별합니다.

사피어-워프 가설이 틀렸다는 건 특히 색채어휘에서 드러납니다. 한국어는 색채어휘가 굉장히 세밀하게 발달한 언어인데, 그렇다고 한국인의 색채감각이 외국인에 비해 뛰어나다고는 할 수 없습니다. 만약에 한국인의 색채감각이 외국인보다 특별히 뛰어나다면 뛰어난 화가들이 외국보다 훨씬 많이 나와야 했을 텐데, 그건 아니거든요.(웃음)

한국어에 풍부한 색채어휘

먼 길을 돌아왔습니다. 사실 사피어-워프 가설 얘기를 꺼낸 건 한국어의 색채어휘가 얼마나 풍부한지를 말하기 위해서였습니다. 예컨대 영어로 붉은색을 뜻하는 형용사가 얼마나 될까요? 저는 red와 reddish(불그스레한) 정도밖에 안 떠오릅니다. 프랑스어로는 몇 개나 될까요? 역시 rouge와 rougeâtre(불그스레한) 정도밖에 안 떠오릅니다.

그러면 한국어는 어떨까요? 제가 헤아려봤더니, 국어사전에 올라 있는 단어만 해도 60개 가까이 됩니다. 조금만 예를 들어볼까요?

빨갛다, 뻘겋다, 새빨갛다, 시뻘겋다, 빨그스레하다, 뻘그스레하다, 발갛다, 벌겋다, 발그레하다, 벌그레하다, 붉다, 불그스레하다, 발그스름하다, 벌그스름하다, 빨그스름하다, 뻘그스름하다, 불그무레하다, 불그죽죽하다.

이런 등등의 어휘목록이 길게 이어집니다. 한국어는 자연언어들 가운데 색채언어가 가장 발달한 언어일 것입니다. 빨갛다(붉다), 파랗다(

푸르다), 노랗다, 하얗다, 까맣다(검다) 같은 기본단어들에다가 접두사를 덧붙이거나 모음조화 또는 자음교체를 이용해서 무수한 말이 만들어집니다. 색깔들이 섞여 있는 것도 표현할 수 있습니다. 예컨대 검붉다, 검푸르다, 희누르스름하다 같은 말들이 그 예입니다.

보통의 자연언어라면 색채어휘가 아주 많아 봐야 열 개 남짓 정도입니다. 그것도 본디 색채어휘가 아니라 어떤 빛깔을 지닌 대상을 빌려와 표현한 말까지 포함해 그 정도라는 겁니다. 반면에 한국어의 색채어휘는 수백 개에 이릅니다. 물론 이 사실이 한국어 화자가 다른 언어 화자보다 빛깔을 수십 배 더 섬세하게 구분해 볼 수 있다는 뜻은 아닙니다. 사피어-워프 가설은 틀린 이론이니까요. 그렇다고 하더라도, 빛깔의 미묘한 차이를 드러내 표현할 수 있는 단어가 이렇게 많다는 것은 한국어 화자에게 커다란 복입니다.

앞서 말씀드린 음성상징과 더불어 색채어휘를 풍부하게 사용하는 것은 문장을 한국어답게 만듭니다. 사실 한국어로밖에 표현할 수 없는 모양(의태어로 표현하는 거죠)이나 빛깔(색채어로 표현하는 거죠)이 많거든요. '꿈틀꿈틀'이나 '너울너울'을 외국어로 어떻게 표현할 수 있겠습니까? '누르퉁퉁하다'나 '푸르죽죽하다'를 외국어로 어떻게 옮길 수 있겠습니까? 가용어휘가 많다는 것은 글쟁이에게 매우 유리한 상황입니다. 책을 읽으면서 자연스럽게 단어를 익히기도 해야겠지만, 때로는 사전을 통해서 능동적으로 단어들을 익히기도 해야 합니다. 한국어의 의태어/의성어들, 색채어휘에 관심을 쏟으십시오. 그리고 그 말들을 글의 적절한 자리에 사용해보십시오. 생동감 넘치는 한국어 문장을 짤 수 있을 것입니다.

난학에서 온 한자어

　　　　제겐 동서의 문명교섭에서 가장 찬란하게 느껴진 장면이 하나 있습니다. '정말 눈부시게 찬란하구나' 하는 생각이 드는 장면이 있습니다. 18세기 말, 일본 막부 말기, 그러니까 쇼군將軍이 지배하던 시대입니다. 그즈음에 시작된 '난학蘭學(란가쿠)의 장면입니다. 막부 시대는 천황에게 아무런 힘이 없던 시절입니다. 천황은 쇼군의 꼭두각시였어요. 천황이 힘을 가지게 되는 건 메이지유신 때부터입니다. 메이지유신으로 왕정복고가 돼 천황이 국가의 실질적 우두머리가 되기 전의 일본은 당시 조선과 마찬가지로 쇄국정책을 썼습니다. 그런데 예외를 뒀습니다. 나가사키예요. 제2차 세계대전 때 핵폭탄이 떨어졌던 나가사키 말입니다. 막부는 오직 이 항구 도시에 오직 네덜란드 사람들만 들어와서 교역을 하게 했습니다. 그러다 보니 네덜란드 상인들을 통해 유럽문물이 들어오기 시작했고, 이곳의 일본인 통역사들과 에도(지금의 도쿄)의 지식인들이 힘을 합쳐 '네덜란드 배우기 운동'을 벌입니다. 이것을 난학이라고 합니다.

　일본은 중국 빼고는 자신들이 세상에서 제일 센 줄 알았는데, 사실은 막부가 들어서기 전 도요토미 히데요시가 일본을 통일한 뒤 명나라를 정복하겠다고 조선을 침공한 것을 보면 중국도 별 게 아니라고 생각했을지도 모르겠네요. 그런데 막상 네덜란드 상인들을 통해 유럽문물을 접하다 보니 그게 아니었던 겁니다. 그래서 네덜란드어 사전편찬 작업을 시작으로 유럽문물을 받아들이게 됩니다. 이 난학은 메이지유신 이후에 네덜란드만이 아니라 서양문물 전체를 연구하는 양학洋學(요가쿠)으로 발전합니다. 미국으로부터 강제로 개항을 당하고 보니, '아, 네덜란드보다 센 놈들이 많구나, 영국이나 미국은 네덜란드보다 훨씬 세구나' 하는 걸 알게 되지요. 아무튼 난학에서 시작된 양학은 그 뒤 일본의 탈아입구脫亞入歐 노선을 뒷받침합니다.

난학의 시작이 네덜란드어 사전편찬이었듯, 난학을 포함한 양학의 요체는 번역이었습니다. 번역이라는 게 본디 쉬운 일이 아니지만, 일본의 난학자들이 수행한 번역은 특히 힘든 작업이었습니다. 그때까지 동아시아에 없던 개념들을 번역해야 했으니까요. 아무튼 난학자들과 메이지유신 이후의 양학자들은 두 세기에 걸쳐서 서양문명 전체를 번역했습니다. 그런데 그 번역의 수단이 한자였습니다.

당시 동아시아는 유럽인들의 발길이 잘 닿지 않은 유일한 문명권이었는데, 일본 사람들이 중국 사람들에 앞서서 유럽을, 서양 세계 전체를 한자로 번역해버린 겁니다. 그 한자어가 바로 지금 우리가 쓰는 한자어의 대다수를 차지합니다. 일본 사람들이 번역 과정에서 만들어낸 한자어의 상당수는 심지어 한자의 원산지인 중국에까지 흘러들어갔습니다. 그러니 일본의 식민지배를 받았던 한국은 말할 나위가 없지요. 원래 우리가 쓰던 한자어는 중국 한자어와 구조가 많이 닮았었는데 지금의 한자어는 대부분 일본 한자어와 구조가 같습니다.

일요일·월요일·화요일… 같은 요일 이름들, 수소니 산소 같은 원소 이름들, 연설이니 재판소 같은 말들은 죄다 네덜란드어를 일본 사람들이 한자어로 옮긴 것을 우리가 받아들여, 우리식 발음으로 읽고 있는 것입니다. 일부 극단적 국어순수주의자들, 순혈주의자들처럼 일본에서 만든 한자어를 하나도 쓰지 말자고 결심을 하게 되면, 여러분들은 단 30초도 이야기를 할 수 없습니다. 정치, 경제, 사회, 문화 모든 분야가 다 그렇습니다. 사실 정치, 경제, 사회, 문화라는 말도 일본 사람들이 만든 한자어입니다. 이런 말을 쓰면 안 된다고 말하는 주장, 곧 '언어민족주의'라는 말도 일본어에서 나온 말입니다. '언어' '민족' '주의' 모두 일본 사람들이 유럽어를 번역하면서 만든 것입니다. 그러니까 일본제든 중국제든 한자어를 쓰지 말자는 것은 입 다물고 살자는 뜻입니다. 이 한자어 이야기는 다음번 강의 때 계속해야 할 것 같습니다.

글쓰기 이론

접속부사와 쉼표

글을 쓸 때 지켜야 할 원칙을 몇 가지 말씀드리겠습니다. 우선 접속부사 문제. '그리고' '그래서' '그러나' '하지만' 등과 같은 접속부사 다음에는 쉼표를 쓰지 않는 것이 자연스럽습니다. 물론 예외가 있습니다. 꼭 써야 할 때가 있는데, 접속부사 다음에 아주 긴 문장이 이어질 때 그렇습니다. 아니, 그럴 때 꼭 써야 한다기보다는, 쓰는 것이 좋을 때가 많습니다. 긴 문장을 읽기 위해서 한 호흡 쉬는 것입니다.

접속부사를 빼면

문장에 힘이 생긴다　　　　　　한마디 덧붙인다면, 아, 이게 오히려 더 중요한 말일 수도 있겠습니다. 글에서 접속부사는 없으면 없을수록 좋습니다. 무슨 말이냐 하면, 접속부사가 반드시 필요하지 않을 경우엔 빼는 것이 훨씬 좋다는 말입니다. 그러면 글이 간결해 보이고, 문장과 문장 사이에 어떤 긴장감이 생깁니다.

나는 하늘을 공경한다. 그러나 하늘은 나를 그리 대하지 않는다.

보통 이런 경우 '그러나'를 넣습니다. '그러나'를 빼봅시다.

나는 하늘을 공경한다. 하늘은 나를 그리 대하지 않는다.

이 경우에 '그러나'를 빼선 안 될 이유가 없습니다. 오히려 '그러나'를 빼버림으로써, 두 문장 사이의 빈 공간에 어떤 긴장감이 생깁니다. 그 긴장감을 생동감이라고 바꿔 말할 수도 있겠습니다. 글을 직접 많이 써보고 많이 읽어보면 느낄 수 있습니다.

사실 저 자신은 이 원칙을 실천하지 못했습니다. 예전에 쓴 글이나 책들을 지금 훑어보면, 문장과 문장 사이에 접속부사가 너무 많습니다. 지금 생각하면 후회스럽습니다. 왜 그렇게 접속부사를 많이 사용했을까? 아마 '그러니까' '그러나'를 넣어야 뭔가 논리적 연결이 확실해진다는 느낌이 들기 때문에 그랬을 겁니다. 그런데 오히려 그런 접속사들을 뺌으로써 긴장감을 만들어낼 수 있습니다. '그리고' '그래서' 같은 순접 접속부사는 십상팔구 없애는 것이 좋고, 심지어 '하지만' '그렇지만' '그러나' 같은 역접 접속부사도 빼는 것이 더 깔끔할 때가 있습니다. 빼도 말이 된다 싶으면 접속부사는 빼버리세요. 긴장감이 생기면서 문장에 생기가 돕니다.

일본식 접미사 '적'

저는 일본어에서 들어온 한자어들이나 다른 나라에서 들어온 외래어들을 쓰는 데 매우 너그럽습니다. 사실 들어오는 외래어를 막을 길은 없습니다. 그렇지만 일본식 말투에 대해서는 거부감이 심합니다. 그것이 한국어답지 않기 때문입니다. 어휘 수준을 넘어서 형태론이나 통사론 수준에서 외국어투가, 특히 일본어투가 한국어 문장에 무절제하게 침투하면, 한국어다움을 잃게 된다는 것이 제 생각입니다. 지금부터 그 얘기를 좀 하겠습니다.

'-적'은

뺄 수 있으면 빼는 게 좋다　　　　　'적的'이란 말은 일본 사람들이 영어 접미사 '-tic'을 '데키的'라고 번역한 걸 우리가 받아들인 것입니다. 써야만 할 때도 있지만, 뺄 수 있다면 빼십시오. 뺄 수 있는데도 '-적'을 쓰면 한국어다움을 잃습니다. 또 '적'까지는 허용한다 해도 '-적인'이란 말은 쓰지 마십시오. '-적인'도 일본어를 번역한 것입니다.

먼저 '적'을 뺄 수 없는 경우를 봅시다. '사적 대화', 여기서 '적'을 뺄 수는 없습니다. '사 대화' 이럴 수는 없으니까요. 여기서는 '적'이 필요합니다. 그런데 '사적인 대화'에서 '인'은 필요 없습니다. 쓰지 말아야 합니다. '사적 대화'로 충분합니다.

부사가 '-적인'을 수식할 때

'인'을 빼면 안 된다 그러나 이 '-적인'으로 끝나는 말 앞에 부사가 왔을 때, 다시 말해 부사가 이 '-적인'으로 끝나는 말을 수식할 때는 '인'을 빼서는 안 됩니다. 반드시 '인'을 넣어야 합니다. 예컨대 '매우 사적인 대화', 이때는 반드시 '인'을 넣어야 합니다. '매우 사적 대화'라고 말하면 이건 한국어가 아닙니다. '사적'은 관형사인데 우리말에서 부사가 관형사를 수식하면 굉장히 어색합니다. 원칙적으로 부사는 관형사를 수식할 수 없습니다. 한국어의 부사는 또다른 부사나 용언을 수식합니다. 그런데 관형사는 용언이 아닙니다.

용언이라는 건 활용하는 말입니다. 동사와 형용사가 대표적 용언입니다. 예컨대 동사 '가다'는 '가니' '가서' '가라' '가면서' '가니까' '가렴' 따위로 활용을 합니다. 형용사 '붉다'는 '붉으니' '붉어서' '붉은' 따위로 활용을 합니다. 그렇지만 한국어에서 동사와 형용사만 활용을 하는 건 아닙니다.

학교문법 얘기를 잠깐 해야겠습니다. '학교문법'이라는 건 말 그대로 학교에서 가르치는 문법입니다. 학자들에 따라 문법이론이 제가끔 다른데, 초중등학교에서 그 문법들을 다 가르칠 수는 없으니 가장 많은 학자들이 동의하는 문법체계를 표준으로 삼아서 통일된 문법을 가르칩니다. 그런 표준적 통일 문법이 학교문법입니다.

학교문법에서는 한국어 '-이다'를 조사로 분류합니다. 서술격 조사입니다. 그런데 '-이다'는 보통 조사하고는 다르지요? 우리가 보통 조사라고 하면 '이' '가' '는' '은' '을' '를' '에게' '부터' '까지' 이런 말들이 떠오르는데 '이다'는 그런 부류가 아니잖아요? 그런데 왜 '-이다'를 조사로 분류했을까요? 그것은 '-이다'가 항상 체언(명사나 대명사나 수사) 뒤에 붙기 때문입니다. 조사의 중요한 특징 하나가 체언 뒤에 붙는 거거든요.

그런데 '-이다'는 다른 조사와 달리 활용을 합니다. '이건 빵이다'라는 문장에서 '-이다'를 봅시다. 이 '-이다'는 '이건 빵일까' '이게 빵이어서' '이게 빵이므로' '이게 빵이니까' 식으로 활용을 합니다. 동사나 형용사처럼 활용을 합니다. 그러니까 한국어에서 활용을 하는 품사, 곧 용언에는 동사, 형용사가 있는데, 예외적으로 조사 중에서 서술격 조사 '이다'도 활용을 한다, 이런 식으로 설명합니다.

'-적'은

관형사로 분류된다　　　　　명사 뒤에 접미사 '적'이 붙어서 이뤄진 말을 학교문법에서는 관형사로 분류합니다. 형용사나 동사처럼 체언을 수식할 수는 있지만, 활용을 하지 못하니까 관형사로 분류하는 것입니다. 그러니까 '애국적 결단' 할 때의 '애국적'은 관형사입니다. 그런데 '애국적인 결단' 할 때의 '애국적인'은 명사 더하기 조사(서술격 조사 '-이다')로 분석합니다. 즉 '애국적인 결단'에서 '애국적'을 명사로 분류하는 것입니다. 직관적으로는 좀 납득이 안 되시지요? 그렇지만 문법학자들의 생각은 간단합니다. 뒤에 조사('인')가 붙었으니, '애국적'이 체언인 건 확실하고, 대명사도 수사도 아니니 명사라는 거지요. 그러니까 '애국적'은 한 단어(관형사)이지만, '애국적인'은 두 단어(명사 더하기 조사)입니다.

부사는 관형사를

수식할 수 없다　　　　　　　　　또다른 예를 봅시다. '내면적 성찰', 좋습니다. '내면적인 성찰'이라는 말은 쓰지 마십시오. 그렇지만 앞에 '매우'라는 부사가 붙으면 '매우 내면적인 성찰'이 돼야 합니다. '매우 내면적 성찰'은 틀린 표현입니다. 부사는 또다른 부사나 용언을 수식하는 말이기 때문입니다. 거듭 말씀드립니다만, 부사는 관형사를 수식할 수 없습니다. '매우 내면적 성찰'이라는 말이 틀렸다는 건 이론적으로 설명하지 않아도 사실 우리가 저절로 느낄 수 있습니다. 우리가 내면화한 한국어 감각을, 그러니까 언어적 직관을 거스르니까요. '매우 내면적 성찰'이라는 표현은 '매우 내면적인 성찰'에 견줘 매우 어색하게 들립니다. 저만 그런가요?(웃음)

일본식 조사 '의'

접미사 '-적的' 못지않은 한국어의 적敵이 관형격 조사 '의'입니다. 개화 이후 일본 식민지 시기를 거치면서 한국어는 일본어의 영향을 많이 받았습니다. 그 영향 가운데 바람직하지 않은 것 하나가 '의'의 남용입니다. 해방 이후에도 일본 책들을 직역하는 과정에서 '의'가 남용됐습니다. 사실 일본 사람들은 이 '의'를, 일본어로는 '노の'라고 합니다만, 이 말을 기이할 정도로 많이 사용합니다. 일본말에서는 이게 어색하지 않습니다. 예컨대 '스위스의 호수의 빛깔의 아름다움'이라는 표현이 일본어로는 전혀 어색하지 않습니다. 그렇지만 한국어로서는 어색합니다.

'의'는 되도록

빼는 것이 자연스럽다   '의'가 거듭 반복될 때는 대체로 하나나 둘을 빼는 것이 좋습니다. 그래서 '스위스의 호수의 빛깔의 아름다움'은 '스위스 호수 빛깔의 아름다움'이라고 말해야 한국어답습니다.

'의'가 꼭 반복되지 않아도 빼는 것이 자연스러울 때가 많습니다. 예컨대 '한국의 문화'보다는 '한국 문화'가 훨씬 자연스럽습니다. '한국의 문화'는 일본식 표현입니다.

물론 모든 '의'를 뺄 수 있는 것은 아닙니다. '사랑의 종말'을 '사랑 종말'이라고 하면 굉장히 어색할 겁니다. 그렇다면 어떨 때 빼고 어떨 때 안 빼느냐? 그게 사실 아리송할 때가 많습니다. 그럴 때는 자신이 말을 할 때 어떻게 하는지를 생각해보세요. 글을 쓸 때가 아니라 이야기할 때 말입니다. '우리 한국 문학에 대해서 얘기해볼까?', 보통 이렇게 말할 겁니다. '우리 한국의 문학에 대해서 얘기해볼까?' 이렇게 말하지는 않지요. 그러니까 되도록 구어에 가깝게 쓰십시오. 구어에서 '의'를 빼도 상관없다 싶으면 빼십시오.

물론 항상 그렇다는 건 아닙니다. 한국어에서는 문어와 구어의 차이가 명백히 있으니까, 그 차이를 아직은 무시할 수 없으니까, 입에서 나오는 대로 쓰는 문장이 꼭 좋은 문장이라고는 할 수 없습니다.

구어와 문어는

명백히 다르다　　　　　　　구어투 문장이 좋은 문장이라고 주장하셨던 분이 있습니다. 이오덕 선생이라는 분인데, 그분은 말하는 대로 쓰는 것이 가장 좋은 문장이라고 말씀하셨습니다. 어느 정도였냐 하면 '저녁놀이 붉다', 이 정도 문장도 용납 안 하셨습니다. 사실 '저녁놀이 붉다'라고 말하는 사람은 없지요. 보통은 '저녁놀이 붉네'라고 말하지요. 그러니까 이오덕 선생님은 '-다'로 끝나는 문장 자체를 혐오하

셨던 겁니다. 그것조차 일본어식 문장이라는 거지요. 그렇지만 제 생각에 그건 좀 심한 것 같습니다.(웃음)

　글이라는 건 사실 말과 다릅니다. 아주 정교한 생각을, 아주 섬세한 생각을 입말로 표현하긴 어렵습니다. 그건 우리가 인정해야 합니다. 이오덕 선생은 그런 걸 인정하지 않았어요. '글은 말하는 그대로 써야 한다'고 하셨는데, 이건 말이 안 되는 말씀을 하신 겁니다.(웃음)

꼭 피해야 할

일본어투 표현　　　　　　　　일본어를 직역한 '～에의' '～로의' 같은 겹조사는 절대 쓰지 마세요. 10여 년 전 채영주라는 소설가가 작고했습니다. 어느 문학잡지에 그이에 대한 추도문이 실렸는데 제목이 "영주에의 추억"이었습니다. 이건 진짜 일본어투 표현입니다. '추억'을 동사로 바꿔서 "영주를 추억함"이라고 쓰거나 "영주 생각" 정도로 쓰는 것이 좋겠습니다.

　'～에 있어서' '～에 있어서의'도 마찬가지로 일본어를 직역한 표현입니다. 저는 이런 표현을 들으면 숨이 콱 막힐 지경입니다. 특히 공부 많이 했다는 학자들이 이런 표현을 많이 쓰는데, 외래어나 외국어식 표현에 어지간히 너그러운 저도 이 말은 보기도 싫고 듣기도 싫습니다.

　한국에서 헤겔 연구를 가장 많이 한 철학자가 아마 임석진이란 분일 겁니다. 이분이 독일에서 쓴 박사학위 논문을 한국어로 번역해 출간했는데, 그 제목이 《헤겔에 있어서의 노동의 개념》입니다. 이건 최악의 한국어입니다. 원래 박사학위 논문 제목 〈Der Begriff der Arbeit bei Hegel〉을 직역한 것인데, 저는 독일어로도 이 제목이 좀 늘어지는 것 같아요. 저 같았으면 'Hegels Begriff der Arbeit'라고 했을 것 같습니다. 아무튼 '헤겔에 있어서의 노동의 개념', 이건 최악의 한국어입니다. 한국어답게 고치자면 뭐가 될까요? 우선 '에 있어서' 이런 건 필요 없는 말입니다. 그 뒤의 '의'도 필요 없는 말입니다. '헤겔의 노동개념'이라고 쓰면 딱 맞습니다. 얼마나 깔끔해요? '헤겔에 있어서의 노동의 개념'과 '헤겔의 노동개념', 과연 이 두 표현의 뜻이 다른가요? 똑같은 말입니다.

고종석의 문장

한국어의 수

한국어 '수^數'에 대해 잠깐 얘기를 하겠습니다. 물론 한국어에도 수가 있습니다. 주로 '들'을 붙여 수를 표현합니다. 그러나 대부분의 유럽 언어들에서 수가 굉장히 중요한 문법적 범주인데 비해서, 한국어에서 수는 버젓한 문법적 범주라고 할 수 없습니다.

한국어에서 '수'는

하찮은 문법적 범주다　　유럽 언어들에서 수가 중요한 문법적 범주라는 건 그 수에 따라서, 다시 말해 어떤 명사가 복수일 경우 그 명사를 수식하는 형용사나 그 명사를 서술하는 동사가 그에 따라 변화를 한다는 뜻입니다. '나무가 자랐어'에서 '나무'가 '나무들'로 바뀌면, 유럽어에서는 '자랐어'도 형태가 바뀝니다. 또 '커다란 나무'에서 '나무'가 '나무들'로 바뀌면 '커다란'도 형태를 바꿉니다. 이 경우 영어에선 예외적으로 안 바뀌는군요. 아무튼 유럽어를 포함한 많은 자연언어에서 수는 매우 중요한 문법 범주입니다.

한국어는 전혀 그렇지 않습니다. '나무가 자랐어'에서 단수명사 '나무'를 복수명사 '나무들'로 바꿔도 동사 '자랐어'는 변하지 않습니다. '나무들이 자랐어' 하면 그만입니다. '자랐어'의 형태가 달라지지 않는다는 뜻입니다. 요컨대 한국어에서 '수'는 문법적으로 하찮은 범주입니다.

복수 표현 '들'을
남용하지 마라

한국어에서는 문맥상 복수라는 게 드러나면 외려 '들'을 안 붙이는 것이 더 자연스럽습니다. 예컨대 '이 방엔 책상들이 많네요'라는 말을 봅시다. 물론 문법적으로 틀린 말은 아닙니다. 그런데 '많네요'라는 말에서 책상이 복수라는 게 드러나 있습니다. 그럴 경우에는 '이 방엔 책상이 많네요'가 더 자연스러운 표현입니다. '이 방엔 책상들이 많네요'라는 표현은 한국어답지 않습니다. '이 방엔 책상이 많네요', 이게 한국어다운 표현입니다. 복수라는 것을 알 수 있는 상황이라면 굳이 '들'을 붙이지 말라는 뜻입니다. 틀린 표현이라고 말할 수는 없지만, 부자연스러운 표현입니다. '세 송이 꽃들'도 마찬가지로 틀린 말은 아닙니다. 그렇지만 한국어로선 부자연스럽습니다. '세 송이'에서 이미 '꽃'이 복수라는 게 드러나 있으니까요. '세 송이 꽃'이 더 자연스러운 한국어입니다. '들'을 남용하지 마세요.

주어가 복수일 때
'들'을 자유롭게 쓸 수 있다

'들' 얘기를 조금 더 하자면 한국어

'들'만큼 재밌는 말도 없습니다. 이 '들'은 꼭 복수로 만들려는 체언에만 붙는 게 아닙니다. 주어가 복수라면 그 문장의 단어들 뒤를 제멋대로 왔다 갔다 할 수 있습니다.

> 자! 여러분 조용히 먹읍시다.
> 자! 여러분들 조용히 먹읍시다.
> 자! 여러분 조용히들 먹읍시다.
> 자! 여러분 조용히 먹읍시다들.

심지어, 장난기가 좀 느껴지긴 하지만, '들'을 반복해도 괜찮아요.

> 자! 여러분들 조용히들 먹읍시다들.

이렇게 말할 수도 있습니다. '들'이 마음대로 붙는 겁니다. 여기서 '들'이 말하는 건 이 문장의 주어, 밥 먹는 사람이 복수라는 걸 나타내는 거지요? 주어가 생략돼도 적당한 곳에 '들'을 붙이면 주어가 복수라는 걸 알 수 있습니다.

'빨리 좀 가세요', 이건 한 사람에게 하는 말입니다. 여러 사람한테 얘기하는 거라면, '빨리들 좀 가세요' '빨리 좀들 가세요' '빨리 좀 가세요들' 셋 다 쓸 수 있습니다. 이런 현상을 문법학자들은 '들'의 복사라고 합니다.

글쓰기 실전

"붉은색이 제 상징의 정원에 공산주의를 처음 맞아들인 것이 언제인
지 나는 모른다."

《자유의 무늬》, 15쪽

이건 멋 부리려다 조금 오버한 경우입니다. '상징의 정원'이란 표현을
썼는데 그 말 자체는 멋있어 보입니다. 그런데 정원 하면 대뜸 떠오르
는 건 꽃 아닙니까? 그러니까 이 문장에서는 이념을, 공산주의란 이념
을 꽃에 비유한 셈이 돼버렸습니다. 그렇지만 이념과 꽃의 매치는 부
자연스러워 보입니다. 제가 다시 쓴다면 '제 상징의 방에' 또는 '제 상
징의 집에' 또는 '제 상징의 마당에' 이렇게 쓸 겁니다.

"다르위시는 이들 동료 작가들에게 고마움을 표하며 '우리에게는 희망이라는 치유할 수 없는 병이 있습니다'는 제목으로 연설을 했다. 복스러운 병이랄 수도 있는 희망의 내용은 자식들이 안전하게 등교할 수 있게 되는 것에 대한 희망, 임산부가 군 검문소 앞에서 죽은 아기를 낳는 것이 아니라 병원에서 살아 있는 아기를 낳게 되는 것에 대한 희망, 팔레스타인 땅이 사랑과 평화의 땅이라는 원래의 이름을 되찾는 것에 대한 희망이었다."

《자유의 무늬》, 17쪽

매우 어색한, 사실은 그 정도가 아니라 문법에 어긋난 표현입니다. '~하는 것에 대한 희망' 이게 뭡니까? 이 책을 다시 보면서 너무 실망했어요, 저한테. 제가 어떻게 이런 한심한 글을 쓸 수 있었는지.

　한국어다우려면 당연히 '자식들이 안전하게 등교할 수 있게 됐으면

하는 희망, 임신부가 군 검문소 앞에서 죽은 아기를 낳는 것이 아니라 병원에서 살아 있는 아기를 낳게 됐으면 하는 희망, 팔레스타인 땅이 사랑과 평화의 땅이라는 원래 이름을 되찾았으면 하는 희망이었다'로 고쳐야겠지요.

아주 나쁜 문장입니다. 이런 문장을 쓰는 사람은 흉을 좀 봐도 됩니다. 그리고 이건 사소하다면 사소할 수도 있는 거지만, '다르위시는 이들 동료 작가들에게'라는 표현도 좋지 않습니다. '이들' '동료작가들'에서 '들'이 두 번 들어갔습니다. 둘 중 하나는 필요 없습니다. '이 동료 작가들' 혹은 '이들 동료 작가'라고 하면 됩니다.

"문제는 제 나름대로 또렷한 정치적 지향을 지닌 사람들이 단지 게으름 때문에 기권을 하는 경우다."

《자유의 무늬》, 20쪽

'제 나름대로'라는 표현이 보입니다. '나름'은 아직까지 학교문법에서는 불완전명사, 의존명사로 분류합니다. 그래서 홀로 쓰일 수 없습니다. '제 나름대로' '그 나름대로' 이렇게 써야 합니다. 그런데 언제부턴지 '나름대로'라는 말이 많이 쓰이고 있습니다. 학교문법에 따르면 틀린 표현인데, 따지고 보면 학교문법이란 게 뭐가 그리 중요하겠습니까? 문법은 바뀔 수 없는 철칙이 아닙니다. 문법학자가 옳다고 하는 대로 사람들이 말을 하는 게 아니라, 사람들이 말을 하면 문법학자가 그 말의 원리를 정리하는 것입니다. 그래서 '나름대로'를 그 앞의 관형어 없이 그냥 썼다 해서 틀렸다고 할 수는 없을 것 같습니다. 심지어 요즘에는 '나름'이 부사로도 사용되고 있습니다. '나름 행복해' '나름 잘 하고 있어', 이렇게 말입니다. 저는 아직 이렇게 부사로 쓰는 건 마음에 걸리지만, 언젠간 표준 용법으로 자리 잡게 될 것입니다.

"나는 개인적으로 그 정도의 순정한 정치 혐오자나 정치 무관심층은
못 돼서 6월 13일에 투표장에 나갈 생각이다."

《자유의 무늬》, 21쪽

여기서 '개인적으로'라는 말이 과연 필요할까요? 여러분 생각은 어떠
세요? 필요 없을 것 같습니다. 내가 개인적으로 생각하지, 집단적으로
생각하겠어요? 이런 쓸데없는 말은 다 쳐내야 합니다. 그냥 나쁜 말버
릇일 뿐입니다. 간결한 문장이 좋은 문장입니다. 필요 없는 말은 절대
쓰지 마세요.

"'유감'이라는 말을 하고 보니 또다른 '유감'이 꼬리를 문다."

《자유의 무늬》, 24~25쪽

《자유의 무늬》에 실린 〈한국과 조선〉이란 글은 아주 형편없는 글입니다. 이 책에 실린 글 가운데 아마 가장 나쁜 글일 겁니다.

　필자는 24쪽까지 한국과 조선에 대해 얘기하고 있습니다. 즉 한국이라는 명칭과 조선이라는 명칭, 우리를 한국인으로 부를 것인가 아니면 조선인으로 부를 것인가, 하면서 조선이 가진 함의와 한국이 가진 함의를 죽 얘기합니다. 그러다 그다음에 "'유감'이라는 말을 하고 보니 또다른 '유감'이 꼬리를 문다"면서 난데없이 노무현 후보 얘기를 꺼냅니다. 노무현 후보 이야기는 한국, 조선과 아무 상관이 없는 얘기입니다. 그러니까 이 글을 쓴 사람은 이랬던 겁니다. 한국과 조선이라는 얘기를 썼는데 원고 양이 모자란 거예요. 그리고 거기에 대해 더이상 할 말도 없는 겁니다. 그런데 마지막 문장을 보니 '유감'이라는 말을 자신이 썼어요. '아! 유감? 최근에도 유감스러운 일이 하나 있었는데', 하면서 아무 상관도 없는 노무현 얘기를 한 겁니다. 아무 관련이 없는 별개의 소재와 주제를 저 짧은 글 안에 함께 뭉뚱그려버린 거지요. 그러니까 무지무지하게 성의 없는 글입니다. 제가 데스크라면 저런 글 싣지않습니다. 이 책에서 가장 창피한 글입니다.

글은 저렇게 쓰면 절대 안 됩니다. 할 말이 더 없으면 차라리 포기하고 거기까지만 쓰든가, 아니면 다른 글을 써야 합니다. 이 글은 어떤 주제에 대해서 글을 쓰다가 더이상 할 말이 없으니까 갑자기 다른 글을 이어붙인 것입니다. 글을 어떻게 쓰는 게 나쁘게 쓰는 것인가에 대한 가장 적나라한 예입니다. 여러분은 절대 이러시면 안 됩니다.

실전 06

"이어진 여름은 길고 추웠다."

《자유의 무늬》, 28쪽

여기서 '추웠다'는 것은 그 여름이 이상기온 때문에 영하로 떨어졌다거나 하는 뜻이 아니지요? 그해 봄 군인들이 광주에서 민간인들을 대량 학살한 다음에 정권을 탈취했고, 계엄령 상태에서 대학교는 다 문이 닫혀 있고 하니, 여름이 돼 아무리 기온이 삼십 몇 도로 올라도 오들오들 떨리는 그런 분위기였다, 그리고 그 추운 여름이 천천히도 흘러갔다, 왜 이렇게 안 지나가지, 도대체? 그런 느낌을 담은 문장입니다. 이런 수사법도 알아두면 도움이 됩니다.

"그 얼마 뒤 나는 파티 오거나이저라는 신종 직업이 정말로 있다는 걸 알았다."

《자유의 무늬》, 31쪽

관형사 '그'의 남용은 압도적으로 유럽어 정관사 때문에 한국말에 생겨난 것입니다. 그러니까 필요 없다고 생각되면 지워버리세요. 예컨대 '나는 그날 밤 누구랑 싸웠다. 그 이튿날에는', 여기서 '그'는 필요 없습니다. '이튿날에는', 하면 충분합니다. 관형사 '그'가 필요 없을 때는 뺀다, 그러니까 없어도 말이 통한다 싶을 땐 관형사 '그'를 당연히 뺀다, 이게 한국어다운 문장의 원칙이다, 라고 마음에 새기세요. 위 문장에서도 '그 얼마 뒤'가 아니라 '얼마 뒤'라고 쓰는 게 훨씬 자연스럽습니다.

"물론 나는 그들의 허랑방탕 덕분에 문학사적 광휘를 얻게 된 '길 잃은 세대'가 아니다."

《자유의 무늬》, 32~33쪽

〈미드나잇 인 파리〉라는 영화 보셨어요? 전 안 봤는데 거기 미국 사람들이 많이 나온답니다. 제1차 세계대전이 1918년에 끝나는데, 1920년대에 많은 미국인 예술가들이 파리에 가서 프랑스 사람하고도 어울리고 자기네들끼리도 어울립니다. 헤밍웨이도 그런 미국인들 가운데 한 사람이었는데 그때의 체험을 바탕으로 〈해는 또다시 떠오른다〉라는 소설을 씁니다. 그리고 그 소설의 제사가 "당신들은 모두 길 잃은 세대입니다"예요. 이 말은 당시 파리의 미국인들 가운데 이를테면 살롱 마담 같은 역할을 했던 작가 거트루드 스타인이 파리의 어느 주유소 직원에게 들은 말이라고 합니다. 그래서 스타인과 헤밍웨이를 비롯한 파리의 미국인들은 전쟁 직후의 허무적 분위기에 휩쓸려 자신들을 '길 잃은 세대'라고 부르기 시작했습니다. 사실 〈해는 또다시 떠오른다〉라는 소설을 안 읽어봤다거나, '길 잃은 세대'라는 표현의 연원을 모른다면 위 글에서 '길 잃은 세대'라는 표현을 이해하기 어려울 수 있습니다. 그러나 필자는 저 글에서 〈해는 또다시 떠오른다〉 얘기를 하고 있던 참이었으니, 저 정도의 비유에 꼭 설명을 달아야 할 필요는 없을 것 같습니다. 저 정도는 '허용된 현학'이라고 생각합니다.

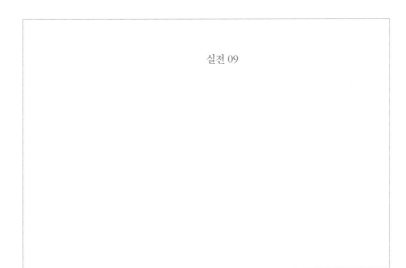

실전 09

"나는 개인적으로 노무현 씨가 후보로 뽑히기를 바란다."

《자유의 무늬》, 35쪽

앞서 이야기했듯, '개인적으로'는 삭제하세요. 필요 없는 말입니다. '뽑히기를'에서 '를'이 필요할까요? 격조사라 할지라도, 그게 없이도 말이 통하면 삭제하세요. '후보로 뽑히기 바란다.' 좋은 문장은 간결한 문장입니다. 물론 간결함 때문에 명확성이나 섬세함을 잃어서는 안 되겠지만, 좋은 문장의 특징 하나는 간결함입니다.

"물론 마거릿 버트하임이 harvard.edu라는 주소를 예로 들었듯 사이버 세계라고 해서 주소의 구별 짓기가 아예 없는 것은 아니다."

《자유의 무늬》, 48쪽

마거릿 버트하임을 아시는 분 혹시 여기 계신가요? 없으시죠? 이 글을 쓴 사람은 대개 여러분 같은 사람들을 대상으로 썼을 것입니다. 그렇다면 이 글을 쓴 사람은 굉장히 잘난 척을 하고 있는 겁니다. 아주 불친절하죠. 이건 아주 나쁜 습성입니다. 글 쓰는 사람의 허영을 드러낸 것입니다.

여러분들이 글을 쓸 때, 예컨대 칸트나 헤겔이나 마르크스처럼 너무 유명해서 굳이 소개할 필요가 없는 사람들은 '독일 경제학자 카를 마르크스' '프로이센 철학자 헤겔', 이럴 필요가 없어요. 그런데 그만큼 유명하지 않은 사람, 이걸 요샛말로 '듣보잡'이라고 하나요?(웃음) 아무튼 그 분야나 그 나라에서는 유명할지 몰라도 필자가 독자로 상정하는 사람들에겐 익숙하지 않을 거라고 생각되는 사람은 소개를 해줘야 합니다.

마거릿 버트하임은 호주 출신으로, 미국의 과학 저널리스트입니다. 과학 평론가고 과학 저널리스트예요. 그러니까 마거릿 버트하임 앞에는 반드시 '호주 출신의 미국 저널리스트' 또는 '미국 과학 평론가'라는 말이 꼭 들어가야 합니다. 이건 굉장히 중요한 겁니다. 다짜고짜 마거릿 버트하임이라고 쓰는 것, 이런 식의 불친절은 글쓴이의 커다란 악덕입니다. 이건 '허용되지 않는 허영'이라고 할 수 있겠습니다.

실전 11

"그래서 지금 이 글을 쓰는 기분도 더럽기 짝이 없다."

《자유의 무늬》, 56쪽

이 글을 쓰는 사람이 정말 기분이 더럽기 짝이 없을지는 모르겠지만, 절대 글에서 써서는 안 될 표현입니다. 격앙된 감정을 여과 없이 드러내고 있기 때문입니다. 글의 기품을 떨어뜨리는 짓입니다. 아무리 자기가 기분이 더럽다고 하더라도 글을 쓸 때는 '아, 기분이 더럽네' 이렇게 쓰지 마세요. '마음이 불편하다'든가 하는 식으로 표현을 약화하는 게 좋습니다.

"일제시대 항일 운동가들이 불렀던 혁명가요에서부터 1970년대 말 이 래 청년의 정액처럼 힘차게 솟구쳐 나온 운동가요에 이르기까지 수많 은 민중가요가 담겨 있었다."

《자유의 무늬》, 60쪽

아주 천박한 비유가 또 나왔습니다. 아무리 생생할지라도 천박한 비 유는 하지 않는 게 좋습니다. '청년의 정액처럼 힘차게 솟구쳐 나온 운 동가요' 이런 비유는 절대 쓰지 마세요. 글 읽는 사람에게 혐오감을 주 고 글쓴이의 기품을 떨어뜨리는 표현입니다.

"여사는 그렇다면 실망하지 않았느냐며 깔깔 웃었다. …나 역시 껄껄
댔다."

《자유의 무늬》, 65쪽

말장난이 나옵니다. 의성어의 경우, 양성모음을 사용해서 여성성을 드러
내고 음성모음을 사용해서 남성성을 드러낼 수 있습니다. '껄껄'이 남자
웃음 같고 '깔깔'이 여자웃음 같아서 일부러 이렇게 대립시킨 겁니다.

"실제로 허영란 씨는 SBS 수목 드라마 〈청춘의 덫〉에서 주인공 동우(이종원 씨)의 누이 역을 맡았고, 요즘은 〈그 여자네 집〉에서 역시 주인공 태주(차인표 씨)의 누이 태희 역을 맡고 있다."

《자유의 무늬》, 84~85쪽

〈미스터 앤 미세스 스미스〉라는 영화 보셨습니까? 그 영화 남자주인공이 누구죠? 브래드 피트요? 여자주인공은 누구죠? 안젤리나 졸리요? 확실한가요? 이 영화의 남자주인공이 브래드 피트고 여자주인공이 안젤리나 졸리인 거 확실해요?

저는 아니라고 생각합니다. 이 영화의 남자주인공은 존 스미스이고, 여자주인공은 제인 스미스입니다. 존 스미스 역을 맡아 연기를 한 배우가 브래드 피트고, 제인 스미스 역을 맡은 배우가 안젤리나 졸리인 것입니다. 그러니까 〈미스터 앤 미세스 스미스〉의 주인공은 브래드 피트나 안젤리나 졸리가 아닙니다. 잘 구별하셔야 합니다, 주인공과 그 주인공 역을 맡은 배우를. 영화 평론하시는 분들도 가끔 그 둘을 구별 안 할 때가 있습니다. 완전히 틀린 말입니다.

고종석의 문장

실전 15

"그러나 윤범모 씨가 내 기사의 도움을 받았을 가능성도 있다."

《자유의 무늬》, 97쪽

〈피카소파스〉라는 이 글 역시 부끄러운 글입니다. 글쓴이 본인은 아니라고 했지만, '원래 저 말은 내가 처음 한 건데 다른 사람들이 자기들 생각인 것처럼 말하는구나!' 하고 분이 나서, '그건 내가 처음 한 말이야!' 하고 잘난 척하기 위해서 쓴 글입니다. 이런 글은 쓰지 마세요. 쓰고 나서 후회합니다.

실전 16

"…어느 술자리에서 그 책의 저자 홍세화 씨에게 투정을 부린 적이 있다."

《자유의 무늬》, 99쪽

이 글을 쓴 사람과 홍세화 씨는 열두 살 차이입니다. 그러니까 이 두 사람이 만나면 이 글의 필자가 홍세화 씨를 홍세화 씨라고 부르진 않습니다. '선생님'이라고 부르거나 '선배'라고 부르거나 '형'이라고 부르겠지요. 그런데 객관적인 글에서, 많은 독자가 보는 글에서 자기 처지와 주관에 따라 호칭을 하면 안 됩니다.

　돌아가신 분들이지만, 예컨대 미당 서정주라든가 김동리라든가 피천득이라든가 이런 원로 문인들이 살아계실 때, 그분들에 관한 기사를 보면, 기자들이 이분들 이름 뒤에 꼭 선생이라는 말을 붙이고들 하더군요. 이건 자기 일기장에나 쓸 수 있는 표현입니다. 적어도 객관적 글에서는 그렇게 쓰면 안 됩니다. 자기한테는 선생인지 몰라도, 읽는 사람이 이 사람들을 선생이라고 생각하지 않을 수 있잖습니까? 이 사람들보다 더 나이가 많아서 그럴 수도 있고, 이 사람들의 행적이 기분 나빠서 그럴 수도 있고. 당연히 '시인 서정주 씨는' '소설가 김동리 씨는' '수필가 피천득 씨는' 이렇게 써야 합니다.

그리고 신문 글에서 쓰지 말아야 할 표현이 또 있습니다. '우리나라'라는 표현입니다. 이건 완전히 바보 같은 표현입니다. '우리나라'는 반드시 '한국'이라고 써야 합니다. 저널리즘이라는 건 모두에게 다 개방돼 있는 것입니다. 어떤 신문을 어떤 특정한 국적의 사람들만 읽으라는 법은 없습니다. 그러니까 당연히 '우리나라 국민소득이 몇 퍼센트' 이런 표현은 신문에서 써서는 안 됩니다. '한국 국민소득이…'라고 써야 합니다. '우리 정부는'도 안 됩니다. '한국 정부는'이라고 써야 합니다. '우리 정부가' 하는 순간, 이미 주관이 들어간 겁니다. 말을 그렇게 할 수는 있습니다. 어떤 애국심에 찬 사람이 자기 블로그에 글을 올릴 때도 그렇게 쓸 수 있습니다. 그러나 저널리즘 글에서는 그런 주관적 표현을 피해야 합니다.

3

한국어답다는
것의 의미
II

2강에선 한국어의 특징인 음성상징, 색채어, 한자어에 대해 공부했습니다. 이번 3강에서는 2강에서 마무리하지 못한 한자어에 대해 조금 더 얘기한 뒤, 한국어다움에 대해 더 살펴보겠습니다.

한자어는 명백한
한국어

한국어 문장은 번역문에서 시작됐습니다. 그래서 한국어로 글을 쓸 때 번역 문투를 완전히 피하는 것은 불가능합니다. 설령 번역 문투를 피하는 것이 어느 정도 가능하다고 해도, 고유어만으로 된 문장을 쓰는 건 전혀 불가능합니다. 어떤 글이든, 그것이 진지한 논문이든 아니면 비교적 가벼운 기사 글이든, 글에서 쓰는 말은 우리 고유어보다 한자어가 훨씬 많습니다. 그 한자어들의 70~80퍼센트는 19세기 말 이후에 생긴 것입니다. 우리가 지금 쓰는 한자어는 1900년대 말까지는 아예 없었던 말들입니다. 한자어 중에서 개화기 이래 일제강점기까지 일본어를 통해 들어온 것이 압도적이라는 뜻입니다. 물론 그전에 중국어를 통해서 들어온 말도 있습니다. '천지天地' '세상世上' '부모父母' 같은 말들이 그렇습니다. 이런 말들은 중국 사람들이 만들어 한국과 일본에서도 쓰이게 된 말입니다. 일본에서 난학을 포함한 양학이 개화하기 전의 한자어는 거의 다 중국 사람이 쓰는 말을 한국 사람이나 일본 사람이 빌려서 썼다는 말입니다.

그러다가 19세기 말 이후 한국이 일본의 정치적·문화적 영향 아래 들어가게 되면서 한국어에서는 일본제 한자어들이 중국제 한자어들을 압도해버렸습니다. 그리고 그 말들은 이제 한국어가 되었습니다. 완전한 한국어가 되었다는 뜻입니다. '문화文化'라는 말은 영어 culture를 일본 사람들이 文化라고 번역한 것이 우리말에 수입돼 우리식 발음으로 읽게 된 것입니다. 그렇지만 문화는 일본어도 아니고 중국어도 아닙니다. 그것은 명백한 한국어입니다. 文化를 '문화'라고 읽는 사람은 이 세상에서 한국어 사용자들밖에 없습니다. 그러니 글에서 한자어를 쓰지 않겠다는 강박관념을 지닐 필요는 전혀 없습니다. 한자어는 우리말입니다. 명백한 한국어입니다. 사실 한자어를 전혀 안 쓰겠다고 마음먹으면, 우리는 두세 문장도 쓰기 어려울 겁니다.

한국어의 세 가지 층:
고유어, 한자어, 외래어

고대 이래로 중국에서 한자어가 천천히 차용되면서, 그리고 19세기 말 이후 일본에서 한자어가 급속히 차용되면서 한국어 어휘에는 층이 생기게 됐습니다. 고유어와 한자어의 층이 생긴 거지요. 그 위에 외래어가 있습니다. 고유어와 한자어와 외래어는 차례로 한국어 어휘부를 형성했습니다. 맨 아래에 고유어가 있고, 그 위에 한자어가 있고, 맨 위에 외래어가 있습니다. 그래서 때로 그 세 층의 단어들은 유의어를 이루기도 합니다. 예컨대 소젖(쇠젖)과 우유와 밀크가 그렇습니다.

그런데 외래어는 한자어만큼 많지는 않으니까 이런 세 층의 유의어들은 드물고, 고유어와 한자어 두 층으로 이뤄지는 유의어쌍이 한국어에는 많이 있습니다. 예컨대 여름옷과 하복, 겨울잠과 동면, 가을밤과 추야, 봄바람과 춘풍, 가슴둘레와 흉위, 몸무게와 체중, 뺄셈과 감산, 곱셈과 승산, 덧셈과 가산, 나눗셈과 제산, 제곱과 자승, 세모꼴과 삼각형, 가로줄과 횡선, 세로줄과 종선, 아침밥과 조반, 배앓이와 복통, 살갗과 피부, 온몸과 전신, 엉덩이와 둔부, 누에치기와 양잠, 피와 혈액, 목숨과 생명, 사람과 인간, 날씨와 일기, 값과 가격, 곳과 장소, 새와 조류 따위가 그렇습니다.

이런 유의어쌍들을 보면 고유어들은 대체로 친숙한 느낌을 주고, 한자어들은 공식적인 느낌을 줍니다. 나쁘게 말하면, 고유어들은 좀 없어 보이고, 한자어들은 좀 있어 보입니다. 이렇게 고유어와 한자어가 유의어쌍을 이룰 때 문장에서 한자어를 쓸 것이냐 고유어를 쓸 것이냐 는 개인적 판단입니다. 어떤 경우엔 한자어가 더 적절할 수 있고 어떤 경우엔 고유어가 더 적합할 수 있습니다. 나라사랑이 지나쳐서 될 수 있으면 고유어만 쓰겠다, 라고 마음먹은 사람은 그래도 됩니다. 그렇지 만 '나는 한자어는 절대 안 쓰겠다', 그건 아주 바보 같은 짓입니다. 아 니, 불가능한 일입니다.

이건 한국어만의 현상이 아닙니다. 일본어에서도 마찬가지입니다. 우리말에서는 한자어라고 부르는 단어들을 일본어에서는 간고^{漢語}라고 부릅니다. 일본어에서도 간고는 좀 있어 보이고, 고유어는 좀 없어 보 입니다. 물론 없어 보이는 대신에 친숙함과 정감이 있지요. 이것은 한 국어에서나 일본어에서나 마찬가지입니다.

아, 그리고 세상에 동의어라는 것은 절대 없습니다. 유의어가 있을 뿐입니다. 제가 앞에서 예로 든 고유어와 한자어들의 쌍도 동의어가 아니라 유의어일 뿐입니다. 이 말들이 똑같은 맥락에서 똑같은 의미와 뉘앙스를 지니고 쓰일 수는 없다는 뜻입니다. 뜻이 비슷한 말은 존재 해도 뜻이 완전히 겹치는 말은 없습니다.

한국어와 일본어에 고유어와 한자어의 유의어쌍이 있듯이, 영어에 도 고유어, 게르만계 단어라고 부르죠, 암튼 고유어와 프랑스계(라틴계) 단어들의 유의어쌍이 있습니다. 1066년에 프랑스 노르망디라는 지방 을 다스리던 윌리엄이라는 사람이, 프랑스말로는 기욤이라고 부릅니다 만, 잉글랜드에 쳐들어가 정복왕조를 세운 뒤에 오래도록 잉글랜드 상류충에서는 영어가 아니라 프랑스어만 썼기 때문입니다. 한참 뒤에 프랑스와의 100년전쟁으로 반프랑스 감정이 심해져서 잉글랜드의 귀족들도 영어를 쓰기 시작할 무렵엔, 이미 영어에 너무나 많은 프랑스어계 단어가 침투한 상태였습니다.

그래서 오늘날 영어에는 게르만계 단어와 프랑스-라틴계 단어의 유의어쌍이 무수히 존재합니다. 동사를 예로 들어보자면, to give와 to donate, to hinder와 to prevent, to answer와 to reply, to understand와 to comprehend, to bury와 to inhume, to foretell과 to predict, to sweat과 to perspire, to end와 to finish, to sell과 to vend, to uproot와 to eradicate, to begin과 to commence, to feed와 to nourish가 그 예입니다. 영어에서도 한국어나 일본어에서와 비슷하게, 게르만계 단어들은 친숙하되 좀 없어 보이고, 프랑스-라틴계 단어들은 좀 딱딱하되 있어 보입니다. 물론 예외도 있습니다. 골짜기를 뜻하는 게르만계 단어 dale은 비슷한 뜻의 프랑스계 단어 valley보다 더 우아하고 있어 보입니다. 그것은 한국어에서 한자어 '족足'이 고유어 '발'보다 좀 비속하게 들리는 것과 비슷합니다. 그렇지만 이런 경우는 매우 예외적입니다.

명사를 예로 든다면, 영어의 inside와 interior, outside와 exterior, birth와 nativity, backbone과 spine, breath와 respiration, work와 labor의 관계는 한국어의 안과 내부, 바깥과 외부, 태어남과 출생, 등뼈와 척추, 숨쉬기와 호흡, 일과 노동 사이의 관계에 얼추 견줄 만합니다. 앞쪽은 정감 있고 친숙하되 좀 없어 보이고, 뒤쪽은 딱딱하게 들리지만 좀 있어 보입니다. 이 말들이 동의어가 아니라 유의어라는 사실을 다시 강조해야겠습니다. 게르만계 단어들에 대응하는 프랑스-라틴 계통의 유의어들이 영어를 더욱 풍부하게 만들 듯, 고유어에 대응하는 한자어 유의어들은 한국어를 풍부하게 만듭니다. 그것들은 솎아내야 할 찌꺼기가 아니라 품어 안아야 할 자산입니다.

그것은 이 유의어들이 호환이 안 되는 경우가 꽤 있기 때문에 더욱 그렇습니다. 예컨대 '목숨'과 '생명'을 봅시다. '우리 목숨을 걸고 조국을 지키자'는 '우리 생명을 걸고 조국을 지키자'로 바꿀 수 있습니다. 그렇지만 우리는 '꽃도 생명을 지니고 있다'라고는 말하지만, '꽃도 목숨을 지니고 있다'라고는 말하지 않습니다. '목숨'은 유정명사(有情名詞)에만 쓰일 뿐 '꽃' 같은 무정명사(無情名詞)에는 쓰이지 않기 때문입니다. 유정명사는 사람과 짐승(벌레도 마찬가지입니다)을 아우르는 말이고, 무정명사는 식물과 무생물을 아우르는 말입니다.

유정명사와 무정명사 얘기가 나온 김에 여격 조사 '-에'와 '-에게'에 대해서 잠깐만 말씀드리겠습니다. 여격 조사 '-에게'는 유정명사 다음에 붙고 '-에'는 무정명사 다음에 붙습니다. 그래서 '철수에게 물을 주다' '소에게 물을 주다'라고 말하는 반면 '꽃에 물을 주다' '돌에 물을 뿌리다'라고 말하는 것입니다. 전문적 글쟁이들 가운데도 이걸 구별 못하는 분들이 많습니다. 그러니까 여러분, 이거 꼭 기억해두세요. 여격조사 '-에게'는 유정명사, 즉 사람을 포함한 동물 뒤에 쓰고, '-에'는 무정명사, 곧 식물과 무생물 뒤에 씁니다!

다시 '목숨'과 '생명'으로 돌아가봅시다. '생명'은 사물에 대해 비유적으로 쓰일 수 있습니다. 예컨대 '미당 서정주의 작품들은 생명이 길 거야'라고 말할 수 있습니다. 그렇지만 '미당 서정주의 작품들은 목숨이 길 거야'라고 말하지는 않습니다. 또 '한 생명을 잉태하다'라는 표현은 자연스럽지만, '한 목숨을 잉태하다'라는 말은 부자연스럽습니다. 이렇게 '목숨'과 '생명'은 비록 유의어라고는 할 수 있을지라도, 서로 교환할 수 없는 경우가 많습니다. 그래서 우리에게는 '목숨'만 필요한 게 아니라 '생명'도 필요합니다. 이렇게 명백히 서로 교환할 수 없는 유의어쌍은 드물지 않습니다. 피와 혈액을 봅시다. 혈액은 물질로서의 피만을 가리켜서 의학적 뉘앙스를 갖습니다. 그래서 생명현상과 관련된 다양한 비유의 뉘앙스를 지니고 있지 못합니다. 예컨대 '피 끓는 젊음' '정말 피를 말리는구먼' '피를 나눈 사이'라는 말은 자연스럽습니다. 그렇지만 '혈액이 끓는 젊음'이나 '정말 혈액을 말리는구먼'은 틀린 한국어이거나 익살이죠. 누구에게선가 수혈을 받았다면 그 사람과 '혈액을 나눈 사이'라고 말할 수도 있겠지만, 이 역시 어색하긴 마찬가지입니다. '머리에 피도 안 마른 놈이!'라고는 해도 '머리에 혈액도 안 마른 놈이!'라고는 하지 않습니다.(웃음) 물론 웃자고 하는 얘기일 수는 있겠죠.

사람과 인간도 마찬가지입니다. '인간은 만물의 영장이다'와 '사람은 만물의 영장이다'라는 문장만 보면 인간과 사람이 동의어인 것처럼 보입니다. 그러나 실제 쓰임새는 다른 경우가 많습니다. '인간'은 다소 추상적인 단어여서 '사람'이 사용되는 구체적 문맥에서 '사람'을 대체하지 못합니다. '사람이 많이 모였네'라거나 '저기 사람이 있네'라거나 '젊은 사람이 왜 그래?'라거나 '프랑스 사람' 같은 표현에서 '사람'을 '인간'으로 바꾸면 틀린 한국어이거나 비아냥거림이 되고 맙니다. 다시 말해 이들 경우에는 특수한 문체적 의도를 노렸을 때만, '사람'을 '인간'으로 바꿀 수 있습니다.

'날씨'와 '일기'도 그렇습니다. '날씨'는 구체적인 데 비해 '일기'는 다소 추상적입니다. '날씨가 순조롭지 않네'는 '일기가 순조롭지 않네'로 고칠 수 있습니다. 그러나 '더운 날씨'나 '날씨가 흐렸다' 같은 표현에서 '날씨'를 '일기'로 바꾸면 어색합니다. '값'과 '가격'도 마찬가지입니다. '덩칫값 좀 해라'라고는 말해도 '덩치가격 좀 해라'라고는 말하지 않습니다. 기독교인들이 '저 높은 곳을 향하여 날마다 나아갑니다'라고 노래하지 않고 '저 높은 장소를 향하여 날마다 나아갑니다'로 고쳐 노래하면 뉘앙스가 완전히 달라집니다. '곳'과 '장소'를 호환할 수 없다는 뜻입니다. 또 새와 조류 역시 동의어 같지만, 닭이나 타조처럼 날개가 퇴화한 조류는 보통 새라고 부르지 않습니다.

한자어와 고유어가 합쳐진 동의첩어

자, 한국어 어휘를 이루는 세 층은 고유어와 한자어와 외래어라는 말씀을 드렸습니다. 이 단어들이 합쳐져서 복합어를 만들 때, 고유어는 고유어끼리, 한자어는 한자어끼리, 외래어는 외래어끼리 어울리는 경우가 가장 많습니다. 그렇지만 이질적 기원의 형태소나 단어들이 서로 어울려 새로운 단어를 만들어내는 경우도 많습니다. 싸전이나 밥상 같은 말은 고유어에 한자어가 덧붙여져 만들어진 말이고, 창살이나 분내나 묘지기는 한자어에 고유어가 덧붙어 된 말입니다. 계란빵이나 우승컵은 한자어에 외래어가 붙은 것이고, 잉크병이나 크림통은 외래어에 한자어가 붙은 것입니다.

그런데 한자어와 고유어가 결합해서 복합어를 만드는 예들 가운데는 동의중복同義重複 현상을 보이는 말들이 있습니다. 예컨대 '역전驛前앞' 같은 말이 가장 널리 알려져 있을 겁니다. 이런 말들을 흔히 동의첩어同義疊語라고 합니다. '전前'이라는 말이 이미 들어갔는데도 다시 '앞'을 덧붙였으니 잉여적 표현입니다. 이런 잉여적 표현은 어휘 수준, 특히 명사에서 가장 흔합니다. 예컨대 외갓집, 처갓집, 산채나물, 돌비석, 손수건, 모래사장, 단발머리, 한옥집, 양옥집, 삼월달, 고조할아버지, 추풍령고개, 강촌마을, 고목나무, 계수나무, 함성소리, 해변가, 사기그릇, 매화꽃, 낙숫물, 새신랑 따위가 그 예입니다.

그런데 이런 잉여적 표현은 꼭 단어에서만 나타나는 게 아니라 구句나 절節의 수준에서도 나타납니다. '소녀'는 어리기 마련인데도 '어린 소녀'라는 표현이 흔히 쓰이고, '광장'은 넓기 마련인데도 '넓은 광장'이라는 말을 흔히 씁니다. '큰 대문'도 마찬가지입니다. '유언을 남기다' '박수 치다' '피해를 입다' '미리 예습하다' '둘로 양분하다' '세 나라가 정립鼎立하다' '그림으로 도해하다'에서도 잉여요소가 있습니다.

자, 이런 동의중복 표현은 허용돼야 할까요? 저는 허용돼야 한다고 생각합니다. '바른 말'에 집착을 보이는 이들은 이런 표현들을 써서는 안 된다고 합니다. 그래서 '역전앞'은 '역전'이라 말해야 하고, '피해를 입다'는 '해를 입다'라고 해야 하고, '유언을 남기다'는 '유언을 하다'라고 써야 한다고 합니다. 그렇지만 이분들은 어떤 단어나 표현이 옳은지 그른지를 최종적으로 결정하는 사람들은 그 언어를 실제로 사용하는 언중이라는 사실을 잊고 있는 겁니다. 사람들이 걸으면 길이 되듯, 사람들이 하면 말이 됩니다. 어원이나 본디의 뜻 같은 것은 중요한 게 아닙니다. 중요한 것은 다수의 사람들이 그 말을 어색하지 않게 받아들인다는 사실입니다.

게다가 이런 동의중복 표현이 나타나게 된 데에는 이유가 없는 게 아닙니다. 말을 하는 대중 입장에서는 한자어의 뜻이 어렵거나 모호할 경우에 그 뜻을 또렷이 하기 위해 같은 뜻의 고유어를 붙일 필요를 느꼈을 수 있습니다. 또 같은 뜻의 말을 반복함으로써 그 의미를 강조하고 싶었을 수도 있고요. 아무튼 이런 동의첩어들, 또는 잉여적 표현들은 잘못된 단어나 표현이 아니라 한국어의 독특한 어휘구성이나 표현법에 속한다고 봐야 합니다.

그렇다면 제 주장은 이런 잉여표현을 마음껏 쓰자는 것일까요? 그건 아닙니다. 우선 입말의 경우엔 이런 잉여표현을 쓰는 게 전적으로 허용돼야 한다고 생각합니다. 왜냐하면 사람들이 실제로 그렇게 말하기 때문입니다. 그렇지만 글에서는 되도록 피하는 게 좋지 않을까 생각합니다. 이건 이중기준이라고도 할 수 있지만, 말과 글이 똑같을 수는 없습니다. 누차 말씀드렸듯, 한국어에서 구어체와 문어체의 일치는 아직 먼 이상입니다. 저는 글을 쓸 때는 '처갓집'보다는 '처가'를, '낙숫물'보다는 '낙수'를 쓰는 게 낫다고 생각합니다. 그렇지만 이건 제 원칙일 뿐입니다. 여러분들이 잉여적 표현을 쓰고 싶으시면 쓰셔도 됩니다. 다시 말씀드리지만, 이런 잉여표현은 틀린 표현이 아니라 한국어나운 표현이기 때문입니다.

한국어의 특징, 명사문: '모양' '예정' '것'

한국어에는 명사문이라는 게 있습니다. 명사문은 보통 '모양'이나 '예정' 같은 말을 서술어로 갖는 문장입니다. 예컨대 '나는 내일 베이징에 갈 예정이야' '걔는 내일 도쿄에 갈 모양이야', 이런 문장이 명사문입니다. 두 문장에서 '예정'이나 '모양' 같은 명사가 서술어지만, 그 서술어의 주어는 없습니다. '예정'이나 '모양' 앞에 나온 부분은 이 서술어 명사를 수식하는 관형절일 뿐입니다. '나'나 '걔'가 주어라고요? 주어는 주어지만, 문장 전체의 주어는 아닙니다. '나'나 '걔'는 관형절 안의 서술어인 동사 '가다'의 주어일 뿐입니다. 문장 전체의 주어가 없는 것입니다. 제가 방금 '문장 전체의 주어가 없는 것입니다'라고 말했지요? 사실 이 문장도 명사문입니다. '것'이라는 명사가 그 문장의 서술어지만, '것'을 수식하는 관형절만 있을 뿐 그 '것'의 주어는 없습니다.

사실은 이 '것'을 서술어로 삼는 명사문 얘기를 하기 위해, 그 앞에 '모양'이나 '예정' 얘기를 한 것입니다. 제가 정작 여러분께 드리고 싶은 얘기는 '것'으로 끝나는 명사문이라는 뜻입니다.

이런 유형의 문장에 쓰이는 '것'에는 크게 세 가지 용법이 있습니다. 첫째 'ㄹ/을 것이다'의 형태로 쓰여서 추측이나 예상을 나타냅니다. 이 때의 '것'은 '모양'이나 '예정'으로 바꿀 수도 있습니다. '걔는 내일 도쿄에 갈 거야'는 '걔는 내일 도쿄에 갈 모양이야'로 바꿀 수 있고 '나는 베이징에 갈 거야'는 '나는 내일 베이징에 갈 예정이야'라고 바꿀 수 있습니다.

둘째 용법은 '-ㄹ/을 것'의 형식으로 문장을 끝맺어 명령의 뜻을 나타냅니다. '실내에서 담배 피우지 말 것!'이라거나, '잠자기 전에 꼭 이를 닦을 것!' 같은 문장이 그 예입니다.

이 용법들은 다 잘 아실 겁니다. 제가 여러분께 특히 말씀드리고 싶은 건 세 번째 용법입니다. '-ㄴ/은/는/던 것이다'로 끝나는 명사문은, 전에 일어났거나 이미 알고 있는 사실 또는 앞에서 말한 내용을 다시 한 번 강조하거나 확인하거나 부연하거나 근거를 대는 기능을 합니다. 자, 이거 중요합니다. 주목하십시오. 이 세 번째 유형의 '것'으로 끝나는 명사문은 이미 제시된 정보를 확인하거나 그 정보의 근거를 대는 기능을 한다고 제가 말씀드렸습니다. 그러니까 이 유형의 명사문은 절대로, 절대로 글의 첫 문장이 될 수 없습니다! 무슨 말인지 이해하시겠습니까?

제가 아까 참에 '모양'이나 '예정'을 서술어로 삼는 명사문 얘기를 하면서 "'나'나 '걔'는 관형절 안의 서술어인 동사 '가다'의 주어일 뿐입니다. 문장 전체의 주어가 없는 것입니다"라고 말씀드린 적이 있죠? 두 번째 문장, 곧 "문장 전체의 주어가 없는 것입니다"라는 문장에서 바로 이 용법의 '것'이 보입니다. 이 명사문은 바로 그 앞 문장, 다시 말해 "'나'나 '개'는 관형절 안의 서술어인 동사 '가다'의 주어일 뿐입니다"를 보완해주고 있습니다. 이런 명사문은 절대로 글의 첫 문장이 될 수 없습니다.

다른 예를 봅시다. '철수는 냉장고 문을 열었다. 배가 고팠던 것이다', 이건 훌륭한 문장입니다. '배가 고팠던 것이다'는 철수가 냉장고 문을 연 이유를 알려주지요. 그렇지만 처음부터 다짜고짜 '철수는 냉장고 문을 열었던 것이다'라고 말하면, 이건 틀린 문장입니다. 일종의 개그로서는 가능하지만요. 또다른 예를 봅시다. '영희는 오늘 일찍 조퇴했다. 몸이 많이 아팠던 것이다', 이건 자연스럽습니다. '몸이 많이 아팠던 것이다'는 영희가 일찍 조퇴한 이유를 알려주지요. 그렇지만 '영희는 오늘 일찍 조퇴했던 것이다'를 글의 첫 문장으로 쓸 수는 없습니다. 그건 오문입니다. 개그가 아니라면요. 만약에 '오후 내내 교실에서 영희가 보이지 않았다'라는 문장이 있다면, 그 뒤에 '영희는 오늘 일찍 조퇴했던 것이다'라는 문장을 쓸 수 있겠죠. 자, 봅시다. '오후 내내 교실에서 영희가 보이지 않았다. 영희는 오늘 일찍 조퇴했던 것이다', 여기서 '영희는 오늘 일찍 조퇴했던 것이다'는 영희가 교실에서 보이지 않았던 이유를 알려줍니다. 이해되셨죠?

그 앞에 어떤 문장이 나오지 않으면 '-ㄴ/은/는/던 것이다'로 끝나는 명사문을 결코 사용할 수 없습니다. 이 유형의 명사문은 '보완'의 역할을 할 뿐 '최초의 정보'를 담을 수 없기 때문입니다. 그러니까 어떤 글의 첫 문장이 '-ㄴ/은/는/던 것이다'로 끝나면, 그 문장은 100퍼센트 오문이고, 그런 문장으로 시작되는 글은 읽지 않으셔도 됩니다.(웃음) 잊지 마세요. '-ㄴ/은/는/던 것이다'로 끝나는 문장은 절대 글의 첫머리에 올 수 없습니다!

글쓰기 이론

정치적 올바름에 대하여

'정치적 올바름Political Correctness'이라는 말이 있습니다. 30년 안쪽에 생긴 표현입니다. 예컨대 미국에서는 '검둥이Negro, nigger'라는 말은 물론이고 '흑인black'이라는 말도 그 뉘앙스가 좋지 않아서 점잖은 자리에선 '아프리카계 미국인African American'이라는 말을 씁니다. 한국어에서도 정치적 올바름이 실천되고 있습니다. 영어의 영향을 받은 거지요. 예전에 '식모'라고 불렸던 사람들을 '가정부'라고 부르다가 요즘은 '가사도우미'라고 합니다. '보험외판원'은 '생활설계사'로 부르고, '차장'은 '안내원'으로 부르고, '광부'는 '광원'으로 부르고, '청소부'는 '환경미화원'으로 부르고, '정신지체아'는 '학습곤란자'라고 부릅니다. 이런 식으로 부정적 이미지를 지니고 있던 말을 버리고 중립적 또는 긍정적 뉘앙스를 담은 말을 쓰는 것을 정치적 올바름이라고 합니다.

정치적 올바름은

위선일 뿐일까? 정치적 올바름의 효과는 극히 제한

적입니다. 새 단어를 만든다고 하더라도 예전에 쓰던 단어의 이미지가

새 단어에 금방 그대로 달라붙습니다. 몇 년만 지나면 똑같아집니다.

'형무소'를 '교도소'라고 부른다고 해서 '교도소'의 이미지가 크게 달라

지는 것은 아닙니다. 그래서 오히려 좌파들은 그런 정치적 올바름을 위

선이라고 비판합니다. 사회적으로 불리한 처지에 놓인 사람들의 실제

환경을 개선해야지, 말하자면 경제적으로, 정치적으로, 문화적으로 열

악한 처지에 놓인 사람들의 환경을 개선해야지, 이름만 바꿔 부르면

그게 무슨 의미가 있느냐는 것입니다. 이름만 정치적으로 올바르게 예

를 갖춰서 부르면 이건 속임수라는 겁니다.

　이 견해는 옳을 수도 있고 그를 수도 있습니다. 이름만 바꿔 부르는

게 큰 의미가 없는 건 사실이지만, 정치적 올바름을 실천하는 건 말이

나 글에 기품을 부여합니다. 그래서 저는 글을 쓸 때 원칙적으로 정치

적 올바름을 실천하는 게 좋다고 생각합니다.

정치적 올바름의 추구가

글의 결을 해쳐선 안 된다 '외국인 노동자'를 정치적으로 올바

르게 부르려면 '이주 노동자'라고 해야 합니다. 외국인 노동자라는 말

에는 어떤 편견이 담겨 있습니다. 물론 글에서라고 늘 정치적 올바름

을 실천해야 하는 것은 아닙니다. 예컨대 '여공'이라는 말을 정치적으

로 올바르게 부르면 '여성 노동자'가 됩니다. 그런데 1970년대를 회상

하는 글이 있다고 칩시다. 그 시절에는 '여성 노동자'라는 말이 존재하지도 않았습니다. 그런 글에서 '구로공단의 여성 노동자들'이라고 쓰는 것은 좀 어색할 것 같습니다. '구로공단의 여공들'이라고 하는 깃이 더 실감날 것입니다. 그러니까 글을 쓸 때 정치적 올바름을 실천하는 건 중요하지만, 정치적 올바름을 실천하기 위해서 글의 결을 해쳐서는 안 됩니다.

보조사 '는/은'과
주격 조사 '이/가'

'는/은/이/가'에 대해 좀 살펴봅시다. '는'과 '은'은 똑같은 거죠? 앞에 나오는 체언이 모음으로 끝나면 '는'이 되는 거고, 자음으로 끝나면 '은'이 되는 겁니다. 하나가 원형태고 다른 하나가 이형태, 다른 형태입니다. 영어로 allomorph라고 하는데 '이/가'도 마찬가지입니다. 앞 체언에 받침이 있으면 '이'가 되고, 받침이 없으면 '가'가 옵니다.

'는/은'은 뜻을 섬세하게 만들어주는 보조사다

'이/가'는 주격 조사입니다. 그런데 '은/는'은 주격 조사가 아닙니다. 보조사예요. 왜냐하면 목적격에도 쓸 수 있어요. '걔가 너는 사랑해' 할 때 '너'의 성분은 목적어죠? 그러니까 '는'과 '은'은 주격 조사가 아닙니다. 그냥 보조사예요. '걔가 너는 사랑해'는 '걔가 다른 사람은 몰라도 너는 사랑해'라는 뜻입니다. 뜻을 섬세하게 만들어줍니다.

주어 뒤에 '는/은'을 붙일 것인가,

'이/가'를 붙일 것인가?   다시 강조하자면 '는/은'은 주격 조사가 아닙니다. 그런데 한국어에서 '는/은'은 주격 조사가 올 자리에 오는 경우가 굉장히 많습니다. 그래서 과연 주어 뒤에 '는/은'을 붙일 것이냐, '이/가'를 붙일 것이냐, 이런 어려운 문제가 생겨납니다. 이건 정말 어려운 문제입니다.

그런데 여러분, 사실 여러분은 이걸 두고 고민할 필요가 없습니다. 주어 뒤에 '는/은'을 붙일 것이냐, '이/가'를 붙일 것이냐는 여러분들의 머릿속에 이미 다 있습니다. 어떨 때 '이'를 쓰는 게 좋고 어떨 때 '는'을 쓰는 게 좋으냐, 하는 것에 대한 지식이 여러분의 뇌 속에 이미 내면화되어 있다는 뜻입니다. 반면에 한국어를 배우는 외국인들에게는 '는/은'과 '이/가'의 용법을 구별하는 게 끔찍한 일일 겁니다. 그 사람들은 우리가 내면화하고 있는 한국어 문법을 '이론으로서 배워야' 하니까요.

다시 정리하자면 '는/은'은 보조사지만, 격조사가 아니라 보조사지만, 뜻을 섬세하게 만드는 조사지만, 그래서 대부분의 격에 쓸 수 있지만 주로 주격에 많이 사용된다, 그런데 주격 조사 '이/가'를 쓸 것이냐, 아니면 보조사 '는/은'을 쓸 것이냐는 여러분의 한국어 감수성에 맡기면 된다는 것입니다.

한 가지 물렁물렁한 지침이 있다면, 같은 조사를 연속해서는 쓰지 않는 게 좋습니다. '나는 철수가 행복하기를 바라' 이게 자연스럽지 '나는 철수는 행복하기를 바라' 하면 좀 어색합니다. 물론 뜻을 섬세하게 할 수는 있지요. 아무튼 큰 원칙 하나는 한 번 주격 조사를 썼으면

그다음에는 보조사를 쓰는 게 대체로 자연스럽다는 점입니다. 늘 그렇지는 않은 게 문제이긴 합니다.(웃음)

한국어는

배우기 어려운 언어

한국어를 배우는 외국인들한테 조사의 용법은 악몽입니다. 한국어가 하도 배우기 어려워서 악마의 언어라고 부른 사람도 있습니다. 예전에 한국외국어대학교에서 프랑스어를 가르쳤던 르베리에 신부라는 분이 그러셨지요. "한국어야말로 악마의 언어다"라는 말씀을 하신 적이 있어요. 한국어를 욕한 게 아니라, 그만큼 배우기 어려운 언어다, 라는 뜻으로 하신 말씀입니다. 사실 제가 생각해도 한국어는 굉장히 배우기 어려운 언어입니다. 제가 한국어 화자니까 이렇게 한국어를 하는 거지, 한국어를 외국어로 배웠다면 끔찍했을 것 같습니다. 그래서 전 한국어를 잘하는 외국인들을 보면 너무 신기해요. 저는 영어 하나도 더듬거리는데 어떻게 저렇게 한국어를 잘할까들, 싶습니다.

글쓰기 실전

"물론 지식인 사회를 포함해서 한국 사회는 압도적으로 미국의 영향 하에 있다."

《자유의 무늬》, 103쪽

이 문장이 틀린 것은 아닙니다. 저도 한자어를 싫어하지는 않습니다. 하지만 제가 이 문장을 만약 다시 쓴다면 '영향하에 있다'를 '영향 아래 있다'로 쓰겠습니다.

어떤 경우에 한자어를 쓰느냐, 또는 굳이 고유어를 쓰느냐 하는 것은 본인의 스타일에 달려 있습니다. 그야말로 자기 문체의 문제라고 할 수 있습니다. 그런데 이 경우에는 고유어가 더 깔끔해 보입니다. 제가 보기에 그렇다는 것입니다.

"그들은 말한다: 프랑스를 보라, 그들은 초등학교 때부터 글쓰기 교육
을 철저히 시킨다. 프랑스를 보라, 그들은 중학교 때 몰리에르와 라신
을 읽는다. 프랑스를 보라, …. 프랑스를 보라, …. 프랑스를 보라, …."

《자유의 무늬》, 104쪽

이 문단에 '프랑스를 보라'가 너무 많다고 생각하지 않습니까? 이 글
을 쓴 사람이 원고 매수를 채우기 위해서 계속 무리를 한 것입니다. 예
를 대여섯 개만 들어도 되는데, 달리 할 말이 없으니까 계속 원고 양이
찰 때까지, 원고 매수가 찰 때까지 이렇게 쓴 것으로밖에는 볼 수 없습
니다. 여러분은 이러지 마십시오. 원고 매수는 채울 수 있겠지만, 글이
아주 못나 보입니다.(웃음)

수강생 　　　　　　　　　　'그들은 말한다' 뒤에

고대 문헌에는 구두점이라는 게 없습니다. 물론 〈훈민정음〉이나 〈용
비어천가〉 같은 중세 문헌에도 구두점 비슷한 것이 있지만, 오늘날의
구두점과는 다른 개념입니다. 그리스 로마시대도 마찬가지입니다. 구
두점 비슷한 건 있었지만, 요즘과는 달랐습니다. 한문에도 없었고 유
럽 사람들도 본디 안 쓰던 것인데, 문장의 이해도를 높이기 위해서 유
럽 사람들이 만들어냈습니다. 그것도 아주 옛날에 만든 것이 아니라
인쇄술이 발명된 뒤 만들어져 퍼지기 시작한 겁니다.

그런데 만약 구두점이 없다면, 예를 들어 따옴표나 쉼표나 마침표,
물음표 같은 것이 없다면 굉장히 불편하겠지요? 문장을 어디서 끊어
서 읽을지 알 수가 없을 테니까요. 또 의문문인지 평서문인지 감탄문
인지 구별하기 어려운 경우도 있을 테고요.

한국어나 영어에서는 따옴표를 " "이렇게 쓰는데 독일에서는 "" 이
렇게 쓰는 거 아세요? 반대죠. 스페인의 구두점 사용법도 재미있습니
다. 스페인어 문장에서는 물음표를 ¿ ? 이렇게 두 번 붙여요. 문장 뒤
에 하나 붙인 다음에 문장 앞에도 ¿를 붙여요. 느낌표도 마찬가지로
¡ !를 문장 앞뒤로 붙입니다. 재미있죠? 숫자 표기도 나라마다 다릅
니다. 우리는 천 단위마다 쉼표를 찍습니다, 영국이나 미국에서처럼. 그
런데 프랑스는 그렇지 않습니다. 쉼표 대신 마침표를 찍습니다. 그 대
신 소수점을 쉼표로 표시하죠. 영미나 우리와 반대예요. 이렇게 언어
마다 구두점을 찍는 것이 다 다릅니다.

우리에게 꼭 필요한 구두점들이 있지요? 마침표, 쉼표, 느낌표, 물음표, 따옴표, 이런 것들은 피할 수 없습니다. 그런데 서양 사람들이 쓰는 구두점 중에 콜론과 세미콜론이 있습니다. 이것은 그 문장 다음에 예를 나열한다거나 부연설명을 한다거나 근거를 댄다거나 할 때 씁니다. 서양 사람들도 콜론과 세미콜론을 자주 쓰지는 않습니다. 글쓰기에 좀 예민한 사람들이 씁니다. 마침표를 찍는 것보다는 콜론이나 세미콜론을 쓰는 게 더 좋겠다, 이렇게 생각하는 사람들이 씁니다.

그런데 제가 여기서 콜론을 썼군요. 지금 다시 쓴다면 마침표를 찍겠습니다. 왜냐하면 아직 한국어에 콜론과 세미콜론은 그다지 널리 사용되지 않고 있으니까요. 이것도 일종의 잘난 척입니다. '나는 이거 쓴다니까! 니들이 안 쓰는 이런 구두점도 난 쓴다니까.' 잘난 척이죠.(웃음)

"셋째, 이상하게도, 그들 가운데 상당수는 프랑스어 능력이 의심스럽다. 프랑스어로 편지나 한 통 미끈하게 쓸 수 있을까 싶은데, 프랑스에 대해서는 할 말들이 많다. 그들은 프랑스에 대한 그런 '정보들'을 어디서 얻는 것일까?"

《자유의 무늬》, 106쪽

〈프랑스를 보라?〉에서 잘난 척은 바로 이 제일 마지막 문단에 있습니다. 읽어보면 좀 기분 나쁘지 않아요? 그렇죠? 이 글은 글쓴이가 '나는 프랑스말을 잘하는데 프랑스말도 제대로 못하는 것들이 프랑스에 대해서 아는 체하네?' 하고 잰다는 느낌을 줍니다. 조금만 예민한 사람이라면, 이 문장에서 어떤 역겨움 같은 걸 느낄 겁니다. 이런 문장은 쓰지 마세요. 이 글을 썼을 때도 사실 저는 프랑스어를 잘하지 못했습니다, 지금도 마찬가지고요. 그런데 뻔뻔하게 이런 말을 쓴 겁니다. 잘난 척을 한 겁니다. 그러니까 이런 문장은 쓰지 마십시오.

아, 그리고 이 지적은 앞으로 계속 반복될 텐데요. '그들 가운데 상당수는' '~ 가운데 하나는' 할 때 '가운데'는 무조건 빼버리세요. '그들 상당수는'이 훨씬 깔끔합니다. 이게 제 10여 년 전의 말버릇인데 다시 읽으면서 굉장히 거슬렸습니다. '가운데'는 군더더기입니다.

실전 04

"아주 난해한 글, 아름다운 글을 쓰는 사람도, 말하면서는 그렇게 난해하거나 아름답게 말하지는 않는다. …중국어를 따로 배우지는 않은 터라 중국인들과 말로는 의사 소통을 할 수 없었지만…"

《자유의 무늬》, 108쪽

한국어 보조사 '는'이 나옵니다. '아름답게 말하지는 않는다' '따로 배우지는 않은 터라', 조사 중에서 보조사라는 것은 뉘앙스를 세밀하게 만들어줍니다. 그렇게 할 필요가 있을 때도 있고, 그것이 별 도움이 되지 않을 때도 있습니다. 별 도움이 되지 않을 때는 보조사가 군더더기가 되어버립니다. 제가 이 글을 다시 쓴다면 '그렇게 난해하거나 아름답게 말하지 않는다' 또는 '따로 배우지 않은 터라', 이렇게 고쳐 쓰겠습니다.

"국어 교육의 개혁을 어디에서 시작해야 할지 결정하기가 어려운 이유 가운데 하나는 거기에 있다."

《자유의 무늬》, 109쪽

'거기에 있다'라고 했는데, '거기'는 대명사죠? 장소를 나타내는 대명사. 그리고 '에'는 조사입니다. 처소격 조사요. 그런데 '거기에 있다'를 그냥 '거기 있다'라고도 말할 수 있습니다. 이때 '거기'는 부사입니다. 한국어는 명사나 대명사가 부사를 겸하는 경우가 굉장히 많습니다. 그럴 때는 그 말을 부사로 여기고 그냥 쓰는 게 깔끔합니다. 꼭 명사나 대명사로 여기고 조사를 붙이면 신경증 환자의 글 같은 느낌이 납니다.(웃음) '여기에, 저기에, 거기에' 이런 말을 쓰게 될 땐, '에'를 빼버리세요. 그리고 '지난해 나는 거기 갔다' '올해 난 행복할 거야' 이것도 굳이 '지난해에 나는 거기 갔다' '올해에 난 행복할 거야'라고 말할 필요 없습니다. '올해' '지난해'는 물론 명사지만, 이 문장에선 부사적으로 쓰입니다.

그런데 만약 한자어가 올 때는 약간 다릅니다. '작년에 나는 행복했어', 이것을 '작년 나는 행복했어' 이러면 안 되겠죠? '작년'이란 말은 부사적으로 쓸 수 없습니다. 물론 개개인의 언어감각에 따라 이 문장을 자연스럽게 받아들일 수도 있습니다만.

"내가 관심을 갖는 것은 일부 언론이 사용하고 있는 '30년 동안의 삼김시대'라는 말이 사실과 부합하느냐 하는 것이다."

《자유의 무늬》, 112쪽

언뜻 읽으면 멀쩡한 문장 같습니다. 그런데 오문에 가깝습니다. '내가 관심을 갖는 것은 ~하느냐 하는 것이다', 이게 도대체 무슨 말입니까? 하여간 '것이다'라는 말은 되도록 안 쓰는 게 좋습니다. 이 문장을 한국어 문법에 맞게 제대로 된 문장으로 고치면, 제가 다시 쓴다면, 이렇게 쓰겠습니다.

내 관심은 일부 언론이 사용하는 '30년 동안의 삼김시대'라는 말이 사실과 부합하느냐 하는 데 있다.

'사용하고 있는'도 너무 늘어집니다. '사용하는'으로 충분합니다. 영어의 현재진행형을 번역해놓은 것 같은 표현은 쓰지 마세요. 사실 현재진행형은 영어 문장에서도 잘 안 씁니다. '나는 이렇게 생각하고 있다' 이런 말도 '나는 이렇게 생각한다'로 고치는 게 자연스럽고, '나는 그렇게 여기고 있어'도 '나는 그렇게 여겨'라고 고치는 게 낫습니다. '~하고 있다'는 표현은 되도록 쓰지 마세요.

"…그 30년은 아마도 1971년 대통령 선거의 야당 후보를 뽑는 과정에서 나온 이른바 40대 기수론을 그 기점으로 삼는 것 같다. …상당한 기간 동안, 김대중이라는 이름은 언론에 언급조차 되지 않았다."

《자유의 무늬》, 112~113쪽

'아마'라는 부사에 '도'라는 보조사가 붙었습니다. 이 '도'는 빼는 게 좋습니다. '아마도' '특히나' '역시도' 이런 말을 자주 쓰는데, 이건 말로 들을 때도 별로 매끄럽지 않습니다. '역시도'는 '역시'로, '아마도'는 '아마'로 무조건 고치세요. 훨씬 깔끔해집니다. 보조사를 남용하지 맙시다. 물론 뜻을 섬세하게 하기 위해서 보조사가 꼭 필요한 경우가 있지만, 그렇지 않을 경우에는 뺍시다.

그리고 다음 문장에 '상당한 기간 동안'이라는 말이 나옵니다. 명사 뒤에 붙는 '동안'은 대개 어색합니다. 그냥 '상당 기간'이라고 하면 됩니다. 그것만으로 뭔가 양이 차지 않는다 싶으면 '상당 기간,'처럼 뒤에 쉼표를 찍으면 됩니다. '나는 그 일을 두 달 동안 했어'보다 '나는 그 일을 두 달 했어' 하는 것이 좋습니다. 쓸데없는 '동안'은 무조건 빼세요.

"…김대중 씨에 대한 파시스트들의 탄압에 적극적·소극적으로 공조했다. 김영삼 씨는 박정희 정권이 광기를 제어하지 못하던 1979년에 야당총재로서 국회의원 제명까지 당했고, 죽은 박정희를 대신해서 전두환 씨가 철권을 휘두르던 1980년대 초에는 가택 연금 상태에 있었다."

《자유의 무늬》, 113쪽

'김대중 씨' '김영삼 씨' '박정희' '전두환 씨'라고 썼습니다. 박정희에만 '씨'를 안 붙였습니다. 물론 제가 박정희를 좋아하진 않아요. 죽을 때까지 권력을 놓지 않으려고 무고한 사람 많이 죽이고 고문하고 가둔 사람이니까요. 그런데 제가 박정희가 미워서 '씨'를 안 붙였을까요? 그렇지 않습니다. 원칙적으로 죽은 사람에게는 '씨'를 붙이지 않습니다. 박정희 말고 다른 사람들은 글을 쓸 당시에는 살아 있었기 때문에, '씨'를 붙인 것입니다. 사실 전두환한테는 씨를 붙이기 싫었습니다.

그런데 제가 워낙 점잖은 사람이어서.(웃음) 아무튼 '씨'는 죽은 사람한 테는 안 붙이는 게 자연스럽고, 산 사람한테는 붙여도 좋고 안 붙여도 좋습니다.

6년 전에 이명박 전 대통령에게, 물론 그때는 대통령 후보였습니다 만, 존경하는 사람이 누구냐고 기자들이 물었습니다. 이명박 후보는 '안창호 씨'라고 대답했어요. 굉장한 웃음거리가 됐습니다. 안창호라는 위인 뒤에 '선생'이 아니라 '씨'라고 붙여서 자기가 그분이랑 맞먹는다 는 느낌을 줬기 때문이기도 하지만, 죽은 사람, 돌아가신 분 뒤에 '씨' 를 붙이는 것은 한국어에서 자연스럽지 않습니다. 아무리 높이고 싶어 도 을지문덕 씨, 강감찬 씨, 유관순 씨, 이렇게 쓰지는 않습니다. 죽은 사람에게는 '씨'를 안 붙이는 것이 자연스럽습니다. 작고한 지 얼마 안 되는 사람을 생전에 서로 알았던 사람이 언급할 때는 씨를 붙이는 게 자연스러울 때도 있지만, 아무튼 고인에게는 씨를 안 붙이는 게 원칙이 다, 이렇게 생각하십시오.

물론 산 사람에게도 안 붙이는 것이 자연스러울 때가 있습니다. 예 컨대 한국어 글에서 대개 스포츠 선수나 연예인들 뒤에는 씨를 안 붙 입니다. 특히 신문기사에서 그렇습니다. 왜 그런지는 모르겠는데, 한국 기자들 관습이 그렇습니다. '배우 누구누구는' 하지 '배우 누구누구 씨는'이라고 하지 않습니다. 저는 그게 마땅치는 않습니다.

그렇지만 예술비평이나 문학비평을 할 때는 또 다릅니다. 예컨대 조 정래 선생의 〈태백산맥〉에 대해서 평론을 쓴다고 합시다. 거기서 '조정 래 씨는, …조정래 씨는' 이렇게 하면 굉장히 우스울 겁니다. 조정래 씨와의 사적 관계를 얘기할 때라면 그래도 되지만 조정래 씨의 문학세계를 얘기하는데 '조정래 씨는'이라고 하면 부자연스럽습니다.

수강생 외국인에게는 씨를 안 붙이나요?

한국어 문장에서는 안 붙이는 게 자연스러워요. 특히 신문기사에서는요. 예컨대 '슬라보이 지제크 씨가 한국을 방문했다' 이러진 않습니다. 예전 신문들을 보면 외국사람에게도 무슨무슨 씨라는 말을 썼어요. 그런데 요즘 추세는 안 쓰는 거 같아요. 일본 기자들은 쓰는 거 같습니다. 하여간 한국 신문들은 외국사람 이름 뒤에 씨를 안 붙입니다. 그런데 신문기사가 아니라면 써도 좋을 것 같아요. 물론 살아 있는 사람들 이름 뒤에 말입니다.

"부모의 성을 함께 쓰는 것이 우리에게는 매우 낯선 일이다."

《자유의 무늬》, 116쪽

'~한 일이다'는 '~한 것이다'와 좀 비슷합니다. 일종의 되풀이죠. 되도록 피하는 것이 좋습니다. 지저분해요. '부모의 성을 함께 쓰는 것은 우리에게 매우 낯설다' 하는 것이 훨씬 더 깔끔합니다.

'부모의 성'은 당연히 '의'를 빼고 '부모 성'으로 바꾸는 것이 더 자연스럽습니다. 그리고 '부모의 성을 함께 쓰는 것이'에서 주격 조사 '이'를 보조사 '은'으로 바꿀 수 있습니다. '부모 성을 함께 쓰는 것은'이라고 할 수 있어요. 그런데 만약에 그렇게 고쳤다면 그다음에 나오는 '우리에게는'에서 '는'은 빼야겠지요. 같은 보조사 '는/은'이 잇따라 나오면 한국어는 좀 부자연스러워 보입니다. '부모 성을 함께 쓰는 것은 우리에게 매우 낯선 일이다', 이렇게는 바꿀 수 있습니다.

"고은광순 씨는 이 간단한 셈을 통해서 아버지의 성과 자신의 '혈통'
과는 거의 아무런 관련이 없음을 통쾌하게 보여준다."

《자유의 무늬》, 118쪽

여기서도 '아버지의 성'에서 '의'를 빼는 것이 좋습니다. 그런데 그것을
뺐을 경우 '아버지 성과 자신의 혈통'이 됩니다. 한쪽만 '의'를 빼니까
대칭이 무너진 느낌이 좀 나지요? 그렇다고 '자신' 다음에 '의'를 빼버
리면 말이 될까요? '자신 혈통'? 안 되겠죠? '자신' 다음에는 '의'가 있
어야 합니다. 그렇다면 '자신의'를 '자기'로 바꾸면 되겠지요. '아버지
성과 자기 혈통'으로 말입니다. '자기' 뒤에는 '의'가 없어도 됩니다. 그
러나 '자신' 뒤에는 있어야 합니다. 자기와 자신은 뜻이 거의 비슷한데
'자신'은 '의' 없이 수식어가 될 수 없습니다.

"수도가 된 지 6백 년이 넘은 이 도시의 풍경은 1960년대 이후의 풍경
이다."

《자유의 무늬》, 120쪽

여기도 '의'가 많습니다. '이후의' 할 때 '의'는 필요 없습니다. '1960년
대 이후 풍경이다', 이것이 훨씬 깔끔합니다. 그런데 '이 도시의 풍경'에
서 '의'는 빼는 게 좋을까요, 안 빼는 게 좋을까요? 이 경우에는 '의'를
넣는 것이 훨씬 의미가 명확해집니다. '의'를 뺄 경우, '수도가 된 지 6백
년이 넘은'이라는 관형구가 수식하는 것이 '풍경'이 돼버릴 수 있습니
다. 그런데 수도가 된 지 6백 년이 넘은 건 서울이죠? 지금 우리가 사
는 이 도시죠? 그러니까 '도시' 다음에 '의'를 넣어서 뜻을 명확하게 해
주는 것이 좋습니다. '의'를 빼면 '수도가 된 지 600년이 넘은 풍경' 이
렇게 해석될 수도 있습니다. 뜻이 모호해진다는 말입니다. 이걸 '중의

적'이라고 하는데, 중의적 표현은 말놀이하는 경우가 아니라면, 당연히
피해야 합니다.

"예컨대 휠체어에 몸을 실은 사람은 지하철을 탈 수도 없고, 화장실을
사용할 수도 없고…"

《자유의 무늬》, 121쪽

어느 자연언어나 마찬가지지만 동사가 타동사와 자동사를 겸하는 경
우가 많습니다. 한국어에서 타동사는 '을/를'이라는 조사를 지닌 목적
어를 갖습니다.

  '타다' 동사도 타동사로 쓸 수 있습니다. 그런데 이 문장에서 '타다'
는 '사람은 지하철에 탈 수도 없고'처럼 자동사로 쓰는 게 더 자연스러
워 보입니다. 이것은 각자의 언어감각에 달린 것이긴 합니다. 아무튼
저는 '지하철에 탈 수도' '차에 타다' '버스에 타다', 이게 훨씬 더 자연
스러운 거 같습니다. '차를 타다' '버스를 타다'가 틀렸다고 말할 수는
없지만요.

수강생   우리가 보통 '차를 탄다'고 하지
'차에 탄다'고 그러지는 않는 것
같습니다.

그런가요? 저는 '지하철에 탈 수도 없고'가 조금 더 단정해 보여요. '지하철을 타다' 하면 너무 구어적으로 보입니다. 물론 문어와 구어가 가까운 건 좋은데, 완전히 구어랑 똑같아지면 그 문장은 좀 뭐랄까, 미적으로 덜 세련돼 보입니다.

"마땅히 있어야 할 것은 장애인들의 모습이다. …서울에 마땅히 없어야 할 것은 시내 요소요소에 배치된…"

《자유의 무늬》, 121~123쪽

〈있어야 할 것, 없어야 할 것〉, 이 글에서 제일 큰 문제가 무엇일까요? 글을 쓸 때도 찜찜했고, 다시 읽어보니까 더 찜찜합니다.

수강생

'있어야 할 것'에 비해
'없어야 할 것'의 분량이
너무 짧습니다.

아주 정확한 지적입니다. 이 글은 서울에 있어야 할 것과 없어야 할 것에 대해서 얘기하고 있어요. 없어야 할 것이 뭐냐 하면, 불심검문을 즐기는 경찰관들입니다. 그런데 거기에 대해서는 딱 두 문단밖에 없어요. 나머지 문단들은 모두 있어야 할 것에 대해 말하고 있습니다. 물론 이 글을 쓸 때 필자가 장애인들에 대해서는 할 말이 많았고 경찰관들에 대해서는 할 말이 별로 없어서 이렇게 썼을 수 있습니다. 하지만 만약 대립되는 두 소재에 대해 글을 쓴다면, 비슷한 분량으로 균형을 맞추는 게 좋습니다. 글의 짜임새는 중요합니다.

글쓰기와 관련은 없지만 서울 거리에 장애인들이 보이지 않는다는 것은 큰 문제예요. 이건 굉장히 큰 문제입니다. 지체장애인들이 거의 보이지 않아요. 그 사람들이 서울에 없는 건 아니죠? 어디 있어요? 집에 있거나 아니면 무슨 복지관에 있거나 어디 갇혀 있거나 그렇겠지요. 유럽 도시들, 특히 독일이나 북유럽 도시들의 거리에서는 장애인들을 아주 흔히 볼 수 있습니다. 서울에 장애인이 없겠습니까? 한국 산업재해율이 세계 제일입니다. 6·25전쟁, 베트남전쟁 때 얼마나 사람들이 많이 다쳤습니까? 지금 서울에 장애인이 안 보인다면 서울이라는 도시가 굉장히 압제적인 도시라는 결론을 내릴 수밖에 없습니다. 물론 그 압제는 정부가 하는 게 아니라 동료 시민들이 하는 거지요. 동료 시민들의 눈길이 불편해서 장애인들이 거리로 나오지 않는 겁니다. 북한에선 정부가 직접 통제한다고 들었습니다. 지체장애인들을 평양에서 다 추방했다고 하더군요. 외국인들 눈에 띌까봐서요. 제가 확인한 건 아닙니다만, 사실이라면 북한은 정말 끔찍한 사회입니다.

그러고 보니 한국에서도 정부가 하는 수동적 압제가 있군요. 지체장애인을 위한 시설이 굉장히 부족합니다. 서울에도 그럴 지경이니 지방은 말할 나위도 없겠지요. 독일에만 가도 모든 지하철에 엘리베이터가 있어요. 그런데 한국에는 엘리베이터가 설치된 지하철역도 있고, 없는 지하철역도 있습니다. 지체장애인은 에스컬레이터가 있나고 하더라도 움직일 수가 없어요, 엘리베이터가 없으면.

어떤 건물을 지을 때 대개 한국에선 장애인들을 고려하지 않습니다. 글쓰기와 관련 없이 이건 굉장히 중요한 문제입니다. 지금은 광화문 네거리를 길로 건널 수 있습니다. 예전엔 못 건넜습니다. 진즉 횡단보도를 만들었어야 했는데 너무 무심했던 겁니다.

"노태우 씨의 '6공'만이 아니라 그뒤의 '민간 정부'나 '국민의 정부'도 헌법적으로는 제6공화국에 속해 있고…"

《자유의 무늬》, 124쪽

'민간 정부'가 아니라 '문민정부'죠? 김영삼 정부가 자기 자신을 불렀던 이름은 문민정부입니다.

지금 우리가 몇 공화국에 살고 있죠? 프랑스 사람들은 지금 제5공화국에 살고 있습니다. 우리는 지금 제6공화국에 살고 있습니다. 제6공화국이 수립된 이후에 헌법 개정이 된 적도 없고 쿠데타가 일어난 적도 없습니다. 그러니까 대한민국은 지금 제6공화국입니다. 흔히 6공화국을 노태우 전 대통령과만 연결시키는데, 이건 김영삼 정권 때부터 문민정부다, 국민의 정부다, 참여정부다, 해서 앞 정권과 차별화를 시도해서 그렇게 된 겁니다. 우리는 엄연히 6공화국에 살고 있습니다.

6공화국은 어떻게 태어났나요? 1987년 6월항쟁을 통해서 태어났죠? 그전까지는 5공화국이었습니다. 전두환 씨가 대통령하던 때는 5공화국이었어요. 헌법을 개정한다고 해서 무소건 공화국 숫자를 바꾸는 것은 아닙니다. 왕정복고 이후에 다시 공화정이 수립됐다거나 헌법이 근본적으로 바뀐다거나 해야 공화국 숫자가 바뀝니다. 예컨대 5공화국 헌법과 지금 헌법은 근본적으로 다릅니다. 5공화국 헌법에서는 대통령을 직접선거가 아닌 간접선거를 통해 뽑았습니다. 국회의 권한도 지금보다 훨씬 작았습니다. 그 헌법 개정이 근본적 성격을 띠고 있었기 때문에 공화국의 숫자도 바꿔서 제6공화국이라고 부르는 겁니다.

"에라스무스는 교회가 지배하는 중세의 미망을 논리적으로 비판하는
대신에 풍자하고 조롱하는 길을 택했다."

《자유의 무늬》, 126쪽

'~하는 대신에'가 나옵니다. '대신' '대신에' 둘 다 틀린 한국어는 아
닙니다. '대신에'는 명사+조사로 부사어가 됐습니다. 그런데 '대신'이
라는 말 자체가 부사로 쓰이기도 합니다. '대신'이라는 부사 하나로 될
것을 굳이 '대신에'라고 쓸 필요는 없습니다. 같은 뜻을 지닌 표현은
간결할수록 좋습니다.

"나는 때때로 진중권 씨가 자신의 역량을 배분하는 데 꾀를 부리지
않음으로써 너무 많은 적을 만들고 있지 않나 걱정스럽다."

《자유의 무늬》, 127쪽

여기서도 '의'를 빼고 싶으면 '자신의 역량'을 '자기 역량'으로 바꾸면
됩니다. 약간 하대를 해도 된다면 '제 역량'이라고 고칠 수도 있습니다.
이때 '제'는 '제가 잘못했어요' 할 때의 '제'가 아닙니다. 1인칭 대명사
'저'가 아닌 재귀대명사 '저'에 '의'가 붙은 것을 '제'로 줄인 것입니다.

"학술서적의 경우엔 옛 전통에 따라 자서 앞에 이따금 스승이나 학계의 선배가 쓴 서문을 올려놓는 경우도 있지만, 서문은 저자가 쓰는 것이 지금의 일반적 관행이다. 또 발문의 경우도 저자 자신이 쓰는 경우가 있지만, 그럴 때는 '발문'이라는 제목 대신에 거의 예외 없이 '후기'나 '책 뒤에'라는 제목을 쓰고 있다."

《자유의 무늬》, 129쪽

첫 문장을 봅시다. '학술서적의 경우엔 ~ 경우도 있지만', 이게 말이에요? 왜 똑같은 말을 반복합니까? 당연히 '학술서적에는'이라고 하든지 '학술서적은'이라고 해야 합니다. 그러니까 '학술서적은 옛 전통에 따라 자서 앞에 이따금 스승이나 학계 선배가 쓴 서문을 올려놓는 경우도 있지만'이 자연스럽습니다. 앞의 '경우'는 빼버리세요. 그게 한국말답습니다. '학계의 선배'에서도 '의'를 빼는 게 자연스럽고요.

그다음 문장도 마찬가지입니다. '또 발문의 경우도 저자 자신이 쓰는 경우가 있지만' 이게 무슨 말이에요? 여기서도 '경우'가 반복되고 있어요. '또 발문도 서자 사신이 쓰는 경우가 있지만', 이게 훨씬 좋습니다. 더 나아가 '또'가 필요할까요? 필요 없습니다. '발문도'에서 이미 다시 한 번 거론을 한다는 게 드러납니다.

"파라텍스트가 텍스트를 잡아먹는 현상은 근본적으로 상업주의와 관련돼 있지만, 그것이 도덕적으로 비난받을 일은 아니다."

《자유의 무늬》, 131쪽

'책' 'book', 광휘가 담긴 단어입니다. '리브로libro'가 인터넷서점 이름인가요? '리브로'도 스페인어로 '책'이라는 뜻입니다. 책에는 본문이 있습니다. 불어로는 texte라고 합니다. 영어로는 text입니다. 그런데 책에는 본문만 있는 것이 아닙니다. 앞서 말한 서문도 있고, 해설의 형태를 띤 발문도 있을 수 있습니다. 차례도 있습니다. 각주나 후주도 있습니다. 그다음에 각 장의 제목들도 있고, 책 앞에 붙은 제목이나 디자인, 또는 책 뒷면에 쓴 추천사들, 이처럼 본문 말고도 많은 곁다리들이 있습니다. 그런 것을 para-texte라고 합니다. 이 말을 만든 사람은 제라르 주네트Gérard Genette라는 프랑스 문학비평가입니다.

이 양반이 텍스트 연구를 하다가 '책은 텍스트로만 구성되는 게 아니구나, 텍스트로 분류될 수 없는 많은 것들이 책을 이루고 있구나', 하는 걸 깨닫게 됩니다. 그래서 그런 것들에다가 para-texte라는 이름을 붙였습니다. 우리말로는 흔히 '곁다리 텍스트'라고 번역합니다. '곁다리'라는 번역이 그럴듯해 보입니다. 사실 책에서 본문을 빼놓으면 나머지는 다들 일종의 곁다리니까요.(웃음)

"그들이 '간첩'이었든 '통일 일꾼'이었든, 그들이 자신들의 수십 년 전 행위에 대해서 치른 값은 누가 보아도 너무 비싸다."

《자유의 무늬》, 132쪽

한 문장에 '그들이'가 두 번이나 나왔습니다, 종속절과 주절에서. 두 번이나 쓸 필요가 있을까요? 당연히 없습니다. 둘 중 하나는 빼는 것이 좋습니다. 앞의 것을 빼도 좋고 뒤의 것을 빼도 좋습니다.

고종석의 문장

"그들의 행동이 '죄'라고 우리 법정은 분명히 선언했고, 그들은 그 죄에 대해 몇십 곱절 값을 치렀다."

《자유의 무늬》, 133쪽

'죄'라는 말을 썼습니다. 적절할까요? 영어에도 sin과 crime에 차이가 있습니다. crime은 형벌의 대상이 되는 행위이고, sin은 형벌과 상관없이 짓는 죄로 훨씬 더 범위가 넓습니다.

《신약성서》에 따르면, 길 가는 여자를 보고 음탕한 마음을 품은 것도 간음입니다. 그렇지만 이런 마음을 품는다고 해서 형벌을 받진 않죠? 넓은 의미의 죄 중에서 아주 일부만 형법의 제재를 받습니다. 그런데 여기서 '한국 법정은 그들의 행위가 죄라고 선언했다'라는 건 넓은 의미의 죄라고 선언했다는 뜻은 아니죠? 당사자들은 자신의 행위가 전혀 죄가 아니라고 생각할 수도 있습니다. 그래서 여기서는 '죄'

라는 말 대신 '범죄'라고 쓰는 것이 좋겠습니다. 범죄라는 건 넓은 의미의 죄와 달리 형벌의 대상이 되는 행위들, 형법이 제재하는 행위들입니다.

"자신이 만들었다는 '주체철학'과 그 '철학'에 의해 이끌리는 조국이 싫어서 가족을 팽개치고 남으로 내려온 북쪽 사람도 있다."

《자유의 무늬》, 133쪽

'의해'가 필요할까요? '철학에 이끌리는'으로 충분합니다. '의하다'도 우리말이니까 안 쓸 수는 없습니다. 영어의 능동태와 수동태를 봅시다.

A wolf ate a rabbit.

A rabbit was eaten by a wolf.

'늑대가 토끼를 잡아먹었다', 그런데 그 수동태 문장은 어떻게 옮길까요? 우리는 'by'를 '의하여'로 번역하는 데 익숙합니다. '토끼가 늑대에 의해 잡아먹혔다', 이렇게 말입니다. 아주 어색한 표현입니다. 여기선 그냥 '에게'가 적당합니다. '토끼가 늑대에게 잡아먹혔다'가 훨씬 자연스럽죠. 한국어 수동태에서 '의해'라는 말은 되도록 쓰지 마세요. 외국어 냄새가 아주 짙게 납니다.

수강생   '국기에 대한 경례'처럼
'대한'의 경우는 어떤가요?

그건 바른 말입니다. 자, 봅시다. '국기에 대한 경례'에서 '대한'을 빼면 '국기에 경례'가 됩니다. 그런데 경례는 명사잖아요. 그러니까 이것을 수식해주려면 '대한'이 있어야 합니다. 즉 'ㄴ'이라는 관형어 표지가 있어야 '경례'를 수식할 수 있습니다. 물론 이 말을 명령어로는 쓸 수 있습니다. '국기에 경례!'에서처럼요. 그렇지만 '국기에 대한 경례'라는 명사구 자체에서 '대한'을 빼면 말이 완전히 달라집니다. 아, 아까 유정명사, 무정명사 얘기했죠? 여기서도 마찬가지입니다. 국기는 무정명사니까 '국기에 경례합시다'라고 해야지 '국기에게 경례합시다', 이건 안됩니다.

実戦 22

“총선이 다가올수록 정부로서는 결단을 내리기가 더 어려울 것이다.”

《자유의 무늬》, 135쪽

'로서는'이라는 복합조사를 주어 뒤에 많이 씁니다. '나로서는'에서처럼 말입니다. 좋지 않은 습관입니다. '나로서는'보다 '나는'이 훨씬 간결하고 깔끔합니다. 그러니까 '총선이 다가올수록 정부는' 하면 됩니다. 훨씬 깔끔해요. 그다음에 '결단을 내리기가 더 어려울 것이다', 틀린 문장은 아닙니다. 그런데 조사 '가'가 꼭 필요할까요? 필요 없습니다.

거듭 강조합니다. 어떤 조사든, 주격 조사든 목적격 조사든 보조사든, 빼도 의미를 흐뜨리지 않는다면 빼라! 간략함, 간결함, 그게 좋은 문장의 미덕입니다. '총선이 다가올수록 정부는 결단을 내리기 더 어려울 것이다' 이렇게 고치는 게 좋겠죠?

수강생   앞 문장에요, '사실은 지금이 적기다.'
같은 경우에도
'사실은'을 빼도 되지 않을까요?

좋아요. '지금이 적기다.' 그런데 뉘앙스는 좀 달라지겠죠. 뉘앙스는 달라지겠지만, 빼도 연결이 안 되는 것은 아닙니다.

실전 23

"〈조선일보〉 문제는 지난해 10월에 갑자기 생긴 것이 아니다."

《자유의 무늬》, 137쪽

'10월에'에서 '에'는 빼는 것이 깔끔합니다. 한국어에서는 '10월'도 부사어처럼 쓰일 수 있습니다. '에'가 필요한 경우도 있습니다. '1966년에 태어난 사람'이 자연스럽습니다. '1966년 태어난 사람', 그러면 좀 어색합니다. 그건 각자의 언어감수성에 달린 것이기는 합니다. 그래서 옳다 그르다 말하기는 어렵습니다. 아무튼 어떤 시기, 시점을 드러내는 말 다음에 '에'가 붙었을 때, 그 '에'를 빼도 말이 통한다면 '에'는 빼는 것이 좋습니다. 예컨대 '1961년에 박정희는 쿠데타를 일으켰다'도 '1961년 박정희는 쿠데타를 일으켰다', 이렇게 해도 됩니다.

"광신에 대한 깔끔한 정의 가운데 하나는 '진리에 대한 무시무시한 사랑'이다."

《자유의 무늬》, 140쪽

'~에 대한', 좀 구질구질하지 않아요? 그냥 '광신의' 하면 안 될까요? 저는 그게 좋을 것 같습니다. '가운데'라는 말도 없는 게 낫고요. 제가 새로 쓴다면 '광신의 깔끔한 정의 하나는 진리에 대한 무시무시한 사랑이다' 이렇게 고쳐 쓰겠습니다. 항상 제가 강조하는 것이 깔끔함, 간결함입니다.

실전 25

"더 근본적으로는, 학생들을 그렇게 '철없게' 만든 기성세대의 철없음
일 따름이다."

《자유의 무늬》, 145쪽

완벽하게 문법적인 문장입니다. 아주 좋은 문장이에요. 그런데 '그렇
게 철없게'에서 '게'가 반복됩니다. 제가 다시 쓴다면 '그리 철없게'라
고 바꾸겠습니다. 끝이 비슷비슷하게 끝나는 말을 반복하지 마세요.
글이 아주 추레해 보입니다. 못쓴 글처럼 보여요.

"…그 진부함과 상투성에도 불구하고, 많은 한국인들에게 귀성의 표준적 이미지로 자리 잡으며 어떤 가슴뭉클함을 유발하곤 했다."

《자유의 무늬》, 154쪽

수강생

'진부함'이라는 단어와
'상투성'을 나란히 쓰셨는데요.
두 단어에 어떤 차이가 있나요?

아, 정말 저한테 치명적인 질문이군요. 당연히 하나만 써야 합니다. 거의 뜻이 비슷한 말을 거푸 썼습니다. 이것도 굉장히 나쁜 버릇입니다. '진부함'과 '상투성' 가운데 하나는 빼는 것이 좋습니다.

4

JS느님,
SNS를
부탁해!

오늘 강의 주제는 "SNS 글쓰기란 무엇인가?"입니다. 그런데 사실 저도 SNS에 대해서 잘 아는 바가 없습니다.(웃음) SNS는 Social Network Service의 준말입니다. 이 말을 우리말로 어떻게 번역해야 할지 모르겠는데, 하여간 온라인에서 불특정 다수의 타인들과 관계를 맺게 하는 서비스입니다. 인맥구축에 사용되는 서비스라고도 할 수 있겠네요. SNS 가운데 제일 잘 알려진 것이 트위터와 페이스북인 것 같습니다. 페이스북 비슷한 걸로 한국에 싸이월드라는 것도 있었는데 지금도 있는지 모르겠네요.

트위터는 2006년 3월 미국에서 에번 윌리엄스, 잭 도시, 비즈 스톤 세 사람이 공동으로 창업했습니다. 처음 아이디어를 낸 저작권자는 잭 도시라고 합니다. 역사상 첫 트위터 메시지는 2006년 3월 21일 도시가 올린 "Just setting up my twttr"입니다. 우리말로 번역하면 "방금 내 트위터를 열었음" 정도 될까요? twitter에서 모음을 다 뺀 게 재

있죠? 이런 모음 빼기는 그 뒤 트위터 글의 한 유형이 됩니다.

페이스북이 처음 언제 개설됐는지는 좀 모호합니다. 페이스북의 창업자 마크 주커버그가 다녔던 사립고등학교 필립스엑시터에선 학생들의 사진과 학년, 주소, 전화번호를 담은 사진주소록을 발간해 정보를 공유했다고 하는데, 이게 페이스북이라 불렸다고 합니다. 그런데 페이스북이라는 말은 다른 학교에서도 널리 쓰이던 말이니, 필립스엑시터 고등학교의 페이스북을 페이스북의 시작이라고 볼 순 없겠고요. 굳이 페이스북의 공식 출범일을 지목해야 한다면 2004년 2월 4일일 것 같습니다. 이날 마크 주커버그는 하버드대 기숙사 룸메이트인 더스틴 모스코비츠, 에두와도 새버린, 크리스 휴스와 함께 인맥과 지인 관리 인터넷사이트로 페이스북을 개설했습니다. 그것이 오늘날 수억 명의 가입자를 갖고 있는 페이스북의 시작입니다.

트위터의 공동창립자들도 제겐 매우 젊은 사람들이지만, 페이스북 창립자 마크 주커버그는 1984년생입니다. 제 큰아이보다 두 살 아래고, 작은아이보다 두 살 위예요. 그리고 2010년엔 시사주간지 〈타임〉이 뽑은 올해의 인물로 선정됐어요. 이렇게 아예 세대가 다른 젊은이가 크게 성공하면 질투조차 나지 않아요.(웃음)

SNS에서 글쓰기가 일반적 글쓰기와 크게 다르지는 않지만, 방언적 특성이 있는 것 같습니다. 페이스북도 그렇지만, 특히 트위터에서는 140자 안에 모든 글을 써야 하기 때문에 어휘 선택이 중요합니다. 140자라는 한정된 공간에 되도록 많은 내용을 담으려다 보면 '다음에'를 '담'에로 줄인다거나 '내일'을 '낼'로 표기하게 됩니다. 그런데 이런 식으로 형태가 일그러진 말들은 트위터가 나오기 한참 전인 피시통신 때도 있었습니다. 이것과 관련해서 잠깐 언어학 얘기를 해야겠군요.

랑그와 파롤

앞서 2강에서 소쉬르라는 언어학자에 대해 얘기한 것 기억하시죠? 시니피앙과 시니피에 얘기를 하면서 말입니다. 그 개념들이 탄생한 곳이 소쉬르의 《일반언어학 강의》라는 책이라는 말씀도 드렸습니다. 여기서 '일반언어학'이란 한국어, 영어, 프랑스어, 일본어, 중국어 같은 개별 언어에 대한 연구가 아닌, 언어 일반에 관한 연구라는 뜻입니다. 제네바대학에서 소쉬르가 세 차례 일반언어학 강의를 하고 작고한 뒤, 제자 둘이 편집한 책이 《일반언어학 강의》입니다. 그러니까 사실 소쉬르의 의도가 많이 곡해됐을 수도 있는데, 하여간 언어학의 고전입니다. 고전 중의 고전으로 현대 언어학의 출발점이 됐다고 할 만한 책입니다.

이 책에서 소쉬르는 인간의 언어활동 전체를 랑가주langage라고 불렀습니다. 랑가주는 프랑스어입니다. 소쉬르는 이 언어활동을 두 가지로 나눴는데, 한 측면이 랑그langue고, 다른 측면이 파롤parole입니다. 그렇다면 랑그는 뭐고, 파롤은 뭐냐?

"너를 사랑해"라고 누가 말했다고 칩시다. 자, 제가 "너를 사랑해"라고 했어요. 누가 해보실래요? 제 얼굴을 보고 하라는 게 아니고 앞쪽을 보고 하시라는 겁니다.(웃음) "너를 사랑해" 해보세요. 굉장히 수줍

음이 많으시네요. "너를 사랑해" 다 알아들으셨죠? 다른 분 해보세요. 좀 작긴 하지만 "너를 사랑해"란 말을 다 알아들으셨죠? 남자 분이 한 분도 안 했어요. 남자 분 한번 해보세요. 용기가 없으시네요.(웃음)

　"너를 사랑해"라고 지금 몇 분이 말씀하셨는데 여러분들은 다 알아들었어요, 그 뜻을. 그렇죠? 우리는 한국인이어서 "너를 사랑해"의 뜻을 다 알아들었습니다. 그런데 이 "너를 사랑해"라는 말을 녹음기에 담거나, 아주 정밀한 소노그래프로 기록했다고 합시다. 소노그래프는 소리를 있는 그대로 녹음하거나 임의의 음성 기호로 번역해 담아내는 그래프를 말합니다. 소노그래프라는 이 기계장치는 소리를 벗겨냅니다. 완전히 발가벗긴 소리들을 그래프로 그려냅니다. 그런데 아주 정밀한 소노그래프라면 "너를 사랑해"라고 말한 이분의 발화와 저분의 발화를 다 다르게 기록할 것입니다. 그렇죠? 남자가 하면 또 다를 거예요. 어린아이가 해도 다르고 어른이 해도 다를 겁니다. 심지어는 제가 똑같이 "너를 사랑해" 한 번 하고 곧이어 "너를 사랑해" 해도, 소노그래프는 그것이 다르다는 것을 알아냅니다. 차이가 없을 수 없겠지요? 섬세하게 차이가 날 겁니다. 그러니까 소노그래프의 기록을 보면 똑같은 말을 하지 않았는데, 다 다른 "너를 사랑해"인데, 사람들은 그 의미를 다 똑같이 알아듣습니다. 그거 신기한 일 아닌가요?

　서로 다른 사람이 말한, 또는 같은 사람이 반복한 "너를 사랑해"는 굉장히 많은 자잘한 차이를 갖고 있는데, 우리는 그 의미를 알아듣습니다. 그것은 그 차이를 추상한 '너를 사랑해'라는 소리언어가 이미 우리 머릿속에 담겨 있기 때문입니다. '너를 사랑해'라는 의미를, 발화될

때마다 그 소리들이 다른데도 우리가 이해하는 것은, 그 차이에도 불구하고 그 소리언어의 추상적 형태가 우리 머릿속에 담겨 있고, 그 의미가 사회적으로 공유돼 있다는 뜻입니다. 그렇지 않겠어요? 안 그렇다면 서로 다르게 말했는데 다른 사람들이 같은 의미로 알아들을 수 없을 거 아닙니까?

언어활동의 그런 추상적 부분을 소쉬르는 '랑그'라고 불렀습니다. 그리고 실제로 실현된, 그렇지만 결코 동일하지 안은 수많은 구체적 "너를 사랑해"를 '파롤'이라고 불렀습니다. 이처럼 인간의 언어활동은 랑그와 파롤로 이루어집니다. 이 두 개를 합쳐서 소쉬르는 랑가주라고 불렀습니다. 그리고 소쉬르는 언어학의 주요한 연구대상은 랑그이고, 파롤도 연구대상이긴 하지만 부차적이고 주변적이라고 했습니다. 그러니까 랑그는 사회적인 거죠? 어떤 사회적 약속인 겁니다. 그리고 파롤은 개인적인 것입니다. 개인적인 것이라고 해서 파롤의 역할이 전혀 없는 것은 아닙니다. 파롤은 이를테면 창조성이 있습니다. 그래서 언어를 개신합니다. 파롤이라는 실천을 통해서 언어는 변화하고 진화합니다.

파롤의 실천성과 창조성

15세기에 지금 '칼'을 의미하는 단어는 '갈'이었습니다. 그러다가 17세기가 됐든, 18세기가 됐든 어떤 사람이 우연히 칼이라고 말하기 시작했을 겁니다. 다른 사람들은 다 '갈'이라고 하는데 어떤 사람이 '칼'이라고, 딱히 '칼'이라기보다는 '칼'

비슷하게 말했겠죠? 갈과 칼의 중간쯤 되는 소리를 냈다고 생각하는 게 좋겠네요. 갈, 갈, 갈, 칼? 갈과 칼의 중간소리를 내다가, 결국 칼이라고 말했겠죠. 그런 사람이 처음엔 소수였을 겁니다. 그러다가 시나브로 사람들이 '칼'이라는 말에 감염됩니다. 어느 순간에, 물론 그 순간이 정확히 어느 순간인지는 모릅니다. 아무튼 갈도 아니고 칼도 아닌 그 중간소리를 낸 어떤 사람들, 그러다가 아예 '칼'이라고 발음한 사람들이 있을 겁니다. 이것이 파롤 차원의 실천입니다. 여전히 랑그는 갈이었는데, 어느 순간부터 갈이라고 말하는 사람보다 칼이라고 하는 사람이 많아진 때가 왔을 겁니다. 그 순간 한국어에서 칼을 의미하는, sword를 의미하는 말은 칼로 변합니다. 이건 랑그의 역할이 아니라 파롤의 역할입니다.

그러니까 파롤은 실천적인 것이고, 그래서 창조성이 있는 것입니다. 처음엔 표준 발음에서 약간 어긋난 발음을 했는데, 그 잘못된 소리가 힘을 얻게 되면 결국 단어의 형태가 변하는 것입니다. 언어 변화가 주로 파롤의 역할이라는 것, 이해하시겠죠? 왜냐하면 랑그라는 건 사회적 약속이고 우리 머릿속에 저장되어 있기 때문에 자기 마음대로 바꿀 수가 없는 반면, 파롤은 자기가 의도했든 의도하지 않았든 말을 하다 보면, 잘못 말하는 수도 있고, 제가 예로 든 것처럼 갈 갈 갈 갈 하다가 칼이 됩니다. '칼'의 중세 형태 '갈'은 현대어 '갈치'라는 말에 남아 있습니다. 갈치는 원래 칼처럼 생겨서 이름 붙은 것인데, 아직 '갈치'는 '칼치'가 되지 않았습니다. 가끔 칼치라고 하는 사람도 있긴 합니다. 그게 결국 칼치로 변할지 안 변할지는 모르겠어요. 아직은 갈치가 표준어입니다.

또다른 예를 들자면 '고'도 그렇습니다. 코를 중세 15세기 언어에서는 '고'라고 했는데 지금은 '코'라고 합니다. '고'라는 말은 '고뿔'이라는 말에 그 흔적이 남아 있습니다. 고뿔은 감기라는 뜻입니다. 15세기 사람들 생각에 감기는 코에서 마구 불이 나는 것이었어요.

방언과 언어의 경계

위에서 살펴봤듯이, 파롤은 언어학의 중요 연구대상은 아니지만 언어를 바꾸는 역할을 합니다. 그런데 SNS에서 쓰는 많은 용어들은 이 파롤과 비슷한 역할을 합니다. 랑그에서 벗어나는 구체적 언어실천들을 통해 언어를 변화시킨다는 뜻입니다.

그 얘기를 하기 전에 자! 언어는 영어로 language라 그러죠? 방언은 dialect라 그러죠? 그럼 언어와 방언의 차이는 무엇일까요? 무슨 말이냐 하면, 어떤 때에 우리가 그것을 독립된 언어로 부르고 어떤 때에 우리가 그것을 방언이라고 부를까요?

예컨대 충청도에서 사용하는 말은 그냥 한국어의 방언이라고 생각합니다, 당연히. 그렇지만 일본어를 한국어의 방언이라고 생각하진 않죠? 중국어도, 보통화(표준어)든 광둥어든 한국어의 방언이 아닙니다. 그러면 방언과 방언이 아닌 독립된 언어의 경계는 무엇일까요? 무엇이 방언과 언어의 사이를 가를까요?

수강생1   국경이요.

국경? 좋은 지적입니다. 그렇지만 벨기에의 경우, 남쪽에서는 프랑스어를 쓰고 북쪽에서는 네덜란드어를 쓰고 또 한쪽 귀퉁이에는 독일어를 쓰는 지역도 있습니다. 물론 벨기에에서 쓰는 네덜란드어와 네덜란드에서 쓰는 네덜란드어가 아주 똑같지는 않습니다. 또 벨기에에서 쓰는 프랑스어와 프랑스에서 쓰는 프랑스어가 아주 똑같지도 않습니다. 그렇지만 벨기에 남부에서 쓰는 언어는 엄연히 프랑스어고, 북부에서 쓰는 언어는 엄연히 네덜란드어입니다. 그러니까 국경이라는 건 언어와 아무 상관 없습니다.

영국에서 쓰는 언어와 미국에서 쓰는 언어를 우리는 같은 언어라고 생각합니다. 같은 언어의 방언일 뿐이죠. 그럼 뭘까요? 언어와 방언의 차이는?

민족? 그것도 아닙니다. 왜냐하면 같은 민족이라 할지라도 예컨대 어떤 민족이, 옛날 중앙아시아로 스탈린이 강제이주를 시킨 한민족이 많이 있습니다. 이 사람들은 지금 다 러시아어나 그 지역 소수언어를 씁니다, 그분들 주변 사람들처럼. 그렇다고 해서 이주 한민족, 고려인이라고 부릅니다만, 고려인이 쓰는 러시아어라고 해서 러시아어가 아닌 것은 아니죠? 또다른 분?

수강생2   문자체계나 문법이요.

문자체계? 이건 아무 상관이 없어요. 세르비아에서 쓰는 세르비아어는 로마문자로 쓰기도 하고 키릴문자로도 씁니다. 키릴문자라는 문자가 있어요. 러시아를 비롯해서 몽골과 동유럽 몇 나라에서 씁니다. 그러니까 똑같은 언어를 로마문자로 쓰기도 하고 키릴문자로 쓰기도 해요. 더구나 로마문자는 중서부 유럽어들만이 아니라, 터키어, 베트남어, 말레이인도네시아어를 표기하는 데 사용됩니다. 문법이라? 이탈리아어와 포르투갈어의 문법은 거의 비슷한데, 그 두 언어가 같은 언어는 아닙니다. 또 한국어 문법과 일본어 문법은 굉장히 닮은 거 같은데요? 제 생각에. 저는 일본어를 잘 모릅니다. 사실 거의 모르는데 일본어를 흘끗 들여다보면 한국어와 문법이 굉장히 비슷한 것 같습니다. 그렇지만 한국어와 일본어는 다른 언어죠.

수강생3   따로 학습하지 않아도
                                        이해할 수 있는 것이요.

정답에 근접한 대답이 나왔습니다. 따로 학습하지 않아도 이해할 수 있는 거라면 다른 언어가 아니라 방언이지요? 조금만 더 나아가봅시다. 다른 분?

수강생4   그 의미가 통하는 언어요.

그렇습니다. 의사소통 가능성입니다. 어떤 두 화자가 자기만의 언어로 얘기할 때 의사가 소통되면, 그 사람들은 한 언어를 쓰고 있는 것입니다. 즉 억양이나 단어 형태가 조금씩 다르다고 하더라도 그 사람들

의 언어는 한 언어의 방언일 뿐이지 다른 언어가 아닙니다. 그런데 어떤 두 사람이 만나서 자기들 언어로 얘기를 하는데 의사가 소통되지 않는다, 그러면 그 사람들은 서로 다른 언어를 쓰고 있는 것입니다. 그러니까 언어와 방언을 구분 짓는 것은 의사소통 가능성입니다.

수강생5   북유럽 같은 데서 노르웨이어나
             스웨덴어 같은 경우,
             다른 나라 말이라고는 하지만
             의사소통이 된다고 하던데요.

아주 좋은 지적입니다. 언어와 방언을 가르는 기준을 의사소통 가능성이라고 할 때 그 기준은 순전히 언어학적 기준입니다. 그런데 세상에는 순수하게 학술적으로만, 이론적으로만 되는 일은 없습니다. 모든 일에는 정치가 개입합니다. 정치, 이게 항상 문제입니다. 말씀하셨듯이 북유럽엔 노르웨이가 있고 스웨덴이 있고 핀란드가 있고 덴마크가 있습니다. 그런데 핀란드어는 다른 유럽어와 전혀 상관없는 언어입니다. 핀란드어만이 아니라 헝가리어, 리투아니아어 같은 언어들은 주변 국가들 언어와는 전혀 상관없는 이질적 언어예요. 차라리 언어 유형으로 보면 우리말에 더 가까운, 한국어에 더 가까운 그런 언어들입니다. 그러니까 핀란드는 제쳐놓고 노르웨이, 스웨덴, 덴마크 세 나라의 언어 얘기를 잠깐 하죠. 우리는 흔히 덴마크어, 노르웨이어, 스웨덴어, 이런 말을 합니다. 그런데 사실 이 나라 사람들은 자기들 언어로 이웃나라 사람들과 얘기하면 다 의사가 통합니다. 그러니까 덴마크어, 노르웨이어, 스웨덴어라고 우리가 부르는 건 언어학적 기준으로는 한 언어의 방언들에 불과합니다. 특히 노르웨이어라는 건 덴마크어의 한 방언과 스웨덴 언어의 한 방언을, 이 두 개를 합쳐서 부르는 것입니다. 그러니까 이 세 나라 사람들은 말이 자유롭게 통합니다. 스칸디나비아반도와 유틀란트반도에는 크게 네 개의 방언으로 이뤄진 한 언어가 존재할 뿐입니다. 그런데 우리는 일상적으로 노르웨이어, 스웨덴어, 덴마크어, 이렇게 말합니다. 그건 뭐냐, 언어와 방언을 가르는 언어학적 기준은 의사소통 가능성이지만, 정치가 개입하면 가끔 그 언어를 독립된 언어로 부르기도 한다, 그런 뜻입니다. 덴마크라는 나라, 스웨덴이라는 나라, 노르웨이라는 나라가 있으니까, 덴마크어, 스웨덴어, 노르웨이어라고 하는 겁니다. 사실 이런 용법은 정치적으로 오염된 것이죠.

유고슬라비아란 나라가 냉전이 끝나고 나서 내전이 터진 뒤에 여러 나라로 분열됐습니다. 세르비아란 나라가 있고 보스니아-헤르체고비나, 몬테네그로, 슬로베니아, 크로아티아, 마케도니아, 이렇게 여섯 나라와 코소보, 보이보디나라는 자치주로 쪼개졌습니다. 아주 먼 얘기도 아닙니다. 여러분들한테는 먼 얘긴지 모르겠는데 저는 자랄 때 지리 시간에 유고슬라비아라는 나라에 대해서는 배웠지만, 세르비아나 크로아티아나 슬로베니아 같은 나라들에 대해서는 배운 적이 없습니다. 세계사 시간에 세르비아에 대해서 들어본 적은 있지만요. 아무튼 1991년엔가 크로아티아와 슬로베니아가 독립을 선언하면서 유고슬라비아에 내전이 터졌습니다. 그 내전의 결과로 옛 유고슬라비아는 지금 여러 나라가 돼 있습니다. 그런데 유고슬라비아 시절엔 그 나라의 공용어를 세르보크로아티아어라고 불렀습니다. 세르비아와 크로아티아에서 쓰는 언어라는 뜻이지요. 사실 세르비아와 몬테네그로, 보스니아-헤르체고비나, 크로아티아의 언어는 언어학적 기준으로 보면 방언적 차이만 있을 뿐 한 언어입니다. 그런데 내전의 결과로 세르비아와 크로아티아가 서로 다른 나라가 된 지금, 우리는 세르보크로아티아어라는 말을 쓰지 않습니다. 세르비아에서는 세르비아어를 쓰고, 크로아티아에서는 크로아티아어를 쓴다, 이렇게 말합니다. 이것도 정치적 기준이 언어학적 기준을 압도한 결과입니다. 이와 반대의 경우도 있습니다.

제주어는 언어인가, 방언인가?

만약에 여러분들 누군가가, 강남구 분이라도 좋고 전라도 분이라도 좋고 충청도 분이라도 좋고 경기도 분이라도 좋고 어려서부터 배운 말을 사용하고, 제주도에서 자란 어떤 분이 어려서 배운 말, 그러니까 텔레비전이나 학교를 통해서 배운 말 말고 어려서 배운 말, 어머니한테서 배운 말 가지고 서로 얘기를 한다고 칩시다. 의사소통이 될까요? 불가능합니다. 제주도 사람 말과 육지에 사는 사람 말은 사실은 다른 언어입니다. 언어학적 기준으로는요. 물론 서로 굉장히 가까운 언어이긴 합니다. 그러니까 한반도에선 언어학적으로 두 개의 언어가 사용되고 있습니다. 한국어와 제주어, 이 두 개 언어가 사용되고 있는 것입니다. 그러나 제주라는 곳은 아주 예전부터 한반도에 부속돼 있었고 한반도와 한 나라, 한 정치공동체를 이루고 있습니다. 이 것을 현대적으로는 국민국가라고 합니다. 그런데 제주어는 한국어의 방언이 아니라 한국어와 다른 언어다, 누가 이런 주장을 했다고 해보세 요. 제주 사람들에게나 육지 사람들에게나 이건 절대 좋은 뉴스가 아 닙니다. 정치인들에게는 특히 그렇습니다. 제주에서 분리주의 운동이 일어날지도 모르죠. 그런 염려 때문에 제주어는 한국어의 방언이다, 이 렇게 말하는 것입니다. 제주 사람들은 육지 사람과 '다른 언어'를 쓰는 데도 우리는 그냥 '제주 방언'이란 표현을 씁니다. 제주 방언이란 말은 사실은 정치적으로 오염된 표현입니다. 아시겠죠? 그러니까 실제로 제 주어는 한국어와 다른 언어인데, 만약에 제주도에서 쓰는 말을 곧이곧 대로 다른 언어라고 하면 국민통합에 치명적 지장이 생깁니다. 골치 아 픈 문제죠. 그래서 정치적 고려로 제주어는 한국어의 한 방언이다, 하 고 넘어가는 겁니다. 물론 제주어가 한국어와 다른 언어이긴 하지만, 모든 자연언어 가운데 한국어와 가장 가까운 언어인 건 사실입니다.

일본에도 그런 예가 있습니다. 일본열도를 내려가다 보면 오키나와 라는 섬이 있습니다. 예전에는 류큐라고 불렸습니다. 제주도 사람들과 마찬가지로 류큐 사람들도 자기가 어려서 배운 언어를 사용하면 도쿄 나 오사카 사람들과 의사소통을 할 수가 없습니다. 다시 말해서 일본 이란 국가 안에도 일본어라는 언어와 오키나와어라는 언어가 공존하 고 있는 것입니다. 그렇지만 제주도의 경우와 똑같이, '아! 저건 일본어 가 아니다' 그러면 오키나와 사람들은, '그래? 아, 잘됐다, 우리 독립할

래', 그러겠지요. 사실 오키나와는 류큐라는 이름의 독립국이었습니다. 류큐가, 다시 말해 오키나와가 일본에 정치적으로 완전히 복속된 것은 19세기입니다. 그전에는 일본과 가까운 나라이기는 했지만, 일본의 일부라고 할 수는 없었습니다. 일본에 미군이 많이 주둔해 있는데 본토에는 거의 없고 대부분 오키나와에만 주둔해 있습니다. 그러니까 사실 오키나와 사람들은 본토 사람들에게 불만이 큽니다. 미군 관련 범죄도 다 오키나와에서 일어나고, 미군 주둔 지역이니 만약에 전쟁이 터지면 본토보다 오키나와가 적국의 공격 표적이 될 가능성이 크지요. 그런 상황에서 "오키나와어, 그건 일본어와 다른 언어야" 이런 소리가 나올 수 없는 것입니다. 특히 정치인이 그런 말 했다가는 정치 생명 끝장입니다.(웃음) 결국, 사실에 눈을 감고 "오키나와어는 일본어의 한 방언이야. 그건 다른 언어가 아니야"라고 얘기할 수밖에 없다는 것입니다. 그러니까 언어와 방언의 차이는 이론적으로는 의사소통 가능성에 있지만, 드물지 않게 정치적 고려가 개입한다, 이 얘깁니다. 제주어와 오키나와어가 한국어와 일본어의 방언으로 불리듯 말이죠. 거꾸로 앞서 말씀드렸듯 한 언어의 방언에 불과한데도, 서로 다른 언어로 불리기도 하고 말입니다. 스웨덴어, 노르웨이어, 덴마크어가 그렇고, 세르비아어와 크로아티아어가 그렇습니다.

지리적 방언과 사회적 방언

자, 우리가 보통 방언이라고 할 때,

그것은 지역에 따라 차이가 나는 한 언어를 말합니다. 지리적 방언인 거죠. 그런데 방언에는 지리적 방언만 있을까요? 아닙니다. 일단의 언어학자와 사회학자들은 방언이 지리적으로만 분화하는 것이 아니라 사회 조건에 따라서도 분화한다는 사실에 주목했습니다. 그리고 사회방언sociolect이라는 개념을 만들었습니다. 보통 방언이라고 하면 지리적 방언을 말하지만, 방언에는 사회방언도 있다는 것입니다. 지리적 방언이야 당연히 무슨 말인지 아실 테고, 사회방언은 말 그대로 사회 조건에 따라 분화한 방언들입니다. 사회 조건이라는 건 뭐냐? 어떤 사람의 신분이나 계급, 성性 따위를 뜻합니다. 한국어에는 성에 따른 사회방언이 거의 없다고 할 수 있습니다. 제가 듣기로는 일본어에만도 성에 따른 방언이 꽤 발달해 있다고 합니다. 한국어에도 성에 따른 방언이 있긴 합니다. 예컨대 '어머나!'라는 말을 하는 화자가 남자인지 여자인지는 누구나 알 수 있습니다. 개그 프로그램에서가 아니라면 '어머나!'의 화자는 분명히 여자입니다. 그리고 똑같은 자기 손위 여자형제를 남자들은 '누나'라고 부르고 여자들은 '언니'라고 부릅니다. 물론 언니는 예전에 남자가 동성의 손위형제를 부르는 말이기도 했고, 지금도 일부 지역에서는 그런 의미로 쓰입니다. 그러나 표준 현대한국어에서는 똑같은 손위 여자형제를 남자들은 누나라고 부르고 여자들은 언니라고 부릅니다. 손위 남자형제를 남자들은 '형'이라고 부르고 여자들은 '오빠'라고 부릅니다. 분명히 성에 따른 방언적 차이가 있죠? 신분이나 계급도 방언을 만들어냅니다. 어떤 사람의 말을 듣거나 글을 읽으면 그 사람의 계급이나 교육배경을 설핏 알 수 있습니다. 직업도 마찬가지입니다. 예컨대 의사나 변호사들은 일반인들이 쉽게 알아들을 수 없는 말들을 자기들끼리 쓰죠? 건축가들이나 상인들도 마찬가지로 자기들끼리만 통하는 특이한 언어를 씁니다. 이건 어떤 측면에서 보면 은어라고도 할 수 있는데, 은어도 넓은 의미에서 사회방언입니다.

SNS에서 쓰이는 말은 표준 한국어와 조금 다릅니다. SNS만이 아니라 인터넷 공간에서, 사이버 세계에서 쓰는 언어는 표준 한국어와 꽤 다른데 그걸 한국인들이 전혀 못 알아듣는 건 아니니 SNS 언어는 한국어의 방언입니다. 그건 사회방언일까요, 아니면 지리적 방언일까요? 판단하기 어렵죠? 저도 좀 판단하기 어렵습니다. 인터넷 공간을 자주 드나드는 집단들 사이에서 쓴다는 점에 주목하면 SNS 언어는 사회방언일 텐데, 인터넷이라는 걸 하나의 공간 개념으로 본다면 지리적 방언일 수도 있겠다는 생각이 듭니다. 그래서 인터넷 언어, SNS에서 쓰는 언어는 사회방언의 성격과 지리적 방언의 성격을 겸하고 있다고 할 수 있겠습니다. 물론 사회방언의 성격이 훨씬 더 큽니다.

실제로 SNS에서 글을 쓴다고 하더라도 특별히 일반적 글쓰기와 아주 다른 건 아닙니다. SNS 글은 한국어와 다른 언어가 아니라 한국어의 사회방언에 불과하니까요. 트위터 같은 경우는 140자 이내로밖에 글을 못 쓰니까 대개 축약이 됩니다. 그건 예전에 피시통신 시절부터 있었던 현상이지만, 트위터의 글자 수 제약이라는 점 때문에 더 심해졌죠. 붙여 써도 이해가 되면 띄어쓰기도 안 하고요.

이 강의를 준비하다가 트위터에서 자주 사용되는 사회방언을 몇십 개 적어왔는데 읽어봐야 여러분한테 별 도움이 안 될 테니 읽지는 않겠습니다. SNS에서 사용되는 방언을 익히고 싶으신 분들은 국립국어원 사이트에 들어가보십시오, "이런 말도 있어요"라는 방이 있는데, 그 방에 들어가면 온갖 낯선 말들이 다 모여 있습니다. SNS에서만 쓰이는 말만 모은 건 아니고 특정 집단들이 사용하는 사회방언들을 다 모았습니다. 상당 부분이 인터넷 속어이긴 합니다.

아, 참 저 자신이 트위터리언이기도 하니 한 가지만 지적하겠습니다. '~해선 안 돼'라는 종결 표현을 '~해선 안 되'라고 쓰는 트위터리언들이 많은데, 이건 말장난이 아니라 맞춤법의 무지에서 온 것 같습니다. '안 돼'라고 쓰는 것이 옳습니다. '안 돼'는 '안 되어'의 준말입니다.

제 느낌으론, 한국 트위터리언들은 외국 트위터리언들에 견줘 정치적 격론을 즐기는 것 같습니다. 그런데 지적하고 싶은 게 하나 있습니다. 어떤 정치적 글도 상대방을 설득하지 못하는 경우가 대부분입니다. 그건 트위터 글이 아니라 할지라도 마찬가지입니다. 대개 정치적 글들은 자기편에게 위안을 주는 데 그칩니다. 나와 비슷한 의견을 가진 사람들의 신념을 강화하는 데는 기여해도, 처음부터 의견이 다른 사람들을 설득하기는 불가능하다는 뜻입니다. 더구나 트위터 140자만으로는 더욱 그렇습니다. 그러니까 정치적 글쓰기에 너무 치중하진 마세요. 트위터 창업자들의 의도도 정치적 공론의 장을 만들겠다는 것은 아니었습니다. 트위터는 그저 일상의 지저귐tweet 공간입니다.

일반 글에서도 어느 정도 적용되는 얘기지만, SNS에선 특히 글쓰기 능력보다 글쓰기 태도가 더 중요하다는 점을 꼭 지적해야겠습니다. 익명으로 계정을 만들 수가 있으니, 말을 함부로 하게 됩니다. 전혀 모르는 사람의 멘션창에 들어가 욕설을 한다거나, 약자들을 비하한다거나 하는 모습이 자주 발견됩니다. 이건 표현의 자유 이전에 기품의 문제입니다. 제가 최저의 에티켓 선을 정한다면, 자기 트위터에선 반말을 하든 욕설을 하든 좋은데, 멘션을 하는 경우, 다시 말해 다른 사람의 계정 주소를 박아놓고 말을 할 때는 예의를 지켜야 합니다. 생면부지의 사람에게 대뜸 반말을 하거나 욕설을 하는 건 자신을 욕되게 하는 짓입니다.

SNS는 한국어를 파괴하는가?

트위터 언어를 포함한 인터넷 언어는 표준 한국어에서 많이 일탈해 있습니다. 그렇다면 SNS 언어는 한국어를 파괴하고 있는 것일까요? 저는 그렇게 생각하지 않습니다. 모든 사회방언이 그렇듯, SNS 언어도 사용자들끼리 유대감을 드러내기 위해서, 그 바깥세상의 규율에서 해방되는 느낌을 맛보기 위해 생겨난 것입니다. 트위터에서 "내 최애캐는 지금 영화배우 ○○○과 썸타고 있는 롯데의 ○○○ 선수야. 난 꼴리건이거든"이라는 말을 태연하게 하는 사람이 직장의 입사원서를 내면서 자기소개서를 그런 식으로 쓸 거라고는 절대 생각하지 않습니다. 그래서 저는 SNS 언어가 한국어를 파괴하기는커녕 외려 한국어를 더 풍성하게 만들고 있다고 생각합니다. 그리고 일종의 파롤 역할을 하면서 한국어의 진화에 기여합니다. 지리적 방언들이 한국어를 풍성하게 만들듯이 사회방언, 특히 SNS 언어들도 한국어를 풍성하게 만듭니다. 더 중요한 점은, 지금은 SNS에서만 쓰는 말들 가운데 상당수는 언젠가 분명히 표준어의 자격을 얻게 될 것이라는 사실입니다. 다시 말씀드리지만, 많은 사람이 걸으면 길이 되고, 많은 사람이 말하면 표준어가 됩니다. 표준어에 대한 최종 심판관은 언중입니다. 그래서 저는 SNS의 사회방언들을 대할 때 흐뭇합니다.

영어나 다른 외국어들에도 SNS 사회방언이 많습니다. 특히 트위터에선 140자 제약이 있으니 말을 되도록 축약합니다. 예컨대 'See you tomorrow'를 'C U Tmr'라고 쓴다거나, 공화당원Republican이나 민주당원Democrat을 'rep'이나 'dem'으로 줄여 씁니다. 한글은 로마문자처럼 음소문자지만 그 운용이 음절문자이고, 트위터 본사에서 그 음절(네모난 글자)을 단위로 140자를 허용한 만큼 로마문자를 사용하는 언어보다 훨씬 많은 내용을 담을 수 있습니다. 한자를 쓰는 중국인들은 우리들보다 140자 안에 더 많은 내용을 담을 수 있겠지요.

세종은
왜 한글을 창제했는가?

SNS 글쓰기와 한글 이야기가 나왔으니 말씀드릴 거리가 생각나네요. 제가 아까 위에서 말한 '최애캐'란 말 다 아시죠? '가장 사랑하는 캐릭터'라는 뜻입니다. 보통 한국 사람들이 최애캐 하면 떠올리는 사람이 누구일까요? 물론 젊은 사람들은 '소녀시대' 같은 걸그룹도 떠올릴 테고, 김연아 선수도 떠올릴 테고 그럴 테지만.

그렇죠. 세종대왕이죠? 한국인 대부분에게 '최애캐'는 세종대왕입니다. 이순신 장군을 떠올리는 분도 계시겠지만, 세종대왕을 꼽는 분이 더 많을 겁니다. 그리고 세종대왕의 업적 중에 가장 큰 것은 한글 창제입니다.

한글은 그야말로 한국어에 딱 맞춰진 글자입니다. 한국어를 표기하기 위해서 한글만큼 좋은 글자는 없습니다. 그리고 그 제자원리를 보면, 한글 창제자들의, 그러니까 세종대왕과 집현전 학자들의 음운학 지식이 20세기 음운학자들 못지않다는 것을 알게 됩니다. 예컨대 'ㄱ'이라는 파열음에 유기성('ㅎ' 소리)이 더해지면 한 획을 더해 'ㅋ'을 만들고, 유기성이 완전히 사라지면 글자를 반복해 'ㄲ'을 만들고. 'ㄷ' 'ㅌ' 'ㄸ'이나, 'ㅂ' 'ㅍ' 'ㅃ' 다 마찬가지입니다. 이 소리들은 유기성의 정도만 다를 뿐, 소리를 내는 곳이 똑같습니다. 로마문자에선 이런 체계성을 전혀 볼 수 없어요. 예컨대 'G'와 'K' 'D'와 'T' 사이에는 아무런 형태적 유사성이 없습니다. 소리 나는 곳이 같은데도 그렇습니다. 그래서 한글을 로마문자보다 한걸음 더 나아가 자질문자라고 부르기도 합니다. 음소보다 더 작은 단위인 자질, 예컨대 유기성이라는 자질까지 고려해 그것을 글자 모양에 반영했으니까요.

그렇지만 한편으로 보면 한글은 로마문자나 키릴문자 같은 음소문자보다 덜 발달한 문자체계이기도 합니다. 왜냐하면 멀쩡하게 음소문자를 만들어놓고, 이걸 음절 단위로 네모나게 모아서 쓰잖습니까? 한자나 가나처럼 말입니다. 문자 발달사에서 음절문자는 음소문자보다 덜 발달된 문자체계입니다. 한글을 음절 단위로 모아쓰게 된 건 한자의 영향이었겠지요.

수강생 한 분이 한글 창제를 두고 애민정신을 이야기했습니다. 세종대왕이 한글을 창제한 것은 애민정신 때문이었을까요? 물론 세종대왕에겐 애민정신이 있었겠죠. 자기 나름의 방식으로 백성을 사랑했을 겁니다. 그렇지만 세종이 정말 백성들을 사랑해서 한글을 만들었겠어요? 봉건시대 군주가요? 그렇게 백성을 사랑했으면 한글을 만들기 전에 일단 노비부터 해방시켜줬어야지요. 오직 백성을 사랑해서 한글을 창제했다는 것은 그저 공식적으로 유통되는 거짓말일 뿐입니다.

그러면 세종은 왜 한글을 창조했을까요? 역사학자들이나 언어학자들은 크게 두 가지 이유를 꼽습니다. 첫 번째는 백성세계의 의식 성장입니다. 이성계가 고려를 무너뜨리고 새 나라를 세웠는데 그사이에 백성세계의 의식도 성장한 것입니다. 이 백성세계를 통제할 필요가 있어진 겁니다. 통제를 하려면 통제 대상이 뭘 좀 읽을 수 있어야 합니다. 완전히 까막눈인 사람들은 통제도 못합니다. 말이 전달돼야 통제가 되는 겁니다. 말하자면 백성세계의 의식 성장에 맞서서 전제군주가 '아, 이 백성들 안 되겠네. 자꾸 기어오르는데 좀 다잡아야겠다', 이런 게 아마 첫 번째 이유였을 겁니다. 그래서 훈민정음을 만들자마자 〈용비어천가〉라는 걸 씁니다. 세종의 조상들이 모두 완전히 신이에요. 날아다니기도 하고 호랑이도 때려잡는 사람들입니다. 그러니까 〈용비어천가〉는 일종의 건국신화입니다. 조선왕조의 건국신화. 그런데 이걸 애민 운운

하면 안 됩니다. 훈민정음으로 기록된 초창기 문헌인 〈용비어천가〉에서 세종이 왜 훈민정음을 만들었는지 우리는 그 의도를 알 수 있습니다. 백성들을 어여삐 여겨서, 불쌍히 여겨서 만들었다고 말은 하지만, 물론 어여삐 여긴 마음도 있었겠지요, 그렇지만 그건 부차적 이유였겠죠.

　그럼 두 번째 이유는 뭘까요? 한글의 원래 이름은 훈민정음입니다. 훈민정음이 무슨 뜻이죠. 이걸 문장이라고 생각하고 해석한다면 '바른 소리를 백성들에게 가르친다'가 되겠지만, 명사구로 생각한다면 '백성들을 가르치는 올바른 소리'라고 해석하는 것이 옳을 겁니다. 그러면 이 '바른 소리'라는 건 뭘까요? 바로 당대의 중국어 발음입니다. 삼국시대 이후 한자가 수입되면서, 수많은 중국어 단어가 한자어의 형식으로 차용됐습니다. 그렇지만 그 단어들은 한국어 음운체계에 동화돼 세종 시절에는 중국어 발음과 너무 달라져버렸어요. 지금도 그렇죠. 天을 한국인들은 '천'이라고 읽지만, 중국인들은 '티엔' 비슷하게 읽습니다. 세종이 한글을 반포하며 '나랏말싸미 듕귁에 달아'라고 말했죠? 세종은 이걸 참을 수 없었던 겁니다. 그래서 그때까지의 한국어 한자 발음을 되도록 중국어 원음에 가깝게 만들기 위해 훈민정음을 만든 것입니다. 어떻게 발음해야 하는지를 알려줘야 하니까 소리글자를 만들 수밖에 없었고요. 그러니까 '훈민정음'에서 '정음'이라는 건 대체로 중국인들의 발음에 가까운 소리를 말합니다. 그 소리를 백성에게 가르치기 위해 훈민정음을 만든 겁니다. 그 당시 한자 옆에 표기된 훈민정음을 보면 실제로 15세기에는 그 한자를 그렇게 읽지 않았는데도 되도록 당대 중국어 발음에 가깝게 토를 단 게 굉장히 많이 있습니다.

그러니까 한글 창제의 동기는 애민정신이라기보다, 뭐 기본적으로 애민정신이 있었다고 합시다, 다들 그렇게 말하니까,(웃음) 애민정신이 있었겠죠.(웃음) 그렇지만 더 중요한 이유는 백성세계의 의식이 성장해 천한 것들이 대들려고 하니까 이거 중심 좀 잡아야겠네, 하는 것이었고, 두 번째는 당시 사람들의 한자음이 중국인들의 한자음과 너무 달라져 있으니까, 완전히 똑같게는 못할지라도 중국어 발음과 좀 가깝게 가르쳐보자, 하는 것이었습니다.

SNS는 민주주의에 기여할 것인가, 파시즘에 기여할 것인가?

이제 SNS 글쓰기에 대해 생각해봅시다. 이건 SNS만이 아니라 인터넷 전체에 대한 얘기일 수도 있겠네요. 인터넷이 등장하기 전에는 특정한 사람들만 글을 쓸 수 있었습니다. 더구나 책을 내는 건 정말 어려운 일이었습니다. 그러니까 예전에는 저자라는 개념이 따로 존재했습니다. 아무나 글을 쓸 수 있는 게 아니었습니다. 20세기까지만 해도 글을 쓴다는 건 특별한 직업이었습니다. 대개는 존경받는 직업이었죠. 그런데 인터넷이 발명되고 나선 누구나 글을 쓰게 됐습니다. '글 쓸 자격'이라는 게 없어진 겁니다. 이걸 문자 활동의 민주화, 글쓰기의 민주화라고 해석할 수 있겠습니다.

그런데 이 글쓰기의 민주화가, 다시 말해 인터넷 공간의 개방성이 사회의 민주주의를 전진시키는 데 도움이 될지 아니면 그 반대로 파시 즘의 토양이 될지, 이건 잘 모르겠습니다. 이 문제에 대해선 사실 의견 이 분분합니다. 여기서 파시즘은 넓은 의미로 쓴 것입니다. 양차 세계 대전 사이에 이탈리아와 독일에서 일어난 극우적 정치운동만이 아니 라, 1960년대 중국에서 일어난 극좌 문화대혁명 같은 것을 포함하는 겁니다. 이런 파시즘은 대중의 (유사) 자발적 동원을 전제합니다. 독재 와 파시즘은 다른 것입니다. 파시즘의 에센스는 대중동원입니다.

이제 글쓰기의 민주화를 통해서 자발적으로 동원될 수 있는 대중이 무지무지하게 늘어났습니다. 정보가 굉장히 널리 퍼져 있어요. 그리고 누구도 자기를 다른 사람보다 못하다고 생각하지 않습니다. 내가 교육 을 덜 받았든 더 받았든, 내가 집이 부자든 가난하든, 내가 여자든 남 자든, 내가 어떤 신체적 약점이 있든 없든, 나는 다른 사람과 똑같이 내 의견을 공개적으로 개진할 수 있는 세상이 된 겁니다. 그런데 이 글 쓰기의 민주화, 의견 개진의 민주화가 참된 의미의 민주주의에 기여하 게 될지 아니면 대중동원을 통한 파시즘에 기여하게 될지, 저는 모르 겠습니다. 누구나 글을 쓰고 의견을 개진할 수 있게 됐다는 건 대중의 힘이 커졌다는 뜻이기는 합니다. 그러나 민주주의든 파시즘이든 둘 다 대중의 힘에 기대고 있는 것입니다. 방향만 반대일 뿐이죠. 그래서 저 는 인터넷 세상을 환호할 수만은 없습니다.

글쓰기 이론

'로서'와 '로써'

여러분들, '-(으)로서'와 '-(으)로써'의 차이는 아시죠? '-로서'는 자격을 뜻하고 '-로써'는 수단이나 방법을 뜻합니다. 그런데 수단이나 방법을 뜻하는 '-로써'라는 말은 다소 무거운 느낌을 줍니다. 특히 용언의 제1명사형 다음에 붙을 때 그렇습니다.

한국어에서 용언이라는 것은 활용하는 말입니다. 동사, 형용사, 서술격 조사 '-이다', 이게 용언입니다. 그 용언을 명사형으로 만드는 방법에는 두 가지가 있습니다.

용언에 'ㅁ'이나 '음'을 붙이면 명사형이 됩니다. 예컨대 '사랑하다/사랑함' '가다/감', 이것이 제1명사형입니다. 그다음에 '기'를 붙여도 명사형이 됩니다. '사랑하다/사랑하기' '가다/가기', 이것이 제2명사형입니다. 그러니까 명사형은 이렇게 두 가지가 있어요.

또 용언의 어간에 아/게/지/고를 붙이면 부사형이 됩니다. 그 순서를 따라 흔히 제1부사형, 제2부사형, 제3부사형, 제4부사형, 이렇게 말합니다. 이건 다 학교문법의 용어입니다.

'~ㅁ/음으로써'는

'~아/어'로 고치는 것이 좋다

어떤 행위가 다른 행위의 수단이 될 때, 흔히 용언의 제1명사형에 '으로써'를 붙입니다. 그런데 이 표현이 왠지 좀 무거워 보입니다. '나는 ~함으로써 ~하겠다', 이런 식의 표현 말이에요. 이런 제1명사형 플러스 '으로써'는 거의 예외 없이 제1부사형으로 고치는 것이 좋습니다. 그러면 문장이 훨씬 깔끔해 보입니다. 모든 경우에 그러라는 게 아니라, 문맥을 살펴서 바꾸라는 겁니다.

예컨대 '나는 휴전선을 지킴으로써 국가안보에 이바지하겠다'는 '나는 휴전선을 지켜 국가안보에 이바지하겠다'로 고치는 것이 훨씬 자연스럽고 한국어답습니다. 용언의 제1명사형 플러스 '으로써'는 문법적으로 틀린 말은 아니지만, 좀 무거운 느낌을 줍니다. 바로 제1부사형으로 바꾸세요.

명백한 오문:
'~하는 이유는 ~ 때문이다'

'~하는 이유는 ~ 때문이다'라는 표현이 있습니다. 이것은 완전한 오문입니다. 그런데 저런 표현을 굉장히 많이 씁니다. '때문'과 '이유'는 서로 호응할 수 없습니다. '때문이다'와 호응할 수 있는 것은 '왜냐하면'이라는 부사어입니다.

꼭 '이유는'이라는 표현을 쓰고 싶으면 '이유는 ~에 있다'거나 '이유는 ~것이다'거나 '이유는 ~한다는 사실이다', 이렇게 해야 합니다. 그렇게 쓰지 않으면 문법에 어긋나는 한국어가 됩니다.

글쓰기 실전

"팍스 아메리카나(미국의 평화)는 전쟁을 일용할 양식으로 삼고 있다."
《자유의 무늬》, 172쪽

'팍스 아메리카나'라는 표현의 기원은 '팍스 로마나'입니다. '팍스'라는 건 라틴어로 peace, 평화란 뜻입니다. 로마가 주변 지역을 다 정복해서 이제 큰 전쟁은 하지 않게 된 상태를 팍스 로마나라고 불렀습니다. 어떤 제국이 크게 융성하면 더이상 큰 전쟁은 안 일어납니다. 그래서 팍스 로마나라는 표현을 쓴 건데, 사실 이 '로마의 평화'라는 표현은 '로마의 지배'를 뜻한다고 할 수 있습니다.

냉전시대에는 팍스 루소-아메리카나라는 말이 쓰였습니다. 러시아(옛 소련)와 미국이 양대 초강대국으로서 세계를 지배했으니까요. 지금은 팍스 시노-아메리카나 시대입니다. 시노는 중국을 뜻하는 연결사입니다. 냉전이 끝난 직후만 해도 팍스 아메리카나가 오래 지속될 것 같았는데, 예상 외로 중국이 너무나 빠르게 힘을 키웠습니다.

그런데 제가 여기서 왜 '팍스 아메리카나'라고 한 다음에 굳이 '미국의 평화'라고 썼을까요? '팍스 아메리카나'라는 말을 모르는 독자를 위해서, 이 말은 '미국의 평화'라는 뜻임을 친절하게 가르쳐주려고 그랬을까요? 물론 팍스라는 말을 모르는 독자들도 있겠지요. 그렇지만 제가 굳이 '팍스 아메리카나'라는 말 뒤에 '미국의 평화'라는 말을 괄호로 묶어 병기한 것은, 이 팍스라는 말은 그 뒤에 나오는 '전쟁'이라는 말과 대비되는 것이다, 아이러니다, 이걸 드러내기 위해서였습니다.

"그것은 당장 한국 정부의 대북 화해정책에 찬물을 끼얹음으로써 한반도를 냉전의 틀 속으로 다시 쑤셔 넣고 있다. 그리고 정략 차원에서든 이념적 소신에서든 대북 강경론을 주장하는 야당과 보수적 언론을 부추김으로써, 한국 내 힘의 관계를 조정하고 있다."

《자유의 무늬》, 179쪽

'끼얹음으로써'. 제1명사형 더하기 '으로써'가 나왔습니다. 참 무겁죠? 어떻게 바꿀 수 있을까요? 제1부사형으로요! '그것은 당장 한국 정부의 대북 화해정책에 찬물을 끼얹어 한반도를…' 이렇게 고치면 되겠죠? 가벼워졌어요. 깔끔하고 경쾌해졌습니다. 거의 예외가 없습니다. 제1명사형 다음에 '으로써'를 붙이는 것보다 제1부사형으로 쓰는 것이 훨씬 자연스럽습니다. 그다음 문장도 '그리고 정략 차원에서든 이념적 소신에서든 대북 강경론을 주장하는 야당과 보수적 언론을 부추거…', 이렇게 고치는 것이 좋습니다.

그리고 '야당과 보수적 언론'에서 '적'은 필요 없습니다. '야당과 보수
언론'이라고 하는 것이 훨씬 깔끔합니다.

"9·11 직후 전 세계인을 중세로의 시간 여행으로 초대한 '십자군' 발
언이나 제2차 세계대전 때의 연합국 지도자 흉내를 낸 연두교서의 '악
의 축' 발언이 보여주듯…"

《자유의 무늬》, 179쪽

'중세로의 시간 여행', 굉장히 짜증납니다. 일본말 같기도 하고. 제가 이
걸 고친다면 그냥 '중세여행'이라고 고치겠어요. '로의'도 빼버리고 '시
간'도 빼버리겠어요. 중세여행이 시간여행이지 공간여행이겠어요?(웃음)

수강생

선생님 글을 읽다 보면

앞에 얘기했던 걸 이어서 거론할 때

반드시 대명사나, 대명사가 포함된

관형어로 만들어서

그걸 꼭 넣어주는 경우가 많습니다.
보통 앞에 어떤 말이 있으면
바로 뒤의 주어는 생략하는데요.
선생님처럼 반드시
'이런' '그런' '그' 같은 관형어를
꼭 써야 할까요? 그렇게 써야만
정확한 글쓰기라고 할 수 있나요?

아닙니다. 한국어 문장에선 그렇지 않아요. 제 문장이 굉장히 유럽어 번역투입니다. 《자유의 무늬》에 실린 글들은 특히 그렇습니다. 주어를 명기하지 않으면 신경질이 바락바락 나서 그걸 쓰는 겁니다. 명백히 주어가 무엇인지 알 수 있을 경우에는 생략해도 됩니다. 그게 오히려 더 한국어답습니다.

그리고 관형사를 포함한 관형어들도 마찬가지예요. 이어서 쓸 때는 관형어 없이 그냥 명사로 시작해도 됩니다. 반드시 '그 여자는' '이 남자는'이라고 할 필요는 없다는 뜻입니다. 맥락에 따라서 '여자는' '남자는' 해도 됩니다. 어떤 명사를 반복해서 쓸 때 '그 ~은' '이 ~은'이라고 쓰는 건 유럽어식입니다. 제가 유럽어의 정관사를 의식해서 그렇게 쓰는 버릇이 들었는데, 한국어에서는 없어도 됩니다. 그게 자연스러워요. 그러니까 제 문장이 전통적 한국어에 꽉 밀착돼 있지 않아서 그렇습니다. 번역투 문장이 꼭 나쁜 문장이다, 라고 할 수는 없지만, 만약 의사가 충분히 소통될 수 있다면 번역투 문장은 되도록 안 쓰는 게 좋겠지요.

실전 04

"국가보안법은 1948년에 제정된 이래 한국인의 기본적 인권을 크게 제약하며 대한민국과 자유민주주의를 갈라놓는 거대한 빙벽 노릇을 해왔다."

《자유의 무늬》, 182쪽

연도나 시기를 표기하는 말에 '에'가 없어도 뜻이 통하면 빼는 것이 좋다는 말씀, 여러 번 드렸습니다. '1948년에 제정된'은 '1948년 제정된'으로 고치는 게 좋겠습니다.

　그다음 '한국인의 기본적 인권'이라고 했어요. '적'은 되도록 빼는 게 좋다는 말씀을 드린 적 있죠? 여기서도 '기본 인권'이라고 말하는 게 한국어로서 훨씬 더 자연스러워요. 그런데 왜 굳이 '기본적 인권'이라고 썼을까요? 좀 한국말답지 않아도 써야 할 때가 있습니다. '기본적 인권'이란 말은 법학자들이 쓰는 법학 용어입니다. 공식 용어예요. 그 사람들은 '기본 인권'이라고 쓰지 않고 꼭 '기본적 인권'이라고 씁니다. 국회의원들이나 법제처 사람들이 법률 용어를 좀더 우리말답게 다듬어주면 좋기는 하겠는데, 그전까지는 공식 용어를 따르는 게 좋지 않을까 생각했습니다.

수강생   굳이 그럴 필요가 있을까요?

일리가 있는 말씀입니다. 법학자들이 '기본적 인권'이라고 말하더라도 우리 일반인들이 글을 쓸 때는 '기본 인권'이라고 써도 될 것 같습니다. 그게 학술논문이 아니라면요.

법학 용어에 한국어답지않은 말들이 굉장히 많습니다. 독일어에서 번역된 일본어를 그대로 한국어로 직역한 용어들이 많아서 그렇습니다. 여태까지 글을 쓸 때 '그쪽 사람들이 그렇게 쓴다면 그냥 그렇게 써주자' 이런 생각이었는데, 질문을 받고 보니 반드시 그럴 필요가 있겠는가 하는 생각도 듭니다. 저도 앞으로 '기본 인권'이라는 말을 써봐야겠군요.(웃음)

실전 05

"올해 대통령 선거의 예비 후보들은, 속마음이 어떻든, 보수적 유권자 들의 표를 잃을 이니셔티브를 취하고 싶어 하지 않을 것이다."

《자유의 무늬》, 182쪽

여기서도 '적'을 썼군요. '보수적 유권자들의'는 '보수 유권자들의'로 고치는 게 좋겠습니다.

제가 '이니셔티브'라는 영어를 썼어요. 이것은 잘난 체하고 싶어서 쓴 게 아니라 여기에 대응하는 한국어를 발견하기가 정말 어려워서 그 말을 쓴 겁니다. 다른 말로 바꿀 수 있을까요?

수강생   저도 사전을 찾아봤는데요.

정확히 대응하는 말을

발견하지 못했습니다.

다른 강의에서도 결론이 그렇게 났습니다. 이 문장을 그대로 놓고 이니셔티브를 대체할 한국말은 없다, 다만 바꾼다면, 이 문장 구조 자체를 바꿔야 한다, 예컨대 '속마음이 어떻든 보수 유권자들의 표를 잃을 행동을 먼저 하고 싶어 하진 않을 것이다' 이런 식으로 말입니다. 아니면 '표를 잃을 정책을 먼저 내놓고 싶어 하진 않을 것이다' 이런 식으로 문장 자체를 바꾼다면 가능할 것 같습니다.

실전 06

"짜증스러운 절차를 되풀이 거치고 비행기에 오르면 실제로 어느 정도 안도감이 생겼다."

《자유의 무늬》, 187쪽

'되풀이 거치고'란 표현이 나옵니다. '되풀이'를 사람들이 많이 부사로 쓰곤 하는데 아직 부사로 인정이 안 되고 있습니다. '되풀이하다'라는 말은 있지만 '되풀이' 자체가 부사로 허용되진 않습니다. 그러니까 '되풀이해서'라고 쓰든지, 그 말이 너무 무거우면 '거듭'으로 바꾸는 게 좋을 것 같아요. '거듭', 참 좋은 말입니다.

"그래서 기자는 컴퓨터가 유색인을 특별히 편애한다는 결론을 내릴 수밖에 없었다."

《자유의 무늬》, 188쪽

이 표현은 심한 비아냥거림입니다. 이런 비아냥거림 정도는 가능하다고 생각해요. 후회하지 않습니다. 제가 미국 여행을 이때 한 번 해보고는 그 뒤로 미국엔 가보지 못했는데 요즘도 공항에서 검색을 그렇게 심하게 하는지는 모르겠습니다. 그때는 9·11 직후였으니까요. 그런데 요즘도 미국 공항의 검색은 다른 나라들과는 다르다고 하더군요. 하여튼 그때 제가 받은 느낌이 그랬습니다. 유색인들을 대우해주는 것 같았어요. 대우한다는 건 몇 번씩 검사를 더 한다는 뜻입니다. 그래서 컴퓨터가 유색인을 특별히 편애한다는 결론을 내릴 수밖에 없었던 겁니다.

이 문장에서 '특별히'가 필요할까요? 만약에 다시 쓴다면 '특별히'

를 뺄 거 같아요. 편애한다는 말 자체에 '특별히'라는 의미가 담긴 것 같습니다. 다시 강조하지만 간결성은 문장의 미덕입니다. 의미가 변하지 않는다면, 고더더기기 주렁주렁 달린 글보다는 간결한 문장이 좋습니다.

"박정희는 공산주의자들에 대한 증오와 공포를 끊임없이 생산함으로써 국민의 무기력한 총화단결을 도모했다."

《자유의 무늬》, 188~189쪽

제1명사형이 또 나왔습니다. '생산함으로써'는 '생산하여'나 '생산해'로 고치는 것이 좋겠지요? '박정희는 공산주의자들에 대한 증오와 공포를 끊임없이 생산해 국민의 무기력한 총화단결을 도모했다.' 고치고 나니 문장이 훨씬 깔끔해졌습니다.

"'국민'으로서의 시민들은 모래알처럼 흩어져 국민국가는 그 존립을 위협받게 될 것이다."

《자유의 무늬》, 190쪽

'국민으로서의 시민들은'이 나옵니다. 이건 나쁜 말버릇입니다. '국민' '시민' '도민' 이런 말 뒤에 '들'을 붙이지 마세요. 남쪽 사회에선 잘 안 쓰는 말이지만 '인민' 뒤에도 '들'을 붙이지 마세요. 단어 자체에 집합적 의미가 있습니다.

인민을 영어로 하면 people인데 people도 s를 붙이면 의미가 달라지겠죠? 예컨대 American people이라고 하면 미국 사람들 전체가 됩니다. '민'으로 끝나는, 백성 민民 자로 끝나는 단어에는 '들'을 붙이지 맙시다.

수강생   '우리들은' '우리는'도

두 가지 모두 쓸 수 있나요?

그렇습니다. '우리는' '우리들은'은 둘 다 1인칭 복수입니다.

"그리고 예측할 수 있는 가까운 미래에 힘으로 미국을 젖히거나 대등하게 맞설 국민국가가 나타날 것 같지도 않다."

《자유의 무늬》, 191쪽

이 글을 제가 2001년에 썼습니다. 그때는 중국이 이렇게 빠르게 클 줄 몰랐습니다. 빗맞은 예측입니다. 중국이란 나라가 초강대국이 됐죠? 불과 10년 만에 초강대국이 됐습니다. 그래서 G-2라는 말도 생겨났고요. 중국의 성장속도가 이렇게 빠를 줄은 제가 예측할 수 없었습니다.

수강생

저는 사실 '국민국가'라는 말을
처음 봤습니다.
이 단어를 쓰신 이유가 있는지
궁금합니다.

'국민국가'는 정치적 개념입니다. nation-state의 역어입니다. '민족국가'라고 번역하기도 합니다만, '국민국가'라는 번역이 더 보편적입니다. 사실 민족이란 개념이 서양에는 없었습니다. 동아시아에도 없었어요. 민족이라는 개념은 유럽 사람들을 통해서 19세기 말 20세기 초에 한국에 들어온 개념입니다. 유럽 사람들에게 왜 민족이란 개념이 별로 없었냐면, 그 사람들은 기독교권을 하나의 세계로 봤거든요. 상상된 핏줄보다는 신분을 더 중시했습니다. 그래서 왕도 외국사람 중에 모셔오곤 했지요. 중요한 건 신분이었습니다.

민족 또는 국민이란 개념이 처음 나타난 것은 프랑스대혁명을 통해서입니다. 그러니까 18세기 말입니다. 프랑스의 이 대혁명이 자기 나라로 파급될까봐 두려워한 이웃나라들, 다시 말해 프로이센, 오스트리아, 영국, 러시아 이런 나라들이 제1차 대불동맹이니 제2차 대불동맹이니 하며 힘을 합해 끊임없이 프랑스에 쳐들어오는 겁니다. 그러니까 프랑스 사람들이 그때 처음 느낀 거예요. 프랑스대혁명은 평민 즉 부르주아들이 귀족을 타도하고 신분제를 폐지한 혁명입니다. 그런데 외국에서 자꾸 프랑스에 전쟁을 걸어오니 '사람들은 신분만으로 구별되는 게 아니구나, 프랑스 사람이라는 정체성도 있을 수 있겠구나!' 하는 생각이 생겨났습니다. 민족, 또는 국민이라는 개념이 유럽에 처음 생긴 것입니다. 그러니까 국민의 개념, 그 나라에 살고 있는 주민 집단이 국민이라는 아이디어가 견고하게 자리 잡은 건 프랑스혁명 이후입니다. 그 이후의 국가를 nation-state라고 합니다. 그리고 그 번역어가 국민국가입니다. 국민국가라는 것은 이제 완전히 정립된 개념입니다. 지금 세계를 이루고 있는 국가들은 거의 다 nation-state들입니다. 국민국가들입니다. 글쓰기와는 상관없지만 좋은 지적을 하셨습니다. 그런 질문 좋습니다.

"…우리 정치 문화에서 군사 쿠데타의 가능성을 도려냈다는 커다란
공을 세웠다."

《자유의 무늬》, 195쪽

바보 같은 소리를 했습니다. '도려내는 커다란 공', 이렇게 해야겠죠?
'~했다'는 공이 아니라 '~하는' 공, '도려냈다는 공'이 아니라 '도려내
는 공' 또는 '도려낸 공'으로 고쳐 써야 합니다. 굳이 인용 형식으로 쓸
필요가 없습니다.

실전 12

"…일거에 정치 군부를 숙청함으로써 군대의 문민 통제를 확립한 것
은 김영삼 씨 개인의 결기가 아니었다면 쉬이 이룰 수 있는 일이 아니
었다."

《자유의 무늬》, 195쪽

'군대의 문민 통제'는 일본식 말입니다. '민간 통제'라고 고치는 것이
좋겠습니다. 민간 통제는 civilian control을 번역한 말입니다. 그러니
까 '일거에 정치 군부를 숙청해 군대의 민간 통제를 확립한 것은'으로
고치는 것이 훨씬 나아 보입니다.

한국에서는 국방부장관이 다 군인 출신입니다. 장관은 민간인이지
만 그 사람들이 다 군인 출신이에요. 게다가 꼭 장군 출신이죠. 그건
좀 이상합니다. 왜냐하면 민주주의국가에서 군대는 민간인들이 통제
하게 돼 있습니다. 그래서 외국에는 군인 출신이 아닌 사람들이 국방

부장관을 많이 합니다. 심지어 여성도 합니다. 군대 경험이 전혀 없는 사람도 국방부장관을 합니다. 그런데 한국은 그냥 군인 출신도 아니고 꼭 별자리 출신들이 국방부장관을 합니다.

군대의 민간 통제가 완전히 이루어지려면 지금처럼 장군 출신들이 국방부장관을 하는 것이 아니라 민간인 출신이 하는 게 자연스럽습니다. 군대를 다녀온 사람이든 안 다녀온 사람이든, 병장으로 제대한 사람이든 중위로 제대한 사람이든, 여자든 남자든, 누구나 국방부장관이 될 수 있어야 하겠지요. 국방이라는 것은 굉장히 전략적이고 정치적인 분야입니다. 군대생활의 경험이라는 건 국방 정책 수립에 별로 도움이 안 됩니다. 그러니까 지금 한국 사회는 비정상적인 겁니다.

"그런데 그때 추 의원이 비판한 것은 이 씨의 문학적 발언들이 아니라 정치적 발언들이었다."

《자유의 무늬》, 199쪽

여기서 '들'은 필요 없습니다. '이 씨의 문학적 발언이 아니라 정치적 발언이었다' 정도로 충분합니다. '들'을 계속 쓰는 것도 일종의 번역 문투입니다. 제가 작년에 절필이란 것을 해서 앞으로 한국어로 글 쓸 일이 없을 것 같은데, 그래서 매우 아쉬워요.(웃음) 다시 쓴다면 좀 한국어답게 쓸 수 있을 것 같은데 말입니다.

"부르주아지가 역사의 전면에 등장한 이래 문인들이 자신들을 후원하는 '파트롱'을 잃어버림으로써 경제적 안정을 잃은 대신 자율성을 획득했다는 것이 많은 문학사회학자들의 견해이지만, 사실 파트롱은 사라지지 않았다."

《자유의 무늬》, 199쪽

'잃어버림으로써'는 '잃어버려'로 고치는 것이 좋겠지요?

중세시대 그러니까 구텐베르크가 활자를 발명한 이후에도 문자 해독률이 그다지 높지 않았습니다. 그래서 저자들은 자기 책을 권력자에게 헌정하곤 했습니다. 예컨대 마키아벨리의 《군주론》 같은 책도 당시의 실력자였던 로렌초 데 메디치에게 헌정한 것입니다. 문학작품들도 주로 정치 권력자나 돈이 무지무지하게 많은 사람들에게 헌정합니다. 그 책이 팔리진 않아요. 우선 읽을 사람들이 별로 없었어요. 인세가 발생할 소지가 없는 겁니다. 그래서 파트롱, 즉 후원자가 그 책을 헌정받고서 저자를 먹여 살려주는 겁니다. 인세로 먹고사는 게 아니라 책을 써서 누구한테 헌정을 하면 그 사람이 '오! 이길 나한테 헌정했구나!' 해서 저자에게 경제적으로 보답하는 거지요.

사회학 중에서 문학사회학이란 분야가 있습니다. 글자 그대로 문학에 관련된 사회학입니다. 문학사회학자들이 저런 이야기를 흔히 합니다. 시민혁명과 함께 귀족계급이 사라지고 문자 해독률이 점점 높아지면서 책의 저자가 자기 후원자에게 종속되는 게 아니라 독자들에게 종속된다, 그전에는 후원자에게 절대적으로 기댔는데 이제 후원자로부터 완전히 자율성을 획득했다, 이제는 파트롱이 없다, 이런 얘기죠. 그런데 제 생각은 다릅니다.

지금은 인터넷이 발전해서 약간 차이가 있지만 커다란 영향력을 가진 신문들, 그러니까 언론 매체들이 옛날의 귀족을 대신해 새로운 파트롱이 된 겁니다. 그 파트롱이 독자들을 만들어내니까요. 지금은 네이버 초기화면에 뜨는 게 〈조선일보〉에 열 번 뜨는 것보다 판촉에 더 효과가 있을 겁니다. 이게 좋은 일인지는 잘 모르겠어요.

실전 15

"특집의 기사가 인용하고 있는 북한 지도자의 말에 따르면, 1994년을 기준으로 그 무덤의 뼈는 5,011년 전의 것이라고 한다."

《자유의 무늬》, 201쪽

'북한 지도자의 말에 따르면'이라고 썼습니다. 이것은 독자에게 정보를 주기 싫어서가 아니라 그 사람의 이름을 발설하기 싫었던 것입니다. 혐오스러웠던 거예요. 이 북한 지도자는 김일성입니다. 그러니까 '특집의 기사가 인용하고 있는 김일성의 말에 따르면' 또는 '김일성의 주장에 따르면' 이렇게 쓰는 게 옳을 수도 있었지만, 그렇게 쓰기 싫었던 겁니다. 언급하기 싫을 때는 에둘러서 표현할 수 있습니다. 필자에겐 그런 자유가 있어요.

"…'공동의 할아버지'를 설정하는 것은 과학적 타당성을 떠나서 윤리적으로도 정당화되기 힘들다."

《자유의 무늬》, 202쪽

우선 '정당화되기'는 '정당화하기'로 고치는 게 좋겠습니다. 수동 형태 표현은 되도록 피하십시오. 자, 이제 '정당화하기'라는 표현을 봅시다. 이걸 '정당화시키기'라고 고칠 수도 있겠죠. 그렇지만 그런 표현 쓰지 마세요. '~화시키다'라는 표현은 무조건 '~화하다'로 고치세요. 아마 여러분들이 '화시키다'라고 써도 출판사 편집부에서 '~화하다'로 고칠 겁니다. 이게 지금 대세예요.

　'~화하다'로 끝나는 동사는 자동사일 수도 있고 타동사일 수도 있는데, '~화시키다'는 명백히 타동사입니다. 예전엔 타동사와 자동사를 구별하려는 생각 때문에 '~화시키다'에 너그러웠는데, 지금은 '~화시키다'가 한국어답지 않다는 공감대가 생겼습니다. '~화하다'는 자동사를 겸하기 때문에 예컨대 '한국이 민주화하다'도 될 수 있고 '한국을 민주화하다'도 될 수 있습니다. '현대화시키다'는 '현대화하다'로, '근대화시키다'는 '근대화하다'로 고쳐 쓰십시오. 물론 그 앞의 어근이 독립된 명사가 아닐 경우, 예컨대 '변화시키다' 같은 동사는 그대로 놔둬야 합니다. '변화하다'는 타동사로 쓰일 수 없습니다.

""그런데 그 글자 모양 자체가 그 소리와 관련된 조음기관을 본뜬 것이라니. 이것은 견줄 데 없는 언어학적 호사다.""

《자유의 무늬》, 204쪽

제가 게리 레드야드의 말을 잘못 인용했습니다. '언어학적 호사'라고 했는데 사실은 게리 레드야드가 'grammatological luxury'라고 했거든요. 바로잡으면 '문자학적 호사'입니다. 한글이 언어학적 호사일 건 없죠. 한글은 문자체계일 뿐이니까요. 문자학적 호사가 맞습니다.

　레드야드는 한글의 제자원리를 설명하며 문자학적 호사라는 말을 썼습니다. 그러니까 한글을 창제한 동기가 불순했든 순수했든, 창제자들의 음운론 지식은 아마 그 당시 세계 최첨단이었을 겁니다. 그렇지만 한글이 만들어지고 반포된 게 15세기 중엽이라는 걸 기억할 필요는 있습니다. 로마문자보다 2,000년 정도 뒤에 만들어졌어요. 그동안 지식과 지혜가 축적됐을 테니까 로마문자보다 더 뛰어난 게 큰 자랑이라고 할 수는 없습니다. 지금은 한글보다 더 뛰어난 문자를 만들 수 있을 겁니다. 저 혼자서라도요.(웃음)

고종석의 문장

"백 교수가 그 책을 냈을 때의 나이를 훌쩍 넘기도록 나는 그 책의 중후하고 논리적인 한국어를 흉내도 못 내고 있지만, 위대한 정신의 그늘에서 한 시대를 살 수 있었던 것을 복되게 생각한다."
《자유의 무늬》, 209쪽

'중후하고 논리적인 한국어'란 표현이 보입니다. 2강에서 '적'을 빼기가 어려우면 '인'이라도 빼라고 했는데, 과연 이 문장에서 '인'을 빼는 게 좋을까요, 안 좋을까요? 있어야 될 것 같죠? 여러분에게도 느낌이 올 겁니다. 그런데 왜 그럴까요?

'중후하고 논리적인 한국어'는 '중후한 한국어' 그리고 '논리적인 한국어'입니다. '중후한'과 '논리적'이라는 수식어 두 개를 연결시켜놓았습니다. '중후하다'는 형용사니까 용언입니다. 용언이 활용을 해서, 그러니까 'ㄴ'이라는 관형형 어미가 붙어서 수식어로 쓰인 겁니다. 그런데 '논리적'은 관형사입니다. 용언이 아닙니다. 그래서 한국 사람들은 '중후하고 논리적 한국어' 하면 이 문장이 어색하게 느껴지는 겁니다. 대등하게 배열된 단어가 하나는 용언이고 다른 하나는 용언이 아니니까, 우리에게 내면화돼 있는 한국어 감각을 거스르는 겁니다. '논리적인' 하면 용언이 됩니다. 서술격 조사 '-이다'는 용언이라고 했죠? '이다/이니/이라서' 이렇게 활용을 합니다. 그래서 '중후하고 논리적인 한국어'라고 해야 이상하지 않습니다. 굳이 이유를 설명하자면 그렇다는 겁니다.

"북한 사회의 공식 이데올로기는 지도자 곧 수령을 뇌수에 비유하는 데, 어떤 기념물이 뇌수를 기념하든 아니면 몸통이나 사지를 기념하든 그 뇌수로서는 별 차이가 없다."

《자유의 무늬》, 213쪽

이 대목은 〈'기념비적 대작'의 정치학〉이란 글에 실린 것인데, 그 제목을 한번 보세요. '기념비적 대작'이란 말이 어색합니다. 그래도 이 말을 고쳐선 안 됩니다. 왜냐하면 이건 이북에서 실제로 쓰는 말이니까요. 이북 사람들이 기념비적 대작이라고 부르니까요. 특히 고유명사일 경우에는 이북식 맞춤법을 따라주는 것이 좋습니다. 〈노동신문〉이 아니라 〈로동신문〉입니다. 저런 예는 많습니다. 최소한 고유명사에서는 이북식을 따라주고, 고유명사가 아닌 경우에는 이북식을 따라줄 필요가 없습니다.

위 예문에서 '북한 사회의 공식 이데올로기'는, 앞서 말씀드린 '김일성'의 경우처럼, 입 밖에 내기가 싫어서 일부러 돌려 말한 겁니다. 물론 주체사상을 뜻하죠. 주체사상이라는 말 자체가 혐오스러워서 '북한 사회의 공식 이데올로기는', 이렇게 쓴 것입니다.

"즉 이런 대형 기념물들은 공동체의 보편적 가치와 집단적 기억을 응축함으로써 그 사회 구성원들을 하나로 묶는다. 모래알 같은 개인들로 사회의 통합을 이룰 수는 없다."

《자유의 무늬》, 213쪽

'적'과 '의'가 쓸데없이 많이 들어간 문장입니다. '보편적 가치'에서 '적' 필요 없을 거 같아요. '집단적 기억' 마찬가지로 '적' 필요 없어요. '응축함으로써' 어떻게 하는 게 좋죠? '응축해', 그렇죠? 즉 '이런 대형 기념물들은 공동체의 보편 가치와 집단 기억을 응축해 사회 구성원들을 하나로 묶는다.' 깔끔해졌습니다. 다음 문장 '사회의 통합'에서 '의'도 필요 없겠지요? '사회 통합을 이룰 수는 없다', 이렇게 다듬는 게 좋습니다.

"그러나 선현의 가르침대로, 지나침은 미치지 못함과 같다."

《자유의 무늬》, 213쪽

여기서 '선현'은 누구를 가리키는 것일까요? 공자죠. 이 정도는 허용될 수 있다고 생각합니다. 왜냐하면 일반인들이 모르는 사람을 두고 다짜고짜 '선현'이라고 하면 안 되겠지만, 대부분의 한국 사람들이 공자라는 사람과 과유불급過猶不及 정도의 표현은 알고 있어요. '아! 이건 공자가 《논어》에서 한 말이구나!'라는 것 정도는 알고 있기 때문에 굳이 '공자의 가르침대로' 이렇게 하는 것보다는 '선현의 가르침대로' 하는 게 낫다고 저는 판단했습니다.

"역사의 진보가 담고 있는 핵심적 의미 가운데 하나가 개인적 자유의 확대라면…"

《자유의 무늬》, 214쪽

'의미 가운데 하나가'에서 '가운데'는 빼버리세요. '의미 하나가'로 충분합니다.

수강생

'가운데'를 '중'으로 바꾸면

바람직하지 않은 건가요?

바람직하지 않아요. '중'을 넣으려면 차라리 '가운데'를 넣겠어요. 둘다 번역 문투인데 굳이 써야 한다면 한자어보다는 고유어를 쓰는 게 낫습니다.

""나는 당신의 견해에 동의하지 않는다. 그러나 만일 당신이 그 견해 때문에 박해를 받는다면 나는 당신 편에 서서 싸우겠다." 18세기 계몽사상가 볼테르의 말로 전해지는 이 경구는 관용의 문화가 뿌리내리지 못한 모든 사회에서 사상의 자유를 위해 싸우는 사람들의 입을 통해 거듭 인용돼왔다."

《자유의 무늬》, 225쪽

인용으로 시작했습니다. 인용문의 두 번째 문장에서 '나는'이 필요한 가요? 전혀 필요 없죠? 이미 제시된 정보를 반복하는 게 한국어에선 어색합니다. 특히 주어의 경우가 그렇죠. 그렇지만 볼테르 자신은 분명 두 번 썼을 겁니다. 서양말은 이런 식이니까요. 한국말에서는 뒤에 오는 '나는'은 빼는 게 자연스럽습니다. 그다음 문장에서 '전해지는'이라는 말을 썼습니다. 왜 그랬을까요? 사실 볼테르가 한 말 중에서 가장 유명한 말은 이 말입니다. 그러니까 한국 사람들만이 아니라 외국인들도 볼테르 하면 떠오르는 경구가 이 경구예요. 그런데 볼테르의 어떤 저서에도 이 말은 나오지 않습니다. 다만 볼테르가 진구와 수고받은 서신에 이런 말을 썼다고 전해집니다. 그러니까 확실히 근거가 없는 것은 두루뭉술하게 '전해지는' 이렇게 하는 것이 좋습니다.

　이런 말들이 굉장히 많아요. 어떤 사람이 이런 말을 했다고 알고 있는 것들 중에 실제로 사실이 아닌 것이 굉장히 많습니다. 어떤 책 몇쪽에서 자기가 분명히 본 사실이 아니라면 확인을 반드시 하거나, 확인이 안 된다면 두루뭉술하게 넘어가거나 아예 말을 하지 말아야 합니다. 틀린 말을 하는 것보다는 말을 안 하는 것이 좋습니다.

"그리고 사상의 자유를 보장한다는 것은, 이 총재가 틀림없이 존경할 미국의 대법원 판사 올리버 홈스가 지적했듯, 우리가 동의하는 사상의 자유를 보장하는 것이 아니라 우리가 증오하는 사상의 자유를 보장하는 것이다. …즉 표현의 자유의 행사에 명백하고 현존하는 위험이 따르기 전에는 그 자유를 제한할 수 없다는 것이 미국을 비롯한 민주주의 사회의 확립된 원칙이다."

《자유의 무늬》, 226쪽

유명한 법률가 올리버 웬들 홈스에 관한 이야기가 나옵니다. 이분 아버지 이름도 올리버 웬들 홈스예요. 미들네임까지 똑같은 부자^{父子}입니다. 아버지 올리버 웬들은 의사이고 문필가였어요. 두 사람 경력이 비슷합니다. 보스턴 인근에서 태어났고 같은 고등학교, 같은 대학교를 나왔어요. 그래서 혼동하는 사람이 많습니다. 아들은 법률가였어요.

이 사람이 위와 같은 말을 했습니다. 사실, 자기가 동의하는 사상에 대해서 누군들 사상의 자유를 보장 못 하겠어요?

그다음 문장에 나오는 '명백하고 현존하는 위험clear and present danger'이라는 개념도 대법원 판사 올리버 웬들 홈스가 지난 세기 초에 확립한 것입니다. 표현의 자유에 대한 굉장히 중요한 원칙입니다.

글쓰기와 상관없지만 저건 표현의 자유에 관한, 전 세계에 보편적으로 확립된 원칙입니다. 물론 북한에서는 전혀 통용되지 않고 심지어 남한에서도 통용되지 않아요. 예컨대 어느 정신 나간 사람이 광화문 네거리에서 '김일성 만세'라고 했다고 합시다. '김일성 만세'가 대한민국 국가에 명백하고 현존하는 위험을 주나요? 저는 그렇게 생각하지 않습니다. 그렇지만 그 사람은 처벌을 받아요. 왜냐하면 국가보안법에 찬양고무죄라는 것이 있거든요. 만약에 명백하고 현존하는 위험 정도가 되려면 글쎄, 한 몇 백 명 정도가 모여 종로 2가에서 인공기를 들고 '김일성 만세'를 외쳐야 하지 않을까요? 이 정도가 되면 이건 법의 제재를 분명히 받아야겠지요. 그건 명백하고 현존하는 위험이 되는 겁니다. 그 주위에 끼치는 영향도 상당할 테고. 혼자 '김일성 만세' 이런다고 잡아가는 것은 이상해요. 그렇지만 대한민국에선 그러다간 잡혀갑니다. 제 말이 맞나 틀리나 시험해보려고 괜히 광화문 네거리에서 '김일성 만세' 그러진 마세요.(웃음)

5

가장
아름다운 우리말
열 개

'나는 한국어에서 어떤 낱말들을 가장 좋아할까?' 아름다운 우리말 열 개를 골라보는 일은 우리말 사랑의 첫걸음입니다. 꼭 열 개여야 할 필요는 없지요. 행운의 숫자 일곱 개든, 이팔청춘 열여섯 개든 상관없습니다. 그래도 딱 떨어지는 수 10이 좋아서 여러분께 열 개씩 뽑아보라고 말씀드린 겁니다. 그렇게 고른 단어를 쓰다듬으며 그 말들에서 이런저런 연상을 해볼 수 있습니다. 그러다 보면 좋아하는 낱말들이 더 불어나겠지요. 그게 우리말 사랑의 과정입니다.

저도 예전에 〈가장 아름다운 우리말 열 개〉라는 글에서 제가 좋아하는 한국어 단어 열 개를 꼽아본 적이 있습니다. 그때 고른 낱말 열 개는 '가시내' '서리서리' '그리움' '저절로' '설레다' '짠하다' '아내' '가을' '넋' '그윽하다'였습니다. 좋아하는 말이 있으면 글을 쓸 때 그 말을 더 자주 쓰게 됩니다.

글을 잘 쓰기 위해선 일단 글의 재료가 되는 단어를 많이 알아야 합니다. 가용 어휘가 모자라면 표현이 풍부해질 수 없습니다. 그리고 어휘를 늘리는 방법 하나는 사전을 자주 들춰보는 겁니다. 글을 쓸 때는 꼭 국어사전을 옆에 두세요. 지금은 사전들이 인터넷에 죄다 떠 있으니 꼭 종이사전을 옆에 둘 필요는 없겠네요. 내가 모르는 낱말이라고 해서 다른 사람들도 모를 거라고 생각하지 마세요. 다른 사람들은 다 아는데 나만 모르는 말이 굉장히 많습니다. 이런 말들은 사전을 꼭 찾아보세요. 지금 시중에 유의어사전, 반의어사전이 나와 있는지 모르겠는데, 아마 교보문고 같은 큰 서점에 가면 있을 겁니다. 연관어사전을 구비해놓는 것도 좋고요. 그런 사전들은 아마 인터넷에 안 올라 있을 겁니다. 글을 쓰면서 똑같은 말을 반복하면 윤기가 없어 보입니다. 활기도 없어 보이고요. 그럴 때 유의어사전을 들춰보시면 됩니다. 또 대립되는 개념을 사용하려는데 단어가 안 떠오르면 반의어사전을 이용하세요. 개념을 알고 있는 어떤 낱말이 머릿속에 떠오르지 않을 때는 연관어사전이 필요합니다. 사전을 옆에 두고 들춰보는 건 글쓰기에서 굉장히 중요합니다.

'아름다운 우리말 열 개'
꼽아보기

제가 여러분들에게 가장 아름다운 우리말 열 개를 골라보라고 주문드렸죠? 그 결과를 제 나름대로 분석해봤습니다. 의미 있는 통계는 아닙니다. 표본이 워낙 작으니까요. 이

반 수강생 여러분들은 '사랑'이란 말을 가장 많이 고르셨어요. '사랑'이 1위입니다. 그다음에 2위가 '엄마' '어머니'와 '그리움' '그립다'였고, 그다음에 '오롯하다'였습니다. 나머지가 '노을' '담백하다' '바다' '시나브로' '햇살' '햇빛' 같은 말이었습니다.

다른 반에서는 전혀 다른 결과가 나왔습니다. 그 반에선 '사랑'이 제일 아래에 있어요. 딱 두 분만 가장 아름다운 우리말 열 개에 '사랑'을 포함시키셨습니다. 그래서 '사랑'이 꼴찌를 했네요.(웃음) 그 반에서 제일 많이 꼽힌 단어는 '그윽하다'였습니다. 그 이유가 뭘까 하고 생각하다가, '그윽하다'라는 말은 말로 표현할 수 없는 것을 표현하는 말, 낮고 깊고 우아한 느낌을 주는 말이어서 그런 것 아닐까 하는 생각이 들었습니다.

저도 '그윽하다'라는 말을 참 좋아해서, 그 말이 1위로 뽑힌 것을 보고 좀 놀랐습니다. 사실 '그윽하다'라는 말은 일상에서 그렇게 흔히 쓰는 말은 아니잖습니까? 두 번째는 '어머니' '엄마', 이건 비슷합니다. '설레다' '고즈넉하다' '품다'가 나왔어요. 저도 '품다'라는 말을 참 좋아합니다.

이 반 분들과 다른 반 분들이 고른 '가장 아름다운 우리말 열 개'에서, '사랑'이란 말의 순위가 이렇게 차이가 나는데 왜 그런지는 모르겠어요. 두 반 분들 사이에 세대차가 있는 건지, 뭐 우연이겠지요.(웃음)

김수영이라는 시인 다 아시지요? 〈풀〉이나 〈사랑의 변주곡〉 같은 시로 유명한 분입니다. 김수영 선생도 생전에 〈가장 아름다운 우리말 열 개〉라는 산문을 쓴 적이 있습니다. 그 양반이 꼽은 낱말 열 개가 뭐냐 하면, '마수걸이' '에누리' '색주가' '은근짜' '군것질' '총채' '글방' '서산대' '벼룻돌' '부싯돌'이었습니다. '마수걸이'라는 말 처음 들어보시는 분 계신가요? 마수걸이는 하루나 한 해 중에 처음 장사하는 것, 처음 물건을 파는 것을 말합니다. 그다음이 '에누리'네요. 에누리에는 두 가지 뜻이 있습니다. 보통 우리가 아는 에누리는 할인이란 뜻이죠? '이 세상에 에누리 없는 장사가 어딨나?' 그런 노래 가사도 있지요. 그런데 에누리의 원래 뜻은 파는 사람이 사는 사람에게 받아야 할 값보다 더 높게 부르는 것입니다. 그러니까 사는 사람이 값을 깎을 걸 알고, 파는 사람이 값을 더 높게 부르는 것이 에누리입니다. 이게 에누리의 본래 뜻인데 지금은 할인이란 뜻으로 많이 쓰입니다. 그다음에 김수영 시인이 고른 말이 '색주가'입니다. 이건 한자어인데 김수영 선생이 옛날 분이어서 그런지 색주가를 좀 드나드셨던 모양입니다. 색주가라는 건 뭔지 아시죠? 여자랑 술이 같이 나오는 집입니다. 술 마시다 여자랑 잠도 자고 그러는 곳. 그런 색주가에서 몸을 파는 여자를 '은근짜'라고 하는데, 김수영 시인은 가장 아름다운 우리말 하나로 이 은근짜도 뽑았습니다. 그다음이 '군것질'이군요. 이건 요새도 쓰는 말이지요? 군것질이랑 비슷한 말이 뭔가요? 주전부리? 이분은 하여간 군것질을 꼽았습니다. 그다음이 '총채'. 총채란 말이 귀에 좀 선가요? 저 어렸을 땐 많이 쓰던 말입니다. 먼지떨이를 총채라고 합니다. 말총이나 헝겊으로 만든 것입니다. 그다음이 '글방'입니다. 우리가 흔히 서당이라고 부르는 게 '글방'이지요. 그다음엔 '서산대'라는 말을 꼽았습니다. 사실 이 말은 저도 김수영 선생의 산문을 읽으며 처음 익힌 말입니다. 이건 옛날 서당에서 훈장님이 글자를 가르치기 위해서 쓰는 막대기를 뜻한다고 합니다. 김수영 선생이 마지막으로 고른 두 단어는 '버릇돌'과 '부싯돌'입니다. 이건 다 아시는 낱말이죠?

　김수영 선생은 이렇게 '가장 아름다운 우리말 열 개'를 뽑으면서 이런저런 말씀을 했습니다. 자신은 그즈음 젊은이들이 쓰는 말에는 익숙하지 않다고요. 그러면서 예로 든 게 쉼표, 마침표, 다슬기, 망초, 숨표 같은 말이었습니다. 이런 말들을 실감 있게 쓸 수 없다고 푸념하셨죠. 사실 저도 저보다 많이 젊은 세대가 쓰는 말들을 실감 있게 쓰질 못합니다. 저만 해도 젊은 친구들이 쓰는 말들은, 꼭 그게 인터넷에서 쓰는 말들이 아니더라도, 모르는 경우가 있습니다. 제 아이들이 쓰는 말 중에서도 자기들끼리 쓰는 말은 제가 모르는 경우가 있어요. 또 그 뜻을 안다고 하더라도 제 입 밖으로 자연스럽게 나오지는 않습니다. 김수영 선생이 뽑은 아름다운 말 열 개는 대부분 지금은 잘 안 쓰는 말들입니다. 그런데 여러분들이 뽑은 단어는 지금 거의 다 쓰는 말입니다. 가장 아름다운 말이라는 게 일차적으로 자기 취향이겠지만, 세대에 따라서 다르다는 걸 여기서 알 수 있습니다.

　저도 이번에 새로 열 개를 뽑아볼까 했는데 열 개까지는 안 나왔습니다. 저는 '정분'이란 말이 좋더라구요. 누구와 누구 사이에 정분이 났다, 좋아요. 그다음에 '누이', 제가 쓴 글 가운데 누이에 관한 게 좀 많습니다. 실제로 누이동생이 셋이 있기도 하구요. 그다음에 '영글다', '영글다'는 '여물다'의 사투리로 치는 모양인데 '여물다'와는 느낌이 썩 다른 것 같습니다. 청각이미지도 그렇고 시각이미지도 그렇고 더 생생해요. '품', 이런 말도 저는 좋습니다.

우리말을 사랑하는 법 하나는 이런 단어 하나하나를 잘 쓰다듬어 보는 것입니다. 그리고 좋은 글을 읽는 거예요. 그게 산문이든 시든. 사실 시는 외우는 게 좋겠지요? 외울 수 있다면요. 산문의 일부분이든 시든 외울 수 있다면 외우는 게 좋을 것 같습니다. 그렇게 되면 그런 시나 산문이 자기 몸 안에서 육화됩니다.

세상에서 가장 아름다운 언어는 무엇일까?

세상에서 가장 아름다운 언어가 어느 나라 말일까요? 자연언어 중에서 말입니다. 자연언어라는 건 인공언어가 아닌 한국어, 일본어, 프랑스어, 영어, 독일어 같은 언어를 말합니다. 유럽에선 이런 말이 있어요, 일종의 농담이죠. '친구와 얘기할 때는 프랑스어로 하고, 애인과 얘기할 때는 이탈리아어로 하고, 말과 얘기할 때는 독일어로 하고, 하느님과 얘기할 때는 스페인어로 한다.' 독일어를 말 울음소리에 비교했네요. 독일어가 모국어인 사람은 절대 동의하지 않을 겁니다.(웃음)

여러분은 세상에서 제일 아름다운 언어를 꼽을 수 있나요? 저는 꼽을 수 있을 거 같아요. 왜냐하면 누구에게나 자기가 처음 배운 말, 모어가 가장 아름다울 겁니다. 그러니까 꼭 그걸 모국어라고 할 수는 없어요. 제가 한국인인데 우연히 러시아에서 태어나서 러시아말을 한국

고종석의 문장

어보다 먼저 배웠다면 제 모어는 러시아어가 되는 겁니다. 자기가 제일 먼저 배워서 제일 익숙한 언어가 가장 아름다운 언어인 것 같습니다. 그렇게 생각하지 않으세요?

제가 고등학교 다닐 때 영어 교과서에 〈마지막 수업〉이란 작품이 실려 있었습니다. 프랑스 작가 알퐁스 도데의 〈마지막 수업〉을 영어로 번역한 텍스트였습니다. 거기 보면 아멜 선생님이 어린 학생들에게 이런 말을 합니다. "한 민족이 노예 상태에 있을지라도 그들이 자기의 언어를 보존하고만 있다면 감옥의 열쇠를 지닌 것과 똑같다", 굉장히 언어 민족주의적인 생각입니다. 보불전쟁에서 프랑스가 진 결과로 프로이센 땅이 된 알자스 지방을 배경으로 쓴 소설이니까, 거기에 애국주의가 자연스럽게 들어가게 된 거지요.

저는 언어민족주의자가 아니어서 잘은 모르겠습니다. 한국어가 제 모국어가 되고 여러분들의 모국어가 된 건 우리가 선택한 게 아니잖아요? 그렇지만 어차피 이렇게 됐으니 한국어가 제일 아름답게 보이는 것 또한 어쩔 수 없는 겁니다.(웃음)

한국어와 한글은 다르다

'한국어'라는 것과 '한글'이라는 것에 대해서 얘길 해봅시다. 광화문 네거리 근처에 한글학회가 있습니다. 여러분, 한글학회라는 덴 뭘 연구하는 곳일까요? 한글학? 그러면 한글학이란 뭘까요? 한글에 대한 학문이겠지요. 한글은 뭐죠? 한글은 한국어를 표기하는 데 쓰는 문자체계죠? 'ㄱ'부터 'ㅎ'까지 닿소리 글자 열네 개, 'ㅏ'부터 'ㅣ'까지 홀소리 글자 열 개, 이게 한글입니다. 그런데 한글학회 분들이 연구하는 게 이 글자에 대해서만일까요? 그러니까 한글학회에서는 한글학이라는 문자학만 연구하는 걸까요? 그건 아닙니다. 한글학회에 계신 분들은 한글을 연구하는 게 아니라 한국어를 연구합니다. 물론 한글도 좀 연구하겠지요. 곁다리로 말입니다. 그래서 한글학자라는 말도 쓰이고 있지만, 이건 적절하지 않은 말입니다. 한국어학자, 또는 국어학자라고 불러야지요.

한글학회라는 명칭 때문에, 한국 사람들이 한글이란 말과 한국어라는 말을 흔히 포개서 쓰고 있습니다. 뭐 꼭 한글학회라는 명칭 때문만은 아닐지 모르지만, 이건 아주 큰 잘못입니다. 한글학회의 원래 이름은 조선어학회였습니다. 그전에 조선어연구회라는 게 있다가 이름을 조선어학회로 바꾸었어요. 그러니까 일제 말기와 해방 당시의 한글학회 이름은 조선어학회였습니다. 그 조선어학회를 이끌던 양반이 이극로라는 분입니다. 호가 고루인데 경남 의령 분입니다. 이분은 해방 뒤에 월북했습니다. 자기 정치신념에 따라서 월북을 했어요. 그렇게 남북이 분단되고 조선어학회의 우두머리는 월북을 해버리고 게다가 조선이란 말을 이제 못 쓰게 됐단 말입니다. 왜냐하면 이북의 국호가 조선, 즉 조선민주주의인민공화국이 된 탓입니다. 남쪽은 한국, 즉 대한민국이 됐고요.

그러다가 남쪽에 남은 분들 가운데 최현배라는 분이 조선어학회를 이끌게 됐는데, 조선어학회라는 말을 그대로 쓰기가 불편한 정치 상황이 되자, 이름을 한글학회로 바꿨습니다. 사실 한국어학회라고 했으면 더 좋았을 것 같습니다. 그랬다면 지금처럼 한국어와 한글을 혼동하는 일이 없었을 텐데 말입니다. 한글학회로 이름을 바꾸면서 '한글학자'라는 이상한 말도 생겨났습니다.

그래서 최현배 선생만이 아니라 이전에 주시경 선생부터 시작해서 조선어 즉 한국어를 연구하던 분들을 죄다 한글학자라고 부르게 됐습니다. 물론 그분들이 한글에 대해서도 연구를 했으니까 한글학자가 아닌 건 아닙니다. 최현배 선생만 해도 《한글갈》(1941)이라는 두툼한 책을 냈습니다. '갈'은 '학문'이라는 뜻으로 최현배 선생이 지어낸 조어입니다. 이분이 새말 만드는 데 취미가 많으셨어요. 그렇지만 이분들이 주로 연구한 건 한글에 대해서가 아니라 한국어에 대해서였습니다. 물론 한글학이라는 것도 존재할 수 있습니다. 로마문자학이나 키릴문자학이나 한자학이 존재할 수 있듯이요. 사실 한자학은 아주 버젓한 학문입니다. 그렇지만 한글학회 회원들이 연구하는 것은 한글학만이 아니라 한국어학입니다. 그러니까 우리가 흔히 한글학자라고 부르는 분들이 연구한 것도 한글이 아니라 사실은 한국어입니다. 그분들을 한국어학자, 또는 국어학자라고 부르는 게 옳다는 뜻입니다.

해마다 한글날이 되면 한글 사랑, 국어 사랑을 강조하는 신문 사설이 실립니다. 그런데 신문 사설에서조차 한글과 한국어를 혼동하는 일이 많습니다. 한글이라는 건 문자체계에 불과합니다. 그리고 한국어와 필연적 관련도 없습니다. 물론 한글은 한국어에 잘 맞게, 한국어를 표기하기 쉽게 만들어진 문자체계이긴 합니다. 한국어를 표기하는 데는 한글만 한 문자가 없습니다. 그렇지만 한국어를 꼭 한글로 표기해야 한다는 법은 없습니다. 한글이 창제되기 전에는 한자를 빌려서 한국어를 표기했습니다. 이두라는 형식으로 말입니다. 그리고 한국어를 로마자로 쓸 수도 있습니다. '너를 사랑해'를 꼭 '너를 사랑해'라고 쓸 필연적 이유는 없습니다. 로마자로 'Neo reul saranghae'라고 쓸 수도 있다는 말입니다. 설령 한글이 창제되지 않았다 하더라도, 한국어는 그와 무관하게 독립적으로 존재하는 것입니다. 한국어를 한글과 혼동하는 것은 마치 영어나 이탈리아어를 로마문자와 혼동하는 것과 마찬가지입니다. 몇 년 전엔가 인도네시아의 어느 소수언어를 한글로 표기하기로 했다는 소식 들으셨죠? 그것은 한국어와 한글 사이에 필연적 관련이 있는 건 아니라는 뜻이기도 합니다. 한국어를 한글 이외의 문자로 표기할 수 있듯, 한국어 이외의 언어를 한글로 표기할 수도 있습니다. 스페인어로 너를 사랑해가 'Te quiero'인데, 이걸 한글로 '떼 끼에로'라고 표기할 수도 있습니다.

언어와 문자를 혼동해서는 안 된다는 겁니다. 심지어 한자와 중국어를 혼동해서도 안 됩니다. 한자는 중국어와 굉장히 밀착된 문자체계이긴 하지만, 그래도 그 둘은 다른 것입니다. 한자는 문자체계고 중국어는 언어입니다.

전 세계에서 가장 널리 사용되는 문자체계는 뭘까요? 로마문자일 겁니다. 보통화와 광둥어를 비롯한 중국어 사용자들이 모두 한자를 사용하겠지만, 로마자는 중서부 유럽과 남북아메리카만이 아니라 아시아에서까지 사용됩니다. 말레이인도네시아어도 로마문자로 표기하고 베트남어도 로마문자로 표기하고 터키어도 로마문자로 표기합니다. 그런데 로마문자는 로마문자고 말레이인도네시아어는 말레이인도네시아어지, 로마문자가 말레이인도네시아어는 아니잖습니까? 한글과 한국어는 전혀 다른 개념이라는 것 잊지 마세요. 세종대왕이 창제한 건 한글이지 한국어가 아닙니다!

그리스문자는 그리스어를 표기하는 데 쓰이지만, 그리스문자와 그리스어는 필연적 관련이 없습니다. 키릴문자는 원래 러시아어를 표기하기 위해 만들어진 문자지만 키릴문자와 러시아어도 필연적 관계는 없습니다. 실제로 키릴문자는 러시아어만이 아니라 동유럽의 몇몇 언어와 몽골어를 표기하는 데도 사용됩니다.

생텍쥐페리가 쓴 〈어린 왕자〉라는 유명한 동화가 있습니다. 다 아시죠? 생텍쥐페리가 프랑스 사람인 만큼 이 동화는 원래 프랑스어로 쓰였습니다. 이 동화를 한국어로 옮겨 출판한 책을 한국 사람들은 흔히 〈어린 왕자〉의 한글본, 〈어린 왕자〉의 한글판, 〈어린 왕자〉의 한글번역판, 〈어린 왕자〉의 한글번역본, 이렇게 말합니다. 이건 완전히 잘못된 말입니다. 한글로 번역한다는 말 자체가 어불성설입니다. 어떤 언어를 한글로 전사하는 건 가능하지만 한글로 번역할 수는 없어요. 한글로 번역한다는 말은 로마문자로 번역한다, 키릴문자로 번역한다, 그리스문자로 번역한다, 라는 말만큼이나 어처구니없는 말입니다. 그런데도 아직까지 많은 사람들이 어떤 작품의 한글판, 한글번역본, 이런 말을 씁니다. 그러니까 여러분들, 확실하게 아셔야 합니다. 한국어는 꼭 한글로만 표기할 수 있는 게 아닙니다. 로마문자로도 표기할 수 있고 키릴문자로도 표기할 수 있고 심지어 일본 가나로도 표기할 수 있습니다.

물론 한글로 표기할 때만큼 완벽하게 표기할 순 없겠지만 말입니다.

로마문자를 만들어낸 건, 고대 로마 사람들, 그러니까 고대 이탈리아 사람들입니다. 그렇지만 이제 이탈리아어와 로마문자가 필연적 관계는 없다는 걸 납득하셨을 겁니다. '너를 사랑해'를 이탈리아어로는 'Ti amo'라고 하는데 이걸 한글로 '띠 아모'라고 쓴다고 해서 이탈리아어가 아닌 건 아니죠? '띠 아모'는 한글로 표기됐지만, 한국어가 아니라 이탈리아어입니다. 문자와 언어 사이에는 아무런 필연적 관계가 없다는 게 제 말의 요지입니다. 그래서 문자혁명이라는 게 가능한 겁니다. 아랍문자를 사용해 표기하던 터키어가 지금은 로마문자로 표기되고, 한자를 빌려 표기하던 베트남어 역시 지금은 로마문자로 표기됩니다. 역시 한자를 빌려 표기하던 한국어 역시 지금은 한글로 표기됩니다.

유럽 사람들이 아메리카 대륙을 발견했다는 말은 좀 우습지만, 아무튼 콜럼버스와 그의 동료들이 아메리카에 도착했을 때 아메리카 원주민들의 수많은 언어는 거의가 문자로 표기되지 않은 상태였습니다. 유럽인들은 그 언어를 연구하면서 로마문자로 표기했죠. 그렇지만 그 언어는 로마문자와 아무 관련이 없습니다. 마찬가지로 한글과 한국어도 전혀 다른 것입니다. 그러니까 한글번역본이니 한글판이니 심지어 최초의 한글 소설이니, 이런 건 다 바보 같은 소리입니다. 흔히 〈홍길동전〉을 최초의 한글 소설이라고 하는데, 그건 최초의 한국어 소설이라고 고쳐 불러야 합니다.

〈홍길동전〉이 나오기 전까지 한국에서 쓰인 소설은 고전중국어로 쓰였죠. 고전중국어를 우리는 흔히 한문이라고 부릅니다. 그러니까 〈홍길동전〉 이전엔 한국 사람들도 고전중국어로만 소설을 썼는데, 허균이라는 사람이 한국어로 소설을 처음 쓴 겁니다. 그 소설이 우연히 한글로 표기됐다고 해서 그걸 최초의 한글 소설이라고 말할 수는 없습니다. 최초의 한국어 소설입니다. 우리는 〈홍길동전〉을 로마문자로 표기할 수도 있고 키릴문자로 표기할 수도 있어요.

한글날이 되면 여기저기서 '한글을 사랑하자'라는 말이 나오는데, 대개 이 말은 '한국어를 사랑하자'는 말을 잘못 말하고 있는 것입니다. 거듭 강조하지만, 한글과 한국어 사이에는 아무런 필연적 관계도 없다, 한국어는 어떤 문자로도 표기할 수 있다, 꼭 기억해두십시오.

세르비아와 크로아티아가 한 나라였을 때, 즉 옛 유고슬라비아연방공화국이 존재했을 때 그 나라의 언어를 세르보크로아티아어라고 불렀다는 건 전 시간에 말씀드렸죠. 이 세르보크로아티아어는 키릴문자로도 쓰고 로마문자로도 씁니다. 세르비아에선 주로 키릴문자로 많이 쓰고 크로아티아에선 로마문자로 많이 씁니다. 이것은 한 언어와 어떤 문자체계 사이에 아무런 필연적 관계가 없다는 뜻입니다.

한때 일본에서는 가나를 폐지하고 로마자로 일본어를 표기하자는 주장도 있었습니다. 심지어 중국에서도 한자를 완전히 폐지해버리고 로마자로 쓰자고 한 적이 있습니다. 물론 다 성공하진 못했습니다. 다만, 이런 시도가 있었다는 것은 언어와 문자는 완전히 다른 것이다, 이런 뜻이라는 겁니다. 한글과 한국어를 구별하자, 이걸 강조하다 보니 말이 길어졌습니다.

한국어인가, 한국어'들'인가?

문자체계는 거의 변하지 않지만 언어는 끊임없이 변합니다. 한글이 15세기에 만들어졌는데, 우리가 타임머신을 타고 만약 15세기로 돌아간다면 15세기 사람들과 의사소통을 할 수 있을까요? 못합니다. 전혀 못해요. 15세기 한국어에는 지금은 사라진 성조도 있었고 모음체계도 지금과 많이 달랐습니다. 게다가 지금 우리가 사용하고 있는 단어들, 특히 한자어들은 대개 19세기 말 이후에 일본에서 들어온 말들이기 때문에 우리가 하는 말을 15세기 사람들은 전혀 알아들을 수 없습니다. 마찬가지로 15세기 사람들이 하는 말을 우리도 알아들을 수 없습니다.

제가 앞서 이런 말씀을 드렸습니다. '언어와 방언을 가르는 차이는 의사소통이다, 의사소통이 가능하면 한 언어의 방언이고 의사소통이 불가능하면 다른 언어다.' 그러면 15세기 한국어와 지금 21세기 우리가 쓰고 있는 언어는 같은 언어일까요, 다른 언어일까요? 완전히 다른 언어입니다. 우리가 15세기 한국어를 중세한국어라고 부르고 지금의 한국어를 현대한국어라고 부르기는 하지만, 그것은 편의상 그렇게 부르는 것입니다. 실제로는 전혀 다른 말입니다. 그러니까 한국어가 있는 게 아니라 수많은 한국어들이 존재하는 것입니다. 고대부터 지금까지 한국어가 진화하는 과정에 수많은 한국어들이 나타났다가 사라지고 나타났다가 사라진 것입니다. 그건 물론 한국어만이 아니라 모든 자연언어가 마찬가지입니다.

고대 로마에서 쓰이던 라틴어의 통속적 형태가 진화하면서 이탈리아어, 스페인어, 프랑스어, 포르투갈어, 루마니아어 따위로 분화했습니다. 이 언어들을 로망어라고 합니다. 그렇지만 현대 이탈리아인들은 따로 공부하지 않는 한 라틴어를 읽을 수 없습니다. 그것은 라틴어가 이탈리아어와 다른 언어라는 뜻입니다. 마찬가지로 세종대왕이 쓰던 언어와 지금 우리가 쓰는 언어는 다른 언어입니다.

서양에서 라틴어가 쓰이던 즈음에 한국에선 고대한국어가 사용됐겠지요. 고구려, 백제, 신라에서 쓰던 언어를 고대한국어라고 합니다. 그런데 라틴어와 현대이탈리아어, 라틴어와 현대프랑스어가 전혀 다른 언어이듯이, 고대한국어와 현대한국어는 전혀 다른 언어입니다. 그렇다면 혹시 삼국시대 때 우리나라에서는 같은 언어를 썼을까요? 그건 모릅니다. 알 수가 없어요. 그렇지만 여기서도 정치라는 게 개입합니다. 이북에서는 무조건 삼국의 언어가 완전히 동질적이었다고 주장합니다. 민족지상주의라는 정치이념이 개입했다고 볼 수 있습니다. 이북 같은 전체주의 사회에서는 주류 이론에 대한 반대 이론이 존재할 수 없기 때문에, 그냥 세 나라의 언어가 같았다는 주장밖에는 할 수 없습니다. 남한에서도 주류 학자들은 세 나라의 언어차이가 방언적 차이였을 뿐이라고 추정합니다. 남한에도 민족주의가 드세니까요. 그렇지만 남한은 북한 같은 전체주의 사회가 아니기 때문에 반론도 만만치 않습니다. 고구려만 하더라도 한반도 북부와 만주를 아우르는 굉장히 넓은 영토를 지니고 있었는데, 고대의 그 넓은 영역에서 과연 한 언어만 사용했을지 의심스럽습니다.

우리가 만약 김유신 장군을 만난다면, 김춘추나 연개소문을 만난다면 소통이 가능할까요? 불가능합니다. 실제로 연개소문은 김춘추랑 한 번 만난 적이 있습니다. 김춘추가 평양에 가서 만났어요. 그런데 이 두 사람이 중간에 통역을 뒀는지 안 뒀는지는 알 수 없습니다. 그건 기록에 안 남아 있으니까요. 고구려어, 백제어, 신라어에 대해서 우리가 알고 있는 건 거의 없습니다. 고구려어와 고대일본어가 가까웠다는 주장도 있습니다. 〈삼국사기〉의 '지리지'에서 추출되는 고구려 지명을 바탕으로 국어학자들은 '셋' '다섯' '일곱' '열'에 해당하는 고구려어를 재구했습니다. 이들의 음은 각각 '密' '于次' '難隱' '德'으로 표기돼 있습니다. 이들 한자가 베껴낸 고구려어의 정확한 형태가 어떻든, 그것들은 셋, 다섯, 일곱, 열과는 아무런 형태적 관련이 없고, 고대일본어와는 매우 닮았습니다. 하지만 고구려어와 고대일본어가 가까웠을 거라는 것도 근거가 튼실하지 못한 가설에 불과합니다. 타임머신을 타고 가보기 전에는 우리가 전혀 알 수 없는 것입니다.

그런데 2000년에 김대중 대통령과 김정일, 그다음에 2007년에 노무현 대통령과 김정일, 이렇게 남북 정상이 만났을 땐 통역이 필요 없었지요? 두 사람이 그냥 대화할 수 있었습니다. 그러니까 지금 남북의 언어가 한 언어인 것은 확실합니다. 하지만 고대 한반도에서 하나의 언어가 사용됐는지 여부는 알 수 없습니다. 문헌자료가 너무 빈약합니다.

고종석의 문장

한국어를 '고아 언어'라고 하는 까닭

18세기에 윌리엄 존스William Jones라는 영국인 변호사가 있었습니다. 인도가 영국의 식민지였을 때에 이 영국인 변호사가 동인도회사에 파견돼서 근무를 했습니다. 윌리엄 존스는 인문적 교양을 깊이 쌓은 사람이었습니다. 라틴어나 고대그리스어를 자유자재로 구사했습니다.

이 사람이 인도에 가서 인도의 고대언어를 배웠습니다. 언어 배우는 게 이 사람 취미였던 모양입니다. 그런데 인도의 고대언어, 산스크리트어라고 합니다, 이 고대언어를 배우면서 윌리엄 존스는 깜짝 놀랐습니다. 자기가 알고 있는 라틴어, 고대그리스어와 유럽에서 수천 킬로미터 떨어진 인도의 고대언어 사이에 무지무지하게 큰 형태적 유사성을 발견한 겁니다. 기초어휘에서 그 세 언어가 음운 대응을 하고 있었던 거예요. 기초어휘라는 건 하나, 둘, 셋, 넷 같은 수사數詞나 손, 발, 얼굴, 머리 같은 신체언어, 엄마, 아빠 같은 친족어휘처럼 언어들 사이에 차용이 잘 안 되는 단어를 뜻합니다. 그런데 고대그리스어의 어떤 음운은 산스크리트어의 어떤 음운에 대응하고, 고대그리스어의 또다른 음운은 산스크리트어의 또다른 음운에 대응하고…, 이걸 윌리엄 존스가 발견한 겁니다. 이 사람은 너무 놀라서 유럽에 돌아가 그 사실을 보고합니다. 그때부터 언어학자들이 '아! 어쩌면 원래 인도에서 유럽에 이르는 지역에서 쓰이는 언어들이 한 언어에서 갈려나왔을지도 모르겠구나' 하는 생각을 했습니다. 역사비교언어학이 탄생한 거지요.

역사비교언어학의 주된 일은 쉽게 말하면 어떤 자연언어들끼리 한 가족인지 아닌지 친족관계를 따지는 것입니다. 역사비교언어학은 19세기 독일 라이프치히대학에서 최고의 전성기를 맞았습니다. 언어학자들은 인도에서부터 이란을 거쳐서 유럽에 이르는 방대한 지역에서 사용되는 언어가 하나의 어족에 속해 있다고 판단했습니다. 원래는 하나의 언어였는데 그게 갈라졌다는 거지요. 그리고 그 최초의 언어를 인도유럽조어라고 불렀습니다. 그러니까 힌디어에서부터, 지금의 현대인도어 말입니다, 영어까지가 모두 인도유럽어족에 속합니다. 인도유럽어족은 지금 지구상에 존재하는 자연언어들의 가족 중에서 가장 큰 어족입니다. 그 하위 갈래가 인도이란어파, 로망어파, 게르만어파, 슬라브어파, 켈트어파 등입니다. 인도이란어파는 힌디어나 페르시아어입니다. 로망어는 아까 말씀드렸듯이 이탈리아어, 프랑스어, 스페인어, 포르투갈어, 루마니아어 따위입니다. 게르만어는 영어, 독일어, 덴마크어, 네덜란드어 같은 언어입니다. 그리고 슬라브어는 동유럽의 러시아어, 폴란드어, 불가리아어 등이고, 켈트어는 지금은 거의 죽어가고 있지만 스코틀랜드와 웨일스와 아일랜드의 토착 언어들을 말합니다.

같은 어족 또는 어파라는 것이 증명되려면 기초어휘에서 음운 대응이 돼야 합니다. 예컨대 영어의 tongue과 독일어의 Zunge, 영어의 two와 독일어의 zwei에서 보듯, 영어의 /t/는 독일어의 /ts/에 대응합니다. 또 영어의 three와 독일어의 drei, 영어의 thank와 독일어의 danken, 영어의 think와 독일어의 denken에서 보듯, 영어의 /θ/는

고종석의 문장

독일어의 /d/에 대응합니다. 이로써 우리는 영어와 독일어가 자매언어라는 걸 확인할 수 있습니다.

유럽의 역사비교언어학자들은 자기들이 쓰고 있는 언어들의 족보만 만든 게 아니라 세계 모든 언어들의 족보를 만들려고 했습니다. 그러면 도대체 한국어는 어느 가문에 속할까요? 한때는 우랄알타이어족이라는 개념이 있었습니다. 일부 역사비교언어학자들은 핀란드어, 헝가리어, 리투아니아어에서부터 터키어, 몽골어, 만주어, 한국어, 일본어까지를 아우르는 커다란 어족을 상상했던 겁니다. 오늘날 이 우랄알타이어족이라는 개념은 폐기됐습니다. 그리고 핀란드어, 헝가리어, 리투아니아어 등을 포함하는 우랄어족과 몽골어, 만주어, 한국어, 일본어 같은 것을 아우르는 알타이어족이 있다는 식으로 정리됐습니다. 그런데 이제는 알타이어족이라는 개념도 위협받고 있습니다.

일제강점기에 알타이어학을 깊이 공부한 사람이 있습니다. 일본에서 외교관 생활도 하고 조선에도 들렀는데, 구스타프 람스테트라는 핀란드 언어학자입니다. 이 양반이 영어로《한국어 어원사전》이라는 것까지 썼습니다. 저는 대학생 때 학교 앞에서 우연히 이 책을 구할 수 있었습니다. 이희승 선생님이 소장했던 책이었던 것 같아요. 그분 인장이 안표지에 찍혀 있었거든요. 그런데 1986년도에 저희 집이 전소해서 그때 가지고 있던 책들이 다 불탔습니다. 불이 나면 소방관들이 불을 끄느라 물을 세게 뿌립니다. 그러면 책들이 불에 타기도 전에 다 곤죽이 됩니다. 불이 나면 책은 살아남을 수 없습니다. 그때《한국어 어원사전》도 잃어버렸습니다.

하여간 젊었을 때 이 양반이 쓴 《한국어 어원사전》이란 걸 읽었는데, 그때까지만 해도 람스테트는 터키어, 몽골어, 만주어, 한국어, 일본어가 다 알타이어족에 속한다고 생각했습니다. 그러다가 돌아가실 때쯤에는 '아! 자신이 없다, 한국어와 일본어에 대해서는 정말 자신이 없다'고 했습니다. 기초어휘에서의 음운 대응이 규칙적이지 않다는 걸 확인한 겁니다.

사실 두 언어가 한 가족인 걸 증명하려면 차용되지 않은 원래의 고유어들끼리 음운 대응이 돼야 합니다. 어떤 음이 어떤 음과 대응하고 또다른 어떤 음이 또다른 어떤 음과 대응하는 식으로 말입니다. 그런데 람스테트는 한국어 고유 어휘와 일본어 고유 어휘 사이에 이런 대응은 거의 없거나 규칙적이지 않다고 판단했습니다. 작년엔가 돌아가신 분인데 이남덕 선생이란 분이 계세요. 국어학자로 여자 분입니다. 이분 남편 되시는 이가 김성칠 선생이라고 혹시 들어보셨어요? 아무튼 6·25 때 젊은 나이로 돌아가신 역사학자입니다. 그분의 일기가 《역사앞에서》라는 제목으로 출간돼 있습니다. 이남덕 선생은 《한국어 어원연구》라는 책을 네 권인가 썼습니다. 이 양반은 일관되게 한국어와 일본어가 자매언어라는 가정 아래 굉장히 많은 음운 대응의 예를 듭니다. 이 책은 역저라고 할 만하지만, 오늘날 대부분의 국어학자들은 일본어와 한국어가 같은 가족이라는 확신이 없습니다.

그러면 한국어는 어디에 속하는가? 물론 지금도 알타이어에 속한다고 주장하는 학자가 있습니다. 그렇지만 그걸 입증할 만한 기초어휘에서의 음운 대응이 너무 드물고 불규칙적이어서 알타이어에 속하지 않는다고 주장하는 학자들도 있습니다. 원시 한반도에서 쓰이던 정체불명의 언어에 알타이어가 포개져 이뤄진 것이 한국어라는 주장도 있고요. 아무튼 아직까지는 그 어느 설도 입증되지 않았으니, 한국어는 말하자면 고아 언어입니다. 하늘에서 뚝 떨어진 언어인 거지요.(웃음) 세상에 아무런 친척도 없는 언어 말입니다. 이런 언어가 또 있습니다. 스페인과 프랑스 사이에 바스크라는 지방이 있습니다. 분리운동이 많이 일어나는 곳입니다. 그 바스크 지방에서 사용하는 바스크어가 주변 유럽어만이 아니라 어떤 언어와도 친족관계가 증명되지 않았습니다. 고아 언어예요. 한국어도 바스크어와 비슷하게 친족관계가 증명된 언어가 없습니다. 알타이어일 가능성은 있고, 그렇게 주장하는 사람도 있으나, 알타이어라고 말하기에는 그 증거가 불충분합니다. 그래서 한국어는 사실상 고아 언어입니다. 한국어와 친척관계에 있는 언어는 세계 어디에도 없습니다.

글쓰기 이론

단위를 나타내는 불완전명사

단위를 나타내는

불완전명사는 뒤로 빼라　　　　　　　한국어에는 단위를 나타내는 불완전명사가 많이 있습니다. 가장 흔한 것이 '개'입니다. '두 개의 구슬', 이건 한국어답지 않은 표현입니다. 번역투 느낌이 납니다. '구슬 두 개', 이게 자연스럽습니다. 돼지고기를 근으로 셀 때 정육점에 가서 '두 근의 돼지고기 주세요' 이렇게 말하는 사람은 없습니다. '돼지고기 두 근 주세요' 합니다. 또 '세 권의 책', 이것도 좀 이상합니다. '책 세 권'이 좋습니다. 두름이라는 건 생선을 세는 단위입니다. '두 두름의 조기', 이건 한국어답지 않습니다. '조기 두 두름'이 좋아요. 단위를 나타내는 불완전명사를 앞세우지 말고 뒤로 빼라는 겁니다. 그래야 한결 우리말다워집니다. 사람이란 말도, 물론 보통명사이기도 하지만, 사람을 세는 단위로 쓸 때는 의존명사, 불완전명사이기도 합니다. '세 사람의 경찰관', 이건 '경찰관 세 사람'으로 고쳐야 한국어답습니다.

주요 문장 성분의
배치에 관하여

주어/목적어와 서술어 사이의 거리는

가까울수록 좋다　　　　　　　　　한국어는 영어와 어순이 다르죠?
예컨대 영어는 주어가 나온 다음에 동사가 나오고 목적어가 나옵니다.
한국어는 주어가 나오고 그다음에 목적어가 나온 다음에 서술어가 나
옵니다. 그런데 주어와 서술어의 사이, 또는 목적어와 서술어의 사이,
이게 가까운 게 좋습니다.

　예를 들어 '너를 사랑해'라는 문장이 있습니다. 여기까진 좋아요. 그
런데 '너를 하늘만큼 땅만큼 사랑해', 여기까지도 좋습니다. 그런데 그
다음에 '너를 이 행성이 차갑게 식고 태양계가 사라지고 시간과 공간
이 없어지고 아무것도 남아 있지 않을 때까지 사랑해'라고 한다고 칩
시다. 이렇게 되면 '너를' 다음에 '사랑해'가 한참 뒤에 나오게 됩니다.
누굴 사랑하는지 잊어버리기 쉽습니다.(웃음) 이럴 경우 '너를'을 뒤로
빼는 겁니다. '이 행성이 차갑게 식고 태양계가 사라지고 시간과 공간

이 없어지고 아무것도 남아 있지 않을 때까지 너를 사랑해', 이렇게 말입니다. 무슨 말인지 이해되시죠?

문상 성분들이 어니에 걸리는시가 멍료하지 않으면 뜻을 이해하기 힘듭니다. 그래서 목적어와 동사를 너무 떨어뜨려놓으면 안 된다는 겁니다. 비슷한 예가 많이 있을 수 있는데 어쨌든, 한국어는 격조사가 있기 때문에 성분의 위치를 비교적 자유롭게 바꿀 수 있습니다. 그러니까 그걸 이용해서 되도록 목적어와 서술어, 중요한 성분들을 가깝게 배치하는 게 뜻을 이해하기 좋다는 것입니다. 그사이에 부사어가 너무 길게 끼면, 그 부사어를 앞으로 빼자는 겁니다.

글쓰기 실전

"인류의 역사가 계급투쟁의 역사였다는 멋진 정식에는 분명히 진실의
일단이 담겨 있다. 그러나 더 포괄적으로 말하자면 인류의 역사는 그
저 전쟁의 역사였다. 그 전쟁은 꼭 계급들 사이의 전쟁만은 아니었고,
또 더 나아가 집단들 사이의 전쟁만도 아니었다. 사람은 다른 사람에
대해 늑대이고 삶이란 모든 사람에 대한 모든 사람의 투쟁이라는 영국
인의 정식이 독일인의 선언보다는 역사를 더 공정하게 관찰한 것처럼
보인다."

《자유의 무늬》, 232쪽

〈유토피아에 반反해〉라는 이 글에도 쓸데없는 '의'가 굉장히 많습니다.
'사람들의 눈에든'은 '사람들 눈에든', '지구의 역사상'은 '지구 역사상',
'인류의 역사'도 '인류 역사'로 쓰면 됩니다. 필요 없는 '의'는 무조건
다 빼십시오.

'선언보다는'에서 '는'은 필요 없습니다. 꼭 필요하지 않은 보조사는 빼십시오. '관찰한 것처럼 보인다'도 '관찰한 것으로 보인다' 아니면 '관찰한 것 같다'로 고치는 게 더 나아 보입니다.

그다음 제가 다짜고짜 '영국인' '독일인' 이런 말을 썼습니다. 여기서 영국인은 누구죠? 영국인은 토머스 홉스죠? 그리고 독일인은 카를 마르크스와 프리드리히 엥겔스입니다. 이 정도는 돌려서 말해도 허용될 수 있는 게 아닌가 싶습니다. 왜냐하면 사람들이 잘 모르는 사람이라면 이름을 밝혀주는 게 예의지만, 앞서 언급한 '만인에 대한 만인의 투쟁' '인류 역사는 계급투쟁의 역사' 이 정도는 사실 우리가 중고등학교에서 되풀이해 들어봤던 것이기 때문에 돌려서 표현한다고 해도 독자들한테 크게 불친절한 것은 아닐 겁니다.

수강생   여기서 '정식'이 무슨 소리인가요?

영어로 하면 formulation이라고 할까요? 말뜻 그대로 '정식定式'입니다. 혹시 뜻이 이해가 안 가시면 국어사전을 찾아보세요. 한국어로 글을 쓰려면 한국어 어휘를 많이 알아야 합니다.(웃음)

"그러나 그 염치나 반성의 항진亢進은 투쟁력의 수축을 의미한다."

《자유의 무늬》, 233쪽

수강생

'항진'과 '수축'이라는 말이

확 안 들어옵니다.

누구라도 쉽게 이해할 수 있는 표현이

더 좋지 않을까요?

어떻게 고칠 수 있을까요? 원칙적으로 누구나 읽어서 알 수 있는 글을 쓰는 게 좋습니다. 그런데 누구나 읽어서 알 수 있는 글을 쓰다 보면 글 자체가 굉장히 밋밋하고 단순해집니다. 그건 말하자면 한국어의 표현 영역을 좁혀버리는 겁니다. 물론 쉬운 글이 어려운 글보다는 좋습니다. 똑같은 정보량을 전달하는 글이라면 쉬운 글이 어려운 글보다 좋은 건 사실입니다. 그러나 쉽게 쓰는 것만 생각하다 보면 글의 표현이나 내용이 굉장히 빈약해집니다. '항진' '수축' 정도는 괜찮을 것 같습니다.

"…이스라엘 신정권의 팽창주의와 그것을 눈감아주고 있는 미국, '문명의 충돌'이니 '지하드와 맥월드'니 하는 언설로 이슬람적 가치와 서구적 가치의 전면적 충돌을 예단하고 있는 서방 이론가들에게 커다란 책임이 있음을 지적해야겠다."

《자유의 무늬》, 236쪽

이 글의 제목이 〈세속주의〉입니다. 여기서 세속주의란 나쁜 뜻이 아닙니다. 굉장히 긍정적인 의미로 쓴 것입니다. 돈만 많이 벌자, 출세하자, 그런 뜻이 아니라 종교와 정치를 확실히 분리하자는 겁니다. 종교와 정치를 분리해서 종교가 정치에 개입하게 하지 말자는 주의입니다. 한국은 세속주의 사회죠? 물론 기독교의 힘도 크고 불교의 힘도 크지만, 엄연히 세속주의 사회입니다. 종교가 정치에 관여할 수 없게 돼 있습니다. 이슬람권의 많은 나라는 세속주의 사회가 아니죠? 그곳에서는 종교가 정치에 관여합니다. 그러니까 어떤 나라에 국교가 있다면 그 나라는 세속주의 사회가 아닌 것입니다. 이 세속주의라는 건 유럽 시민혁명 이후에 굉장히 힘든 투쟁을 거쳐서 얻어낸 사회 작동원리입니다. 종교가 정치에 개입하지 않아야 한다는 원칙, 그게 세속주의입니다. 실제로 프랑스혁명 때만 해도 그 혁명에 가장 끈질기게 반항한 게 귀족이나 왕족 같은 사람들이 아니었어요. 사실은 가톨릭교회가 최후까지 그 혁명에 반대했고 계속 정치에 개입하려고 했습니다. 이 가톨릭교회의 간섭에 신물이 난 프랑스 국민들은 아예 헌법에 "프랑스공화국은 세속주의국가다"라고 딱 박아놨습니다.

위 글에서 '문명의 충돌' '지하드와 맥월드' 같은 말이 나옵니다. 이 둘은 책 제목입니다. 한국어로도 번역돼 나와 있는 책입니다.《문명의 충돌The Clash of Civilizations》(김영사, 1997)은 새뮤얼 헌팅턴이라는 미국 정치학자가 쓴 것인데, 이 책에서 헌팅턴은 서구 문명, 기독교 문명이죠, 서구 문명과 이슬람 문명은, 유교 문명도 마찬가지지만, 평화롭게 뒤섞일 수 없다는 비관적 전망을 내놨습니다. 그다음《지하드 대 맥월드 Jihad versus McWorld》(문화디자인, 2003)는 벤저민 바버라는 사람이 쓴 책입니다. '지하드'가 무슨 뜻인가요? 지하드는 이슬람 사람들이 자신의 종교적 신념을 위해서 싸우는 전쟁을 말합니다. 흔히 성전聖戰이라고 번역합니다. 그리고 '맥월드'라는 건 벤저민 바버가 만든 말인데 맥도날드나 매킨토시로 대표되는 미국 문명, 서구 문명을 말합니다. 벤저민 바버는 이 지하드로 상징되는 이슬람 문명과 맥월드로 상징되는 미국 중심의 서양 문명이 적대적 상호공존을 하고 있다고 했습니다. 다시 말해 친해

고종석의 문장

지기는 어렵다는 진단을 내놨습니다. 지하드가 상징하는 것, 맥월드가 상징하는 것이 무엇인지 아시겠죠?

"다른 사회들에 견주어 우리 사회는 비교적 넉넉히 세속화된 사회다."

《자유의 무늬》, 237쪽

'사회'라는 단어가 반복되고 있습니다. 좋지 않습니다. 다른 단어로 바
꿀 수 있으면 표현을 바꾸는 게 낫습니다. 아니면 생략해버리든지요.
'다른 사회들에 견주어 한국은 비교적 넉넉히 세속화돼 있다' 이렇게
바꿀 수 있겠죠? 같은 단어를 되풀이하는 것은 좋지 않은 습관입니다.
그러니까 이 문장은 나쁜 문장입니다.

한 문장에 똑같은 단어가 여러 번 반복되는 것은 피해야 합니다. 어
떤 작가는 한 페이지에 같은 단어를 한 번도 안 쓴다고 자신한 적도 있
으신데, 그건 아예 불가능합니다. 왜냐하면 한국어는 조사가 워낙 많
이 쓰이기 때문에, 조사를 반복하지 않는다는 건 불가능합니다.(웃음)

"그러나 확실한 것은, 법적으로 보든 사실 관계로 보든, 김영삼 정부가 제6공화국의 두 번째 정부였듯 새 정부 역시 제6공화국의 세 번째 정부일 뿐이라는 것이다."

《자유의 무늬》, 239쪽

'그러나 확실한 것은 ~ 뿐이라는 것이다'가 보입니다. '~한 것은 ~한 것이다', 이게 틀린 표현은 아닙니다. 하지만 '것'이 반복되고 있는 게 껄끄럽습니다. 다시 쓴다면 뒤에 있는 '것'을 '점'으로 고치겠어요. '세 번째 정부일 뿐이라는 점이다', 이렇게 말입니다. '것'이 자꾸 반복되면 문장이 우아해 보이지 않습니다.

"박정희는 자신이 만든 헌법을 스스로 때려 부수고 유신헌법이라는 것을 만들어 제4공화국을 선포함으로써, 한 개인이 두 개의 공화국을 거느리는 희한한 기록을 세우기도 했다."

《자유의 무늬》, 240쪽

명사형 다음에 '으로써'가 붙으면 제1부사형으로 고치는 게 자연스럽다고 말씀드렸죠? 근데 여기서도 그럴까요? 저라면 이건 그대로 두겠습니다. 왜냐하면 바로 그 앞에 '만들어'라는 제1부사형이 나옵니다. 같은 형태가 바로 반복되면 문장이 좀 뒤숭숭해집니다. 똑같은 말투는 피할 수 있으면 피하는 것이 좋습니다.

"김대중 칼럼에서 이원복 만화에 이르기까지 야당 후보에 대한 사나운 (그리고 자주는 이유 없는) 돌팔매질이 수없이 되풀이됐다."

《자유의 무늬》, 244쪽

'돌팔매질'이라는 말을 썼습니다. 이것은 일종의 은유입니다. 그런데 어차피 은유라면 '팔매질'이라는 말이 있으니까, 제가 지금 다시 쓴다면 '말팔매질'이라고 고칠 것 같습니다. '말팔매질'이라는 말은 아마 사전엔 나와 있지 않을 겁니다. 그렇지만 그 정도의 조어는 허용될 것 같습니다. 그리고 괄호 속의 '자주는'에서 '는'은 필요 없습니다. 꼭 필요하지 않은 보조사는 빼자는 것! '그리고 자주 이유 없는'이 깔끔합니다.

"서구의 보수 언론이 견지하고 있는 주지주의, 열린 사회에 대한 신념이 〈조선일보〉에는 없기 때문이다."

〈자유의 무늬〉, 244쪽

'서구의 보수 언론'이라는 말이 나옵니다. 여기서도 물론 '의'는 필요 없죠. 그냥 '서구 보수 언론'이라고 하면 됩니다.

사람들이 많이 혼동하는 게 '서구'와 '서양'입니다. 대문자로 시작되는 영어의 'the West'를 서구라고 많이 번역합니다. 그렇지만 이건 잘못된 번역입니다. 서구는 글자 그대로 서부 유럽, 서유럽이란 뜻입니다. 독일, 프랑스, 영국, 벨기에 정도지요. 만약에 'the West'를 군이 번역하자면 '서양'이라고 하든지, 아니면 미국과 유럽을 합해서 '구미' 정도로 해야 합니다. 여기서 '구'는 유럽이란 뜻입니다. 'the West'를 '서구'라고 번역하는 것은 잘못입니다. 그리고 '서구유럽'이라고 쓰는 분들도 있는

데, 이것도 잘못된 말입니다. 서구에 상대되는 말은 '동구' '동유럽'입니다.

수강생   '서방'은 어떤 말인가요?

'서방'은 정치적 느낌이 있습니다. 국제정치에 관한 글에서라면 '서양'이나 '구미'라는 말보다 '서방'이라는 말이 더 자연스럽긴 합니다. 그런데 서방이라고 할 경우엔 대한민국까지 포함합니다. 냉전 시절의 서방이라는 것은 미국이 이끄는 자본주의 진영 전체를 말하는 거니까 한국까지 포함되는 아주 넓은 개념입니다.

북구도 있죠? 덴마크, 핀란드, 노르웨이, 스웨덴, 이런 나라들이 속하는 북구가 있습니다. 남구도 있겠죠? 이탈리아, 스페인, 그리스, 이런 나라를 남구라고 부릅니다. 그러니까 'the West'를 서구라고 번역하는 건 잘못입니다. '서구'라는 말은 서유럽을 뜻합니다. '서양'이 아닙니다.

실전 09

"…다이애너의 밀회 사진을 파파라초에게 고가로 사서 게재하는 것으로 돈벌이를 하는 영국의 타블로이드 신문들을 섞어놓은 기형적인 신문이 〈조선일보〉다."

《자유의 무늬》, 245쪽

'파파라치'라는 말은 유럽 언론에서 쓰인 지 꽤 오래됐습니다. 이탈리아어입니다. 이 말을 한국 언론에서 쓰기 시작한 것은 다이애너비가 자동차 사고로 작고한 때부터인 것 같습니다. 파파라초는 파파라치의 단수형입니다. 파파라치는 복수형이고요. 그리고 파파라초가 여성일 경우에는 파파라차, 이 여성이 복수일 경우에는 파파라체라고 씁니다. 물론 남녀가 섞여 있어도 복수는 파파라치입니다. 대부분의 유럽어에서 남녀가 섞여 있을 때의 복수형은 남성 복수형을 씁니다. 흔히 이탈리아어의 남성명사는 '오'로 끝납니다. '흔히'라는 말은 다 그렇진 않다는 뜻입니다.

많은 수의 이탈리아어 남성명사는 '오'로 끝나고 여성명사는 '아'로 끝납니다. 그리고 '오'로 끝나는 남성명사의 복수는 '오'가 '이'로 변하고, '아'로 끝나는 여성명사의 복수는 '아'가 '에'로 변합니다. 여기서 파파라치라는 말 대신 파파라초를 쓴 것은 단수임을 드러내기 위해서였습니다. 실제로 외국 언론에서도 저걸 다 구별했습니다. 무조건 파파라치라고 쓰지는 않았습니다. 그런데 최근에는 파파라치라는 말을 단수로 쓰는 경우도 더러 보입니다. 한국 언론만이 아니라 이탈리아를 제외한 서양 언론에서도 점점 파파라치를 단수로 쓰고 있는 것 같습니다.

'타블로이드 신문'이라는 말이 나옵니다. 대개 유럽에서 타블로이드 판 신문들은 굉장히 선정적인 신문들입니다. 여기서 타블로이드 신문이라는 것은 꼭 판형만을 얘기하는 게 아닙니다. 타블로이드 신문의 선정성을 이야기하는 것입니다.

<table>
<tr><td>수강생</td><td>'다이애너'라고 쓰셨는데요.</td></tr>
<tr><td></td><td>보통 '다이애나'라고 쓰지 않나요</td></tr>
</table>

이건 좀 복잡한 얘기입니다. 흔히 '슈와^{schwa}'라고 부르는 모음인데, 발음기호대로 읽으면 'ㅓ'예요. 발음기호가 /ɔ/거든요. 그런데 국립국어원에서는 '다이애나'라고 표기하는 것 같습니다. 영국 사람들 발음을 들어보면 '아'에 가까운 것 같고, 미국 사람들 발음을 들어보면 '어'에 가까운 것 같습니다. 확실치는 않습니다. 미국이라는 나라가 워낙 넓은데 방언이 얼마나 많겠습니까? 저는 발음기호대로 읽은 것입니다.

'비아그라'도 '바이애그러'로 표기해야 할지 '바이에그라'로 표기해야 할지 잘 모르겠습니다. 아무튼 영어에서 악센트가 없는 단모음은 흔히 이 '슈와'에 가깝게 발음됩니다. 특히 미국영어에서 그렇습니다. 예컨대 beautiful 같은 말도 어려서 배울 땐 '뷰우티풀' 이렇게 배웠나요? 그런데 미국영어에선 실제로 '뷰우러펄'에 가깝죠? 우리말 '어'는 아니지만 비슷합니다. '어'와 '으'의 중간소리라고나 할까요?

<table>
<tr><td>수강생</td><td>그러면 교정기자나 출판사 편집자는
'다이애나'로 바로잡으려고 하겠네요.</td></tr>
</table>

아마 그렇겠죠. 제가 '다이애너'라고 쓰면 '다이애나'라고 바꿀 거예요. 전 그러면 가만히 놔둡니다. 제가 어떡하겠어요?(웃음)

<table>
<tr><td>수강생</td><td>하나만 더 질문하겠습니다.
연도 표기할 때요.
네 자리 숫자를 다 쓰시기도 하고
두 자리 숫자만 쓰시기도 하던데,
어떤 차이가 있는 건가요?</td></tr>
</table>

전혀 없습니다. 제가 그때그때 기분 내키는 대로 쓴 것입니다. 그런데 세월이 더 지나면 1900년대와 2000년대를 구분해야 하니, 네 자리를 다 써야겠지요.

실전 10

"사회적 선택의 배후로서의 그런 다수의 등장은 오르테가 이 가세트에 의해서 '대중의 반란'이라는 표현을 얻었다."

《자유의 무늬》, 251쪽

'오르테가 이 가세트'라는 사람 이름이 나옵니다. '오르테가' 다음에 한 칸을 띄고 '이' 다음에 한 칸을 띄웠습니다. '이'는 스페인어로 'and'라는 뜻입니다. 앞이 아버지 성이고, 뒤가 어머니 성입니다. 한국 페미니스트들이 '부모성함께쓰기운동'을 하는데, 사실 스페인어권에서는 부모 성을 같이 쓰는 일이 흔합니다. 스페인의 시인 중에 로르카^{Federico García Lorca}라는 분이 있습니다. 유명한 시인입니다. 로르카는 아셔야 합니다.(웃음) 보통 로르카라고 부르긴 하지만, 정확히는 가르시아 로르카입니다. 로르카가 어머니 성이고, 가르시아가 아버지 성입니다. 보통은 마지막에 있는 것이 아버지 성일 것이라고 잘못 생각할 겁니다. 알아두시면 좋겠습니다.

"르네 지라르에 따르면 사실 그 우수리야말로 사회를 통합하는 힘이다. 공동체는 자신을 붕괴시킬 수도 있는 내부의 상호 폭력을 소수 또는 일인의 우수리에 대한 공동체 전체의 집단폭력으로 '승화'시키면서 내부의 평화를 확보한다."

《자유의 무늬》, 252쪽

'붕괴시킬 수도 있는'은 '붕괴할 수도 있는'으로 고치는 게 좋습니다. 꼭 '~화시키다' '~화하다'만이 아니라 대개의 경우 '시키다'는 '하다'로 바꾸는 것이 더 깔끔합니다. 물론 안 되는 경우도 있긴 하지만요. 그 아래 '승화시키면서'도 '승화하면서'로 고치는 게 좋겠어요.

　르네 지라르라는 프랑스의 인류학자가 나옵니다. 이 양반이 '속죄양'이라는 개념을 만들었어요. 어떤 공동체가 위기에 빠지거나 불화를 맞게 되면 화해를 실현하기 위해 속죄양을 만든다는 것입니다. 그러니까

100명 구성원의 공동체가 있다면 99명이 한 명에게 자기 증오를 쏟아 부음으로써 평화를 얻는 것입니다. '나쁜 놈은 저놈이니까 우리는 괜찮아' 하는 식입니다. 이렇게 '나쁜 놈'으로 규정된 대상을 르네 지라르는 속죄양이라는 말로 표현했습니다.

속죄양이라는 것은 표지, 즉 mark를 가지고 있어야 합니다. 표지를 지니고 있다는 건 평범하지 않다는 뜻입니다. 예컨대 동성애자는 표지가 있는 사람이고, 이성애자는 표지가 없는 사람입니다. 장애인은 표지가 있는 사람이고 비장애인은 표지가 없는 사람입니다. 만약 우리가 대부분 같은 피부 빛깔을 갖고 있는데 좀 다른 피부 빛깔을 가진 사람이 있다면, 그 사람의 피부 빛깔은 표지가 됩니다. 그런 표지를 지닌 사람들이 속죄양으로 선택됩니다. 공동체 나머지 구성원들이 그 속죄양을 증오하면서 마음의 평화를 얻는 것입니다.

"지옥으로 가는 길은 선의로 포장돼 있다는 격언은, 가장 호의적으로 이해된 공산주의 이념과 그 이념이 실현한 체제의 가공할 현실 사이의 대비에 의해서 정곡을 얻는다."

《자유의 무늬》, 256쪽

보통 주어 다음에 쉼표를 찍는 것은 어색합니다. 하지만 여기선 쉼표가 있어야 될 것 같아요. 쉼표가 없으면 헷갈릴 겁니다. 주부가 길 때는 찍어주는 게 좋고, 그렇지 않을 때는 빼는 게 좋습니다.

예문의 내용을 좀 살피자면, 처음의 의도는 정의로웠을지 모르겠으나 실제 결과는 파멸적일 수 있는 경우가 세상사에는 많습니다. 저는 예수의 선의도 믿고, 마르크스나 엥겔스 같은 사람의 선의도 믿습니다. 그러나 역사 속에서 실제로 구현된 기독교나 공산주의는 많은 범죄를 저질렀습니다. 종교재판, 십자군전쟁, 아메리카 원주민 살해, 이게 다

기독교의 이름으로 벌어진 일입니다. 중국문화대혁명이나 크메르루주의 민중대학살은 공산주의의 이름으로 벌어진 일입니다. 그래서 '지옥으로 가는 길은 선의로 포장돼 있다'는 격언이 있는 것입니다. 그러니까 선의가 꼭 좋은 결과로 이어지는 것만은 아닙니다. 그래서 막스 베버 같은 사람은 책임윤리라는 것을 강조했습니다. 심정윤리도 중요하지만, 자기가 어떤 선의를 갖는 것도 중요하지만, 그 선의의 결과로 아주 바람직하지 못한 결과가 나왔을 때 거기까지 책임질 윤리가 필요하다는 것입니다.

"개인에 대한 존중과 이해, 개인주의적 상상력은 지금 공산주의를 대치해 지구를 피로 물들이고 있는 커다란 집단주의, 예컨대 종교적 근본주의나 약화된 파시즘으로서의 민족주의에 대한 처방일 뿐만 아니라, … 그리고 그것은 최대의 선이 아니라 최소의 악을 목표로 삼는 소극적 도덕의 출발점이기도 하다."

《자유의 무늬》, 257쪽

'개인에 대한 존중과 이해'는 '개인의 존중과 이해'로 고칠 수 있어요. 훨씬 간결하지요? '약화된 파시즘으로서의'에서 '약화된'은 '약화한'이라고 고쳐도 될 거 같아요. '최대의 선'은 '최대선'으로, '최소의 악'은 '최소악'으로 고치는 게 더 깔끔합니다.

6

고종석과
함께하는
작문 수업

여러분들한테 '가을'을 주제로 1,600자 안팎으로 글을 써오시라고 주문을 드렸습니다. 여러분들이 쓰신 글들을 읽으면서 제가 10여 년 전에 쓴 〈가을〉을 다시 봤어요. 참 심심한 글이더군요.(웃음) 여러분들 글이 훨씬 더 좋았습니다. 사실 제가 손을 하나도 댈 필요가 없는 원고가 몇 있었는데, 첨삭하는 자의 의무로 한두 군데만 손본 원고도 있습니다.(웃음)

미국에서는 가을을 fall이라 그러죠? 굉장히 낭만적인 이름입니다. 그런데 이 단어가 미국산은 아닙니다. 16~17세기 영국에서 가을을 fall이라고 부르는 유행이 있었어요. 물론 그전에는 가을을 autumn이라고 불렀죠. 16~17세기 경 영국에서 fall이라는 말이 한참 유행하다가, 다시 autumn으로 돌아갔습니다. 그런데 그 당시 영국에서 아메리카로 이주한 사람들은 자기들이 영국에서 가을을 fall이라고 했으니까 그 fall을 계속 사용한 거예요. 정작 영국 본토에 있던 사람들은 한

때의 유행이 끝난 뒤 '아, 옛날로 돌아가지, 뭐', 그러고는 autumn으로 다시 돌아갔습니다. 그래서 지금도 영국인들은 가을을 autumn이라고 합니다. 미국인들은 fall이라 하고요. 그러니까 사실 그 fall이라는 말을 발명해낸 사람들은 미국 사람들이 아닙니다. 영국 사람들인 거죠. 16~17세기 영국 사람들이 한때 유행으로 쓰던 말이 지금 미국영어로 정착된 것이고, 영국 사람들은 잠깐 fall, fall 하다가 다시 autumn으로 돌아간 것입니다.

표준어를 쓰는 것이 원칙이다

지금부터는 여러분들이 '가을'을 주제로 쓴 글을 좀 살펴보고, 그 가운데 제가 특히 흥미롭게 읽은 두 분의 글에 대해 평을 하겠습니다. 그걸로 스텝1 강좌를 마무리하기로 하지요. 우선, 여러분 글을 읽으면서 제 한국어 감각을 거슬렀던 대목들을 짚어보겠습니다. 제목과 글쓴이 이름은 안 밝히겠습니다. 제가 아주 좋게 읽은 글이 있어요. 고칠 데가 거의 없었습니다. 묘사도 훌륭했고, 문법적으로 나무랄 데가 없었습니다. 그런데 이분이 첫 문장에 '아리까리한'이란 표현을 쓰셨더군요. 글을 쓸 때는 표준어를 쓰는 것이 원칙입니다. 소설이나 희곡의 대사가 아닌 다음에야 반드시 표준어를 써야 합니다. '아리까리하다'라는 형용사는 '아리송하다' 또는 '알쏭달쏭하다'의 경상도 방언으로 알고 있습니다. 표준어로 고쳐야 합니다.

마찬가지로 어느 분은 '아부지'라는 표현을 쓰셨는데, 이것도 따옴표 안의 인용이 아니라 지문이었습니다. '아버지'라고 고쳐야 합니다. 물론 대사에서는 방언을 쓰는 게 허용되고, 방언을 써야 할 경우가 많습니다. 〈태백산맥〉이라는 소설은 호남지방이 배경입니다. 그런데 이 소설의 등장인물들이 표준어를 쓴다면, 굉장히 어색하겠죠? 리얼리티가 떨어질 겁니다. 실제로 〈태백산맥〉은 호남방언의 보고라고 할 수 있습니다. 읽다 보면 그 방언들이 입에 척척 감깁니다. 그런데 이상하게 이 소설에서도 주인공급의 지식인들은 호남방언을 쓰지않고 표준어를 씁니다. 이건 〈태백산맥〉만이 아니라 다른 많은 소설에서도 마찬가지입니다. 작가의 편견이 반영된 것입니다. 사실 어느 정도 교육을 받았다고 해서, 호남 사람이나 영남 사람이 표준어를 쓰는 건 아니죠. 지식인들은 표준어를 쓴다는 편견이 작가들에게 있는 겁니다. 어려서 배운 방언이 교육을 통해 조금 눅여질 수는 있겠지만, 완전히 표준어로 바뀌지는 않습니다. 그 점에서 주인공들의 대사에 표준어를 쓴 건 소설의 리얼리티를 떨어뜨리는 결과를 가져왔습니다.

이와는 반대로 박태원의 〈갑오농민전쟁〉이라는 소설에서는 지문만이 아니라, 등장인물들의 대사도 다 서울말로 돼 있습니다. 박태원은 1930년대 〈천변풍경〉이라는 장편소설을 쓴 유명한 작가입니다. 여기서 천변이란 청계천변을 가리킵니다. 또 〈소설가 구보씨의 일일〉이라는 중편소설로도 유명한 분입니다. 이분은 6·25전쟁 때 월북했습니다. 그리고 만년에 〈갑오농민전쟁〉이라는 대하역사소설을 썼는데, 지문이고 대사고 다 서울말인 겁니다. 등장인물들이 대부분 호남 사람들인데 죄다 서울말을 써요. 박태원 선생이 서울 출신이었기 때문에 서울말밖에 구사할 수가 없었거든요. 여담이지만 박태원 선생은 영화 〈설국열차〉를 연출한 봉준호 감독의 외조부님이라고 들었습니다. 아무튼 소설에서든 다른 장르의 산문에서든, 대사는 방언을 써도 좋지만 지문은 반드시 표준어를 써라, 이렇게 말씀드리고 싶습니다.

정치적 올바름은
글쓰기의 미덕

몇몇 분은 '상경하다'라는 표현을 쓰셨습니다. '서울에 올라온다'는 뜻이지요. 사전에도 올라 있고 사람들이 흔히 쓰는 표준어입니다. 그렇지만 저는 이제 이런 표현은 안 썼으면 좋겠습니다. '상경한다'거나 '서울에 올라온다'는 표현에는 서울을 높은 곳으로 떠받드는 느낌이 있습니다. 지방으로 '내려간다'는 표현도 마찬가지입니다. 서울중심주의가 짙게 배어 있는 말입니다. 그냥 '철원에서 서울로 왔다' '서울에서 철원으로 갔다', 이런 식으로 썼으면 좋겠습니다. 사람들이 일상적으로 쓰는 표현이긴 하지만, 서울과 지방의 차이를 명시하는 표현은 삼가는 게 좋겠다는 뜻입니다. 차별적 언어니까요. 그렇다고 해서 이 말을 없앨 수야 없겠죠. 실제로 많은 사람들이 '서울에 올라간다' '부산에 내려간다', 그렇게 쓰고 있습니다. 그리고 이런 언어 표현이 사라질 것 같지도 않기는 합니다. 그렇지만 글에서든 말에서든 정치적 올바름을 적당한 정도로 실천하는 건 미덕입니다.

한국어의 '서울에 올라간다' '부산에 내려간다', 이런 표현들은 그 도시들의 위도와는 아무 상관없습니다. 해방 전에는 '서울에서 평양에 내려간다' '평양에서 서울에 올라간다', 이런 표현이 자연스러웠거든요. 분단 뒤에, 위도 개념이 작용해서 '북으로 올라간다' '남으로 내려온다' 이런 표현이 생기긴 했지만요. 아무튼 우리는 서울에서 부산에 내려가는 게 아니라 그냥 부산에 가는 것이고, 부산에서 서울에 올라가는 것이 아니라 그냥 서울에 가는 겁니다.

잘못된 표현, 어색한 표현, 불필요한 표현

그리고 전에도 한번 말씀드린 건데, '나름'은 아직까지 불완전명사입니다. '제 나름대로' '그 나름대로'라고 쓰는 것이 표준어법입니다. '나름'을 완전명사로 보아서 그냥 '나름대로'라고 쓰는 것까지는 좋습니다. 워낙 널리 퍼진 말버릇이니까요. 대세를 거스를 수는 없겠죠. 그런데 아직 이 단어가 부사로까지 변한 건 아닌 것 같습니다. '나름'을 부사로 써서 '그 영화 나름 괜찮았다' '걔 나름 공부 잘해' 하는 식의 표현을 쓰는 분이 많은데, 이런 표현은 안 썼으면 좋겠습니다. 물론 이건 제 생각일 뿐이고, 적잖은 분들이 '나름'을 부사로 쓰고 있으니 그걸 틀린 표현이라고 단정하지는 못하겠습니다.

그리고 '닮아 있다'라는 표현을 몇 분의 글에서 봤습니다. 뭐 꼭 틀렸다고는 할 수 없지만, 일본어투가 짙게 배어납니다. '닮았다'로 고쳐 쓰는 게 좋겠습니다. '걔는 제 아빠를 닮았어'와 '걔는 제 아빠를 닮아 있어' 사이에 의미 차이가 있나요? 저는 못 느끼겠습니다.

그리고 일부 문법학자들이 '대과거'나 '과거완료'라고 부르는 '-었었 다'라는 표현도 되도록 쓰지 마십시오. 과거 상황이 이젠 완전히 끝났 다는 걸 강조하기 위해서라면 꼭 못 쓸 건 아니지만, 그냥 과거형으로 도, 다시 말해 '-었다'로도 대개는 충분합니다. 맥락을 살펴야겠지만, '었었다'라는 표현을 절제하십시오. 써놓고 나서 그걸 '었다'로 바꿔보 세요. 대개는 훨씬 깔끔하다는 느낌을 받을 겁니다. 물론 그런 느낌이 없고 모호하다는 느낌만 든다면, '-었었다'를 쓰셔도 좋습니다. '그땐 행복했었지'라는 문장에선 지금은 행복하지 않다는 사실이 강하게 암 시됩니다. 그런데 '그땐 행복했지'라고만 써도 지금은 행복하지 않다는 사실이 드러난다고 생각합니다. 대개의 경우 그렇습니다. 그러니까 불가 피한 경우가 아니라고 판단되면 '-었었다'라는 표현을 쓰지 마십시오.

또 A라는 사람이 어떤 카페에서 B라는 사람에게 '너는 바보야'라고 말했다고 합니다. B라는 사람이 이 상황을 서술할 땐 당연히 'A가 그 카페에서 나는 바보라고 했어', 이렇게 써야겠죠. 그런데 어느 분이 이 상황을 서술하면서 'A가 그 카페에서 너는 바보라고 했어', 이런 식으 로 표현을 하셨어요. 독자들이 보기에, 이렇게 쓰이는 '너'는 B를 가리 키는 게 아니라 제3자를 가리키게 됩니다. 무슨 말인지 아시겠죠? 영 어의 간접화법, 직접화법의 차이랑 똑같은 겁니다.

그리고 문단을 나누는 버릇을 들이십시오. 어떤 분은 글의 처음부터 끝까지 한 차례도 문단을 나누지 않고 그냥 내리 쓰셨습니다. 그런 글은 읽기가 어렵습니다. 반대로 문장 하나 새로 쓸 때마다 행갈이를 하는 분도 계셨습니다. 이런 글 역시 읽기 어지럽습니다. 문단은 생각이나 소주제의 뭉치입니다. 뭐에 대해 한참 얘기하다가 말머리를 바꿀 때는 행갈이를 해서 문단을 나누십시오. 물론 생각의 덩어리가 한 문장으로 끝난다면, 한 문장짜리 문단도 있을 수 있습니다.

그리고 이건 맞춤법 문젠데, '띠다'와 '띄다'를 혼동하시는 분이 계셨습니다. '띠다' 동사는 명사 '띠'에서 온 말이죠? 허리띠 할 때의 '띠' 말입니다. 그러니까 '띠다'는 뭔가를 두른다는 뜻입니다. '붉은색을 띠다'에서처럼 말입니다. 반면에 '띄다'는 '뜨이다'의 준말입니다. '눈에 띄다'에서처럼요. 그리고 이 구별과는 직접적 관련이 없지만 '귀뜸'이라고 쓰신 분이 있었습니다. '귀띔'이 옳은 말입니다.

그다음, '위치하다'라는 말을 많은 분이 쓰셨습니다. 자주 쓰는 말이긴 하지만, 거슬리는 표현입니다. '자리 잡다'라는 표현이 더 좋은 것 같고, 그냥 '있다'라고만 해도 충분할 것 같습니다. '서울 개포동 한 귀퉁이에 위치한 대청타워'보다 '서울 개포동 한 귀퉁이에 자리 잡은 대청타워'나 '서울 개포동 한 귀퉁이에 있는 대청타워'가 더 깔끔해 보입니다. '위치하다'라는 동사는 아직까진 매우 생경해 보입니다. 앞으로는 어떻게 될지 모르겠습니다만.

그리고 어느 분이 '하지만 지구온난화로 인해 점점 짧아지다가 몇십 년 뒤면 흔적도 없이 사라질 계절이긴 하나 가을의 이미지는 그래도 강렬하다'라고 쓰셨습니다. 한 문장 안에서 역접이 반복됩니다. '그러나 나는 거기 갔지만…'과 비슷한 구조입니다. 순접은 연이어 반복돼도 어색하지 않지만, 역접은 연이어 반복되면 굉장히 어색합니다. 한 문장 안에서 반복되는 건 말할 것도 없고, 문장을 새로 바꿔도 접속부사가 역접이면 매우 어색합니다. '그러나 나는 거기 갔다. 하지만…'이런 식의 표현 말입니다. 역접 표현을 연이어 쓰지 마세요. 연이어진 두 문장이라면 접속부사를 없애버리고, 한 문장 안에 역접 표현이 두 번 나오면 문장을 중간에서 끊으면 됩니다.

어느 분은 '경찰에 체포되어 교도소에 갇혀 있어 약속장소에 나오지 못하게 되어…'라는 표현을 쓰셨습니다. 문법적으론 흠잡을 데가 없습니다. 그런데 용언의 제1부사형이 계속 나열되죠. 읽기에 좀 거슬립니다. 이런 경우엔 하나를 빼거나 다른 표현으로 바꾸거나 문장을 나누는 게 좋습니다.

또 '허송세월을 보내면서'라는 표현도 봤습니다. 구어에서라면 이런 의미의 중첩을 허용할 수 있지만, 글에서는 피하는 게 좋습니다. '허송세월을 하면서' '세월을 허송하면서', 이게 나을 것 같습니다. '허송'이라는 말 자체가 '헛되이 보낸다'는 뜻이죠?

어느 분은 '서울로 상경했다'라는 표현을 쓰셨습니다. '서울로'는 필요 없는 군더더기죠? '상경'에 이미 '서울'이라는 말이 있으니까요. 그냥 '상경했다'라고 쓰셔야 합니다. 그리고 더 나아가, 제가 아까 말씀드렸다시피, 이건 서울을 특권화하는 표현입니다. '서울로 왔다'가 제일 좋겠습니다.

또 글을 '아무리 짱구를 굴려도'라는 표현으로 시작한 분이 계십니

고종석의 문장

다. 트위터에서 쓰는 글이라면 몰라도, 정식으로 쓰는 글에 속어를 쓰는 건 좋아 보이지 않습니다. '아무리 궁리를 해보아도' 정도가 좋겠습니다.

그리고 제가 역시 아주 좋게 읽은 글인데, 거기 '동네가 변하고 아이가 엄마가 되는 동안 묘지수도 차곡차곡 늘어갔다'는 문장이 있었습니다. 우선 '묘지수가 늘어갔다'는 것보단 '묘지가 늘어갔다'가 좋겠습니다. 더 문제가 되는 건 '차곡차곡'인데요. '묘지'와 '차곡차곡'은 어울리지않는 것 같습니다. '곳간에 쌀이 차곡차곡 쌓였다' 같은 표현에서라면 몰라도요. '차곡차곡'을 대체할 마땅한 말이 저도 생각나지는 않는데, '묘지가 점점 늘어났다'거나 '묘지가 빼곡히 찼다' 정도로 고치는 게 좋겠습니다. 의미의 훼손은 좀 있지만요.

그리고 일전에도 말씀드렸는데, 되도록 목적격 조사 '을/를'을 연이어 반복하지 마십시오. '그이가 나이를 먹어가는 것을 느낄 때가 있다'라고 쓰신 분이 있는데, 뭐, 문법적으로야 흠잡을 데가 없지만, 앞의 '를'은 빼는 게 좋겠습니다. '그이가 나이 먹어가는 것을 느낄 때가 있다', 이렇게 말입니다.

역시 일전에 지적했던 건데, 주어 다음에 붙은 '로서는'은 그냥 '는'으로 고치는 게 좋습니다. 어느 분이 '영어에 얕은 지식을 가졌던 나로서는'이라는 표현을 쓰셨는데, '나는'으로 족합니다. 그것보다 더 중요한 것! 주목해주십시오. 이 표현은 전형적인 유럽어 번역투 문장입니다. 한국어답게 고치자면 '영어 지식이 얕았던 나는'이 적당합니다. '정몽준 씨는 많은 재산을 가지고 있다', 이건 유럽어식 표현입니다. '정몽준 씨는 재산이 많다', 이게 한국어식 표현입니다. 이때의 보조사 '는/은'을 화제(토픽)표시라고도 합니다. '정몽준 씨에 대해서 말하자면', 이런 뜻이라는 거지요. 물론 학교문법 식으로 설명하면 '정몽준 씨'는 문장 전체의 주어고, '재산'은 '많다'의 주어입니다만.

외국어를 조금 아는 분들이 이런 형식의 문장을 '이중주어'니 뭐니 하면서 한국어는 논리가 부족한 언어라고 말합니다. 아주 바보 같은 얘기죠. 이건 한국어 고유의 표현 방식일 뿐입니다. 유럽어를 기준으로 생각하다 보니 이게 이중주어지, 한국어는 한국어 나름의 표현방식이 있는 겁니다. '걔는 예쁜 얼굴을 가지고 있어', 이건 유럽어식 표현입니다. '걔는 얼굴이 예뻐', 이게 한국어다운 표현입니다. 그렇죠?

아, 그리고 '-던'과 '-든'을 구별 안 하시는 분이 많았습니다. '-던'은 과거의 회상이고 '-든'은 선택입니다. '학교에 가든지 말든지 알아서 해!' '얼마나 아팠던지 눈물이 나올 것 같았어', 구별되시죠?

어느 분은 글의 처음부터 끝까지 단 한 문장도 '-다'로 끝내지 않으셨습니다. 아주 좋습니다. 독특한 문체예요. 예컨대 '학교 운동장에서 세 사람이 한 아이에게 축구 가르치는 걸 봤어. 그중 한 사람은 17년 경력의 교사였어. 다른 두 사람은 공익근무요원이었는데, 한 명은 현직 축구선수, 다른 한 명은 비행기 조종을 하는 공대생이었지', 이런 식이었습니다. 언젠가 말씀드린 이오덕 선생님이 아주 좋아하셨을 글입니다. 저도 좋았습니다. 그런데 이게 소설 같은 예술작품이라면 아무 문제가 없는데, 회사에 내는 보고서라든가 입사원서에 첨부한 자기소개서라든가, 아무튼 격식을 갖춰야 할 글에 이런 문체를 쓰면 결과가 좋

고종석의 문장

지 않을 겁니다.(웃음) 아직 우리 사회가 허용하는 문체는 그렇습니다.

그리고 또 어느 분이 '우울증과 무릎관절 건강을 위해서 자전거를 탄다'는 문상을 쓰셨습니다. 대충 읽을 땐 뜻이 들어오는 것 같습니다. 그러나 찬찬히 살펴보세요. '우울증과 무릎관절 건강을 위해서', 우울증은 피해야 할 거고 무릎관절 건강은 추구해야 할 거죠? 그렇죠? 그러니까 우울증과 무릎관절 건강을 위해서 자전거를 탄다는 건 이상합니다. '우울증 예방(치료)과 무릎관절 건강을 위해서'라고 고쳐야 합니다. 글을 쓰다 보면 이렇게 한 문장 안에서도 논리가 엉클어지는 경우가 있습니다. 그러니까 글을 쓸 때는 어느 정도의 긴장을 유지해야 합니다.

아, 여러분 글들 가운데 마지막으로 한 가지 예만 더 들겠습니다. 어느 분이 '낙지가 그 당시에 그리 비싼 생선은 아니었다'고 쓰셨습니다. 그런데 낙지가 생선일까요? 생선이라는 건 날것의 물고기를 뜻하죠. 낙지도 물에 사니까 물고기가 아니라고는 할 수 없겠지만, 보통 낙지를 생선이라고는 하지않는 것 같습니다.(웃음) 그냥 '해물' 정도로 두루뭉술하게 넘어가는 게 좋을 것 같습니다.

글쓰기 이론

글쓰기와 교양

에세이를 잘 쓰려면

교양과 지식이 필요하다　　　　　　글쓰기는 분명히 기술을 요구합니다. 말을 다루는 재주를 요구합니다. 그런데 그것 못지않게 중요한 것이 교양과 지식입니다. 창작적 글쓰기에는 상대적으로 교양과 지식이 덜 필요할 수도 있습니다. 시인이나 소설가가 되는 데는 박람강기가 필요 없습니다. 있으면 좋겠지만, 없어도 결정적 흠이 되지는 않습니다. 그러나 허구가 아닌 산문들, 우리가 흔히 에세이라는 말로 뭉뚱그리는 글들을 쓰기 위해서는 어느 정도의 세속적 교양과 지식이 필요합니다. 제가 이 글쓰기 강연을 하며 더러 글쓰기와 직접적 관련이 없는 얘기들을 한 것도 그 점을 염두에 둔 것입니다.

독서,

교양과 지식의 원천　　　　　　교양과 지식을 쌓으려면 어떻게 해야 할까요? 첫 번째도 독서, 두 번째도 독서, 세 번째도 독서입니다. 그렇지만 아무 책이나 읽는 게 아니라 좋은 책을 읽어야겠지요. 좋은 책을 고를 수 있는 힘은 어떻게 키울까요? 그것도 독서를 통해 키울 수밖에 없습니다. 힘 빠지는 답변인가요?(웃음)

고종석의 문장

단문과 복문

단문과 복문에 대해서 한두 마디만 말씀드리자면, 복문은 한 문장에 많은 정보를 담을 수 있을 뿐만 아니라 흔히 단문에 비해 더 화사하고 우아해 보입니다. 그 한편, 정교하게 쓰이지 않은 복문은 의미를 불투명하게 만들어 오독의 가능성에 노출됩니다. 혹시라도 독자들이 오독할 수 있겠다 싶으면, 과감히 복문 쓰기를 포기하고 문장을 나누어 단문을 쓰십시오.

간결한 문장이

좋은 문장이다 연속된 단문은 복문이 보여줄 수 없는 힘을 보여주기도 합니다. 단문과 단문 사이에선 어떤 긴장이 만들어집니다. 간결한 문장이 좋은 문장이라는 건 제가 여러 차례 말씀드렸죠? 간결한 문장은 대개 투명하고 명징합니다. 글쓰기에서 그런 투명성, 명징성은 화사함이나 우아함보다 훨씬 더 중요한 덕목입니다.

한국어의 경어법

한국어는 경어법이 굉장히 발달해 있죠? 유럽어만 하더라도 보통 두 개의 층위밖에 없습니다. 아주 친한 사람이나 아주 어린 아이한테 하는 말과, 좀 낯선 사람, 아니면 아주 손위인 사람한테 하는 말 정도입니다. 그마저도 일상어에서는, 그러니까 구어에서는 이 경어법이 점점 무너져가고 있는 추세입니다. 반말로 통합되고 있는 추세죠. 그런데 우리말은 굉장히 복잡하죠, 경어체계가.

복잡한 경어체계는

사회갈등의 요인이 된다
경어체계가 사회갈등을 유발하는 경우가 많습니다. 경어체계 때문에 싸움도 일어나고. 한국어는 상대방과 자기의 위계를 설정하지 않으면 한마디도 못 뱉습니다. 어미를 어떻게 선택해야 할지 결정할 수가 없거든요. 이건 아주 깊은 수준에서는 한국 민주주의와도 관련이 있을 것 같습니다. 한국어의 복잡한 경어체계는 민주주의에 부정적으로 작용하는 측면이 있습니다. 하여튼 싸움이 붙으면 '너, 나한테 반말하는 거야?' 이렇게 되고, 호칭 때문에도 '뭐? 당신? 당신이 뭐야?' 이렇게 되기도 하니까요. 좀 안타깝긴 합니다.

물론 이 경어법이 중세어에 비해서는 그나마 조금 더 단순화되긴 했는데 지금도 굉장히 복잡합니다. 특히 압존법이 그렇습니다. 자기보다 손윗사람에 대해서 얘기하는데 그 얘기를 그 손윗사람보다 더 손윗사람에게 얘기할 때 그 손윗사람을 낮추어 말합니다.

> 수강생   그러니까 할머니한테 아버지가 한 것을 이야기할 때 '아범'이라고 말하는 것과 같은 거지요?

네, 아비가 그랬다든가 아범이 그랬다든가 하지요. 그다음에 존칭보조어간 '시'를 써도 안 됩니다. 그러니까 제일 위에 있는 사람, 자기가 말을 건넨 사람이 아주 윗사람일 때는 자기가 언급하는 사람이 자기보다 윗사람일 경우에도 그 사람에 대해서 존대를 하면 안 됩니다. 그걸 압존법이라고 하는데, 그것까지 포함해서 한국어 경어체계는 굉장히 복잡합니다. 그래서 사람들끼리 커뮤니케이션 하는 데 오해도 많이 사게 되고, 그것이 갈등 요인이 되기도 합니다.

글쓰기 실전

실전 01

"그것은 입장이라는 것이 혀와 관련된 것이 아니라 엉덩이와 관련된 것이라는 점을 슬프게 드러낸다."

《자유의 무늬》, 267쪽

여기서 '혀'와 '엉덩이'는 은유라고 할 수도 있고 환유라고 할 수도 있고, 약간 애매합니다만, 일단 환유에 가깝습니다.

이게 무슨 뜻일까요? 여기서 혀는 무엇이고, 엉덩이는 무엇일까요? 혀라는 건 그 사람이 하는 말을 뜻합니다. 엉덩이는 그 사람이 앉아 있는 자리, 사회적 지위를 뜻하죠? 그러니까 그 사람이 무슨 말을 하든 그 사람 입장은 지위와 관련된다는 걸 이렇게 표현한 겁니다. 이 정도 수사는 괜찮은 것 같습니다. 어렵지 않게 알아들을 수 있을 것 같아요.

"그의 인물비평 작업이, 예컨대 유신체제 이래 파시스트 정권하에서
의 정치권력에 대한 비판만큼 육체적으로 위험을 내포하는 작업은 아
닐 것이다."

《자유의 무늬》, 271쪽

〈강준만〉이라는 글을 봅시다. 아! 강준만이란 분은 전북대 신문방송
학과 교수로 계신 분입니다. 아시죠? 모르셔도 뭐 상관없습니다.

'정권하에서의'가 보입니다. 우리 고유어 '아래서의'로 고치는 게 좋
겠어요. '정권 아래에서의'. 그다음에 '정치권력에 대한 비판'이라고 했
는데 '~에 대한', 이런 거 필요 없겠죠? 그냥 '정치권력 비판', 이렇게
군더더기를 걷어내는 게 좋겠습니다. 이게 좀더 실팍하고 한국어다운
거 같습니다.

"자신의 발제와 논문에 대해 프랑스 학자들이 보여준 관심에 대한 자랑, 자기가 아는 프랑스인이 그쪽 학계에서 얼마나 '막강한' 영향력이 있는가에 대한 자랑, 핀란드에는 핀란드역이 없다는 대단한 사실에 대한 호들갑…"

《자유의 무늬》, 277쪽

〈손호철에 대한 강준만의 오해〉, 이 글은 제가 《자유의 무늬》 서문에도 썼습니다만, 책에 넣을까 뺄까 고민을 많이 했습니다. 어떤 사람에 대한 인신공격에 가까운 글입니다. 감정을 감추지 못하고 조목조목 대상을 조롱하는 글은 절대로 쓰지 마세요. 아무리 화가 나더라도요.(웃음) 창피하고 부끄러운 글입니다.

예문을 보면 '핀란드에는 핀란드역이 없다'는 말이 나옵니다. 글쓰기와 관련이 없지만, 잠깐 설명을 드릴게요. 에드먼드 윌슨^{Edmund Wilson}이란 사람이 있습니다. 이 사람이 《핀란드 역으로》(이매진, 2007)라는 책을 썼습니다. 한국에도 번역이 돼 있습니다. 제1차 세계대전이 1914년에 발발해서 1918년에 끝나죠? 그런데 러시아혁명은 1917년에 일어납니다. 제1차 세계대전은 영국, 프랑스, 러시아의 삼국협상 측과 독일, 오스트리아, 터키 이런 나라들 사이의 제국주의 전쟁이었는데, 중간에 미국이 개입하면서 독일의 패색이 짙어졌습니다. 제2차 세계대전 때도 마찬가지였는데요. 독일은 유럽의 가운데에 있으니까, 여러 나라와 전쟁을 하면 서부전선과 동부전선에서 동시에 싸워야 합니다. 이건 굉장히 힘든 일입니다. 그러다 보니 그 두 전쟁에서 다 졌겠죠. 꼭 그 이유 때문만은 아니겠습니다만. 그 당시 독일 제2제국 황제였던 빌헬름 2세가, 정확히 말하면 독일 군부가 양쪽 전선에서 전쟁을 치르기가 너무 힘든 거예요. 그래서 한쪽 전선을 없애려고 공작을 기획했습니다. 역사적으로 엄청난 영향을 끼친 공작입니다. 독일 군부가 생각해보니, 프랑스 쪽 서부전선은 막을 길이 없었습니다. 그런데 러시아는 정정이 불안하니 동부전선을 없앨 수 있을 것 같았습니다. 그 당시 러시아엔 혁명운동이 일어나고 있었는데 아직 결정적 혁명이 일어나진 않았어요. 그러니까 프롤레타리아혁명이 일어나지는 않았습니다. 1917년 2월에 소위 부르주아혁명이 일어났어요. 차르 체제는 폐지되고 공화국이 되긴 했는데 케렌스키라는 사람이 총리, 즉 수상이었습니다. 케렌스키는 혁명이 일어난 다음에도 계속 전쟁을 수행했어요. 이 사람은 나중에 러시아 10월혁명이 일어난 뒤에 미국으로 망명해서 고종명考終命했습니다. 제 생각엔 레닌이 공산주의 혁명을 일으키지 않고 러시아가 케렌스키 체제로 갔다면 그 나라에나 전 세계에나 더 좋았을 것 같긴 한데, 그 당시 러시아 국내 상황이 그럴 수 있는 조건을 갖추지도 못했고, 역사의 가정이라는 건 헛된 몽상이죠.(웃음)

케렌스키 정부는 인류 역사상 최초로 사형제를 폐지한 정부입니다. 심지어 군대에서 탈영한 군인들도 사형을 못 시키게 했습니다. 그러니까 2월혁명 이후 러시아는 어떤 측면에서 세계 최고의 민주주의국가였어요. 인권에 관한 한. 어쨌든 케렌스키는 계속 독일이랑 전쟁을 합니다. 독일 측으로는 이게 부담스럽거든요. 러시아가 완전히 망가져야 동부전선에서 전쟁을 안 치러도 되는데, 2월혁명 이후에도 러시아는 독일이랑 전쟁을 계속하는 겁니다. 그래서 독일 군부는 러시아에서 공산주의 혁명이 일어나도록 공작을 벌입니다. 그 당시 볼셰비키 지도자인 레닌은 스위스에 망명을 하고 있었는데, 레닌을 러시아로 들여보내야 이놈의 나라가 뒤집어질 것 같은 생각이 든 겁니다. 그래서 레닌을 밀봉열차에 태웁니다. 그러니까 아무도 모르게, 독일 군부 내에서도 극소수 사람들만 아는 비밀작전을 수행합니다. 그래서 레닌이 탄 밀봉열차는 스위스에서 북쪽으로 쭉 올라가서 핀란드를 거쳐 러시아 국경을 넘어갑니다. 이 국경 부근에 상트페테르부르크라는 도시가 있어요. 잘 아시죠? 오래도록 러시아의 수도였던 도시입니다. 스위스에 있던 레닌을 밀봉열차에 태워서 이 상트페테르부르크까지 보냅니다. 이게 세계사에서 굉장히 희한한 얘기예요. 독일 군부는 독일만이 아니라 어떤 이웃나라에서도 공산주의 혁명이 일어나길 바라지 않았는데, 말하자면 굉장히 우익적 성격을 지닌 집단인데, 러시아와의 전쟁이 너무 힘겨우니까 러시아에서 공산주의 혁명이 일어나도록 공작을 한 겁니다. 그래서 레닌을 상트페테르부르크까지 기차를 태워서 보냅니다. 그리고 레닌의 지도 아래 러시아에서는 10월혁명이 일어납니다. 볼셰비키 혁명, 공산주의 혁명이었죠. 이 혁명 과정에서 트로츠키가 큰 전공을 세웠습니다. 그리고 레닌은 혁명에 성공하자마자 독일과 정전협상을 합니다. 좀 굴욕적인 조건 아래서 정전을 해요. 땅덩어리도 좀 떼어주고. 그게 브레스트-리토프스크 조약입니다. 레닌에게는 승전보다 혁명의 완수가 더 급했거든요. 그래서 이제 독일은 동부전선에서 걱정을 덜게 됐습니다. 그 이후에 러시아에서 일어난 일들은 아주 복잡한데, 보리스 파스테르나크의 〈닥터 지바고〉라는 소설 읽어보셨죠? 영화로라도 보셨죠? 암튼 긴 얘기는 안 하겠습니다. 이《핀란드 역으로》라는 책은 1871년의 파리코뮌, 파리코뮌 얘기는 첫 시간에 잠깐 한 적이 있죠, 세계 최초 노동자 정부에서부터 1917년 러시아혁명까지의 역사를 쓴 책입니다. 그런데 왜 책 제목이 '핀란드 역으로'일까요? 상트페테르부르크에서 레닌이 내린 역 이름이 핀란드역입니다. 그러니까 핀란드역은 핀란드에 있는 게 아니라 상트페테르부르크에 있습니다. 그럼 왜 이 역 이름이 핀란드역이냐? 이 역에서 출발하는 열차가 핀란드로 가기 때문이에요. 또 핀란드에서 출발하는 열차가 이 역에 도착하기 때문이기도 합니다. 그래서 그 역 이름이 핀란드역이에요. 유럽에선 더러 저런 식으로 역 이름을 짓습니다. 파리에는 여섯 개의 커다란 기차역이 있는데 그중 하나가 리옹역입니다. 리옹에는 리옹역이 없어요. 리옹이란 도시 아시죠? 프랑스에서 두 번째로 큰 도시, 또는 세 번째 정도일 겁니다. 그러니까 파리에서 리옹으로 가는 열차가 리옹역에서 출발하고, 리옹에서 파리로 가는 열차가 파리의 그 리옹역에 도착하는 겁니다.

《자유의 무늬》 279쪽에 실린 〈말〉이라는 글은 여러분들이 문장도 문장이지만 그 내용을 좀 꼼꼼하게 읽어줬으면 합니다. 말에 대한, 그러니까 언어에 대한 제 관점이 드러나 있습니다. 전에 얘기했던 사피어-워프 가설 이야기도 좀 들어 있으니, '언어라는 게 뭐지?' 하는 호기심으로 읽어주셨으면 좋겠습니다.

"그래서 프랑스어를 배우는 한국인은 계사의 직설법 2인칭 단수꼴인 es와 등위접속사 et를 보통 구별하지 않는다."

《자유의 무늬》, 283쪽

수강생　　　　　　　　　　　'계사'가 뭔가요?

아! 계사라는 건 말 그대로 '이어주는 말'이라는 뜻입니다. 영어의 be동사, 독일어의 sein동사, 그걸 계사라고 합니다. 한국어에는 거기에 해당하는 말이 없어요. 물론 '-이다'라는 말이 있지만, 학교문법에서 서술격 조사로 분류합니다. 그러니까 계사란 be동사를 말하는 거예요. 주어와 보어를 이어주는 동사입니다. be동사에 해당하는 동사가 없는 언어가 많이 있어요. 예컨대 러시아어도 그렇습니다. 'What is this?'가 러시아어로 ' Что это ?'(슈토 에토)인데 ' Что '(슈토)는 'what'이고, 'это'(에토)는 'this'예요. 중간에 'is'가 없습니다. 현재형에서는 계사가 없는 언어들이 많습니다.

"둘째는 온라인에서의 대화가 글말과 입말의 경계에 있다는 점도 지적
할 수 있다. 사실 인터넷에서의 글쓰기는, 학술 사이트에 오른 에세이
가 아니라면, 대개는 쓰기 형식을 빌린 말하기다."

《자유의 무늬》, 287쪽

'둘째는'은 '둘째' 하고 쉼표를 찍는 게 깔끔해 보입니다. '온라인에서의
대화'도 '온라인 대화'라고 하는 것이 훨씬 깔끔합니다. '인터넷에서의
글쓰기는'도 '인터넷 글쓰기는'이라고 하면 무슨 말인지 다 압니다. 그
러니까 '온라인에서의 대화' '인터넷에서의 글쓰기', 이런 것은 뭔가 말
을 더 정확하게 하겠다는 어떤 강박에서 나온 것입니다. 조사 없이도
충분히 이해될 수 있을 때는 조사를 빼는 것이 좋습니다.

"학기가 끝날 때쯤이면 책 한 권을 선정해서 그것을 모두에게 읽힌 뒤, 아이들로 하여금 그 책의 내용에 대하여 토론을 하게 할 것이다."

《자유의 무늬》, 301쪽

'~로 하여금 ~하게 하다'란 표현이 보입니다. 무겁고 예스러운 말입니다. 불가피한 경우가 아니면 되도록 쓰지 마세요. '그것을 모두에게 읽힌 뒤 아이들이 그 책 내용에 대해서 토론을 하게 할 것이다', 이렇게 하면 됩니다. '~로 하여금 ~하게 하다', 문법적으론 전혀 나무랄 데가 없는 표현이지만, 아주 무거운 느낌을 줍니다.

"소설가로서도 그렇고 한 사람의 지식인으로서도 그렇고, 그라스는 그런 영예를 누릴 만한 사람이다."

《자유의 무늬》, 303쪽

제가 왜 '한 사람의'라는 말을 여기 넣었는지 지금도 모르겠어요. 전혀 쓸데없는 말입니다. '소설가로서도 그렇고 지식인으로서도 그렇고' 하면 됩니다.

이 글의 취지는 이해하시겠죠? 만약 가까운 미래에 어떤 한국인이 노벨문학상을 받는다고 하더라도, 심사해서 선정하는 사람은 그 작품을 한국어로 읽지 못하고 아마 영어나 프랑스어로 읽게 될 겁니다. 그게 과연 한국문학의 영예가 될까요? 전 그게 좀 의심스럽습니다. 예컨대 〈두시언해〉를 봅시다. 물론 〈두시언해〉는 두보라는 중국 사람의 작품이고 중국문학이지만, 〈두시언해〉라는 게 온전히 중국문학일까요?

저는 차라리 한국문학에 더 가깝다고 생각합니다. 〈두시언해〉는 한국어로 돼 있으니까요. 언어는 문학의 본질적 부분입니다. 마찬가지로 한국의 어느 시인이나 소설가가 번역된 작품에 기초해서 무슨 상을 받는다면, 그건 한국문학과는 큰 관련이 없을 거 같아요. 만약에 노벨문학상을 심사하는 사람들이 한국어를 익혀서 한국어로 쓴 소설이나 한국어로 쓴 시를 읽고 '아! 이게 좋다' 판단해서 상을 받는다면, 그땐 정말 한국문학의 영예가 되겠지요. 노벨문학상이라는 게 그렇게 영예로운 상인지는 잘 모르겠지만요.

"아프리카나 남아메리카를 포함한 제3세계의 작가들도 대체로 그 세 언어로 작품활동을 한 사람들이다."

《자유의 무늬》, 305쪽

'제3세계의 작가들도'에서 '의'를 그냥 놔두고 싶습니다. 왜 그러냐면, '의'를 빼고 '아프리카나 남아메리카를 포함한 제3세계 작가들도'라고 하면, '아프리카나 남아메리카를 포함한'이 '작가들'을 수식하는 것처럼 보일 수도 있으니까요. 물론 그렇게 오해하는 경우는 드물겠죠. 그래도 이런 경우에는 저 같으면 '의'를 그냥 놔두겠습니다.

수강생　　　　　　　'작가들'이란 수상 작가들을 말씀하시는 건가요?

네, 수상 작가들을 말합니다. 예컨대 남아메리카에서는 스페인어와 포르투갈어가 사용됩니다. 브라질을 빼놓고는 대부분 스페인어를 사용하고, 프랑스어를 사용하는 곳도 조금 있습니다. 아무튼 스페인어가 압도적으로 사용됩니다. 아프리카 작가들도 주로 프랑스어나 영어로 작품활동을 많이 합니다. 물론 아프리카의 고유 언어가 없는 것은 아니죠. 스와힐리어를 비롯해 고유 언어들이 많이 있습니다. 그런데도 아프리카 출신 작가들은 대개 프랑스어나 영어로 글을 씁니다.

전에 말씀드렸나요? 세상에서 제일 많이 쓰이는 언어는, 물론 당연히 모국어로서 제일 많이 쓰이는 언어는 베이징어입니다. 중국어 표준어를 말합니다. 보통화라고도 부르죠. 그다음이 스페인어예요. 스페인어가 영어보다 조금 더 많습니다. 그리고 영어입니다. 그러나 실제로 국제 언어 노릇을 하는 것은 압도적으로 영어죠? 그러니까 모어 인구가 많다는 것은 국제 언어가 되는 조건이 못 됩니다. 모어를 쓰는 사람이 아무리 많아도 매개 언어로서의 구실을 중국어는 아직 잘 못하고 있습니다. 예컨대 한국인과 일본인이 서로 상대 언어를 못할 때 중국어를 사용하지는 않습니다. 보통은 영어를 사용합니다. 영어를 모국어로 사용하는 사람이 세상에서 가장 많지는 않을지라도, 세계 어디에서든 첫 번째 외국어로 영어를 배웁니다. 영어는 국제 언어로서 그 세력이 중국어나 스페인어와 비교가 안 될 정도로 큽니다. 냉전시기에는 잠깐 안 그랬던 적도 있었죠. 냉전시기 공산권에서는 제1외국어, 그러니까 첫 외국어로 러시아어를 배운 나라들도 있긴 합니다, 북한을 포함해서. 오늘날의 국제어는 단연코 영어입니다. 셰익스피어 같은 사람들은 이런 상황을 상상도 못했을 겁니다. 그때는 영어라는 게 그야말로 잉글랜드에 갇혀 있는 조그만 언어였거든요.

"둘째는, 노벨상 수상자 추천에 직접적으로 간여하는 스웨덴·프랑스·스페인 한림원이 강한 유럽중심주의를 지니고 있다는 설명이 가능하다."

《자유의 무늬》, 305쪽

수강생	'간여'라고 쓰셨는데
	추천권을 가지고 있으면 그것을
	'간여'라고 쓸 수 있나요?
	사전을 찾아보니 '간여'는
	불필요하게 간섭하는 것이던데요.

'간여하다'에 불필요하다는 뉘앙스가 있나요? 그러면 관여로 바꿉시다.(웃음)

실전 11

《자유의 무늬》308쪽의 〈외국인 노동자〉라는 글은 제목부터 정치적
으로 올바르지 않습니다. '이주 노동자'라고 해야겠지요. 이 글에 나오
는 '외국인 노동자'들은 모두 '이주 노동자'로 바꾸는 게 옳습니다.

수강생

질문 있습니다. 외국 번역서를 보면

어떤 단어들을 나열하고

맨 마지막에 '그리고'를 씁니다.

영어의 'and'를 번역한 것 같은데요.

한국어에서도 종종 무의식적으로

맨 마지막 나열 단어 앞에

'그리고'라는 단어를 붙이게 됩니다.

한국어답게 쓴다면 '그리고'를

빼는 게 맞는 건가요?

반드시 빼야 하는 건 아닙니다. 그렇지만 빼도 상관없죠. 넣는다고 해서 잘못된 건 아닙니다. 그런데 그게 외국어, 구체적으로 유럽어의 영향인 건 사실입니다. 그러니까 제일 마지막으로 나열되는 단어 바로 앞의 '그리고'는 넣어도 좋고 빼도 좋습니다.

실전 12

"서로 다른 언어 배경을 지닌 사람들이 의사를 소통하기 위해 사용하는 제3의 언어를 언어학자들은 흔히 매개 언어라고 부른다."

《자유의 무늬》, 313쪽

이 문장의 주어는 뭐죠? '언어학자들'이죠? 그런데 주어를 문장 맨 앞에 놓지 않고 중간에 놓았죠? 굳이 '언어학자들은'을 문장 앞으로 빼지 않은 것은 목적어가 너무 길기 때문입니다. '언어학자들은'을 문장 맨 앞에 놓으면 의미의 투명함이 손상될 것 같았습니다. '언어학자들은 서로 다른 언어 배경을 지닌 사람들이 의사를 소통하기 위해 사용하는 제3의 언어…' 이렇게 나가다 보면, 물론 잘 읽어보면 무슨 뜻인지 알겠지만, 처음엔 언어학자들이 서로 다른 배경을 가졌다는 뜻으로 오해할 수도 있습니다. 이럴 경우 명쾌함을 위해서 어순에 신경을 쓰는 것이 좋습니다. 한국어는 어순이 자유롭습니다. 명쾌함을 위해서, 명료함을 위해서, 어순을 바꾸는 것이 좋습니다.

글쓰기와는 상관없을지 모르겠으나 〈우리는 모두 그리스인이다〉, 이 글에서 독일이 양차 세계대전에서 패배한 뒤 과학언어로서의 헤게모니를 영어에 넘겨줬다고 했는데, 이것은 굉장히 중요한 문화사적 사실입니다. 제1차 세계대전 이전까지는 의학이나 생리학 공부를 하기 위해 독일어를 배우는 건 필수였어요. 영국 사람이든 프랑스 사람이든 미국 사람이든. 그리고 독일 연구소에서 얼마간 공부하는 것은 의사나 생리학자들에게 굉장히 중요한 경력이었습니다. 최소한 의학, 생리학 쪽에서 독일의 학문 수준이 가장 높았습니다. 그래서 많은 사람들이 의학, 생리학 논문을 독일어로 썼습니다. 그런데 제1차 세계대전이 끝난 다음에 국제연맹보건기구와 록펠러재단이 독일어에 맞서서 언어 투쟁을 했습니다. 영어와 프랑스어를 띄운 겁니다. 특히 영어를 띄웠어요. 그러나 결정적으로 독일어를 오늘날의 왜소한 언어로 만든 장본인은 히틀러입니다. 문화사적으로 보면 히틀러를 통해서 독일어가 되돌아올 수 없을 만큼 왜소한 언어로 전락해버렸습니다. 물론 히틀러가 저지른 가장 사악한 일은 유대인들, 집시들, 러시아인들, 공산주의자들을 학살한 것입니다. 그러나 문화사적으로 보면 히틀러의 파시즘 때문에 20세기에 독일어로 쓰였을 수많은 뛰어난 책들이 다 영어로 쓰이게 됐습니다.

히틀러가 오스트리아를 병합하고 유대인들을 비롯해서 비판적 지식인들을 박해하니까 이 사람들은 독일을 탈출할 수밖에 없었습니다. 오스트리아 출신의 칼 포퍼라는 철학자도 나치즘을 피해서 뉴질랜드로 도망갔습니다. 거기서 쓴 유명한 책이 《열린사회와 그 적들》입니다. 칼 포퍼가 오스트리아에 있을 때는 당연히 독일어로 글을 썼습니다. 칼 포퍼의 초기 책들은, 주로 과학철학 책들인데, 다 독일어로 쓰었어요. 그런데 이제 나치즘을 피해서 영어권 세계로 도망을 갔으니 독일어를 계속 작업언어로 삼을 수는 없잖아요? 독일어로 쓰면 누가 읽겠어요?

프랑크푸르트학파라는 게 있습니다. 프랑크푸르트는 독일의 큰 도시죠? 도서전시회로 유명합니다. 독일에는 또다른 프랑크푸르트가 있지만, 보통 프랑크푸르트라고 하면 마인강 가의 프랑크푸르트, 즉 프랑크푸르트암마인을 가리킵니다. 동쪽에는 오데르강 가의 프랑크푸르트, 즉 프랑크푸르트안데어오데르라는 작은 도시도 있긴 합니다. 아무튼 여기서 말하는 프랑크푸르트는 프랑크푸르트암마인입니다. 양차 세계대전 사이에 이 도시의 프랑크푸르트 사회과학연구소에는 주로 유대인들로 구성된 뛰어난 연구자 그룹이 있었습니다. 그 사람들을 프랑크푸르트학파라고 부릅니다. 더러 비판이론가들이라고도 부르죠. 이 사람들이 제2차 세계대전 중에 다 미국으로 도망갑니다. 독일에 남아있다간 목숨도 유지하지 못했을 테니까요. 물론 대부분은 종전 뒤 다시 독일로 돌아왔습니다. 그렇지만 안 돌아가고 미국에서 영어로 글을 쓴 사람들도 있습니다. 헤르베르트 마르쿠제나 에리히 프롬 같은 사람들이 그렇습니다. 이 사람들 이름은 들어보셨죠? 그러니까 이런 사람들이 히틀러만 아니었으면 독일에서 계속 공부를 하면서 독일어로 자신의 학문적 업적을 남겼을 텐데 미국으로 가고, 영국으로 가고, 이러면서 결국 다 자기 저술을 영어로 남기게 된 것입니다. 이 사람들의 제자들도 당연히 영어로 글을 썼죠. 그러니까 히틀러는 자기가 의도했든 의도하지 않았든 자기 모어, 독일어, 히틀러는 오스트리아 출신이죠?, 자기 모어가 독일어인데 그 독일어에 궤멸적 타격을 준 겁니다. 제1차 세계대전이 끝나고 자연과학 쪽을 영어가 잠식해들어가기 시작했는데, 히틀러의 나치즘과 제2차 세계대전을 거치면서 사회과학이나 철학 쪽에서마저 독일어는 치명적 타격을 받은 겁니다. 독일 입장에서 보면 히틀러는 여러 가지 이유에서 나쁜 사람입니다.(웃음)

사람들이 거의 지적하고 있지 않지만, 히틀러는 독일어라는 언어를 쇠퇴하게 만들었을 뿐만 아니라 그 언어의 이미지에도 먹칠을 한 사람입니다. 이거, 중요한 문제입니다. 자연언어들에는 어떤 이미지가 있습니다. 스페인내전과 제2차 세계대전 이후에 스페인어의 이미지도 한동안 굉장히 좋지 않았어요. 프랑코라는 사람이 반란을 일으켜 민주주의 정부를 전복시키고 파시즘 체제를 1970년대 중반까지 계속 유지하면서 스페인어 이미지가 나빠졌습니다. 그러니까 독일어와 스페인어에는 파시즘과 관련된 이미지가 들러붙어버린 겁니다. 영어나 프랑스어와 달리 독일어와 스페인어에는 '저건 파시스트의 언어다, 파시스트들이 쓰는 언어다' 그런 이미지가 있었던 거죠. 그렇게 보면, 한국어의 이미지도 부분적으로 한국의 민주주의에 달려 있다고도 할 수 있겠습니다.

실전 13

"이런 사정은… 인문과학 영역에서보다…"

《자유의 무늬》, 314쪽

'인문과학'이란 말이 나옵니다. 그냥 '인문학'이라고 쓰세요. 사회과학, 자연과학, 이런 말은 쓰는데 인문과학이란 말은 일반적으로 잘 안 씁니다. 프랑스에서는 흔히 쓰지만요. 그건 이 나라의 좀 독특한 지적 전통 때문입니다.

실전 14

"이따금 내 읽기의 변경을 넓혀보려는 시도를 하지 않는 것은 아니지만, 들이는 수고에 비해 보답은 늘 적다."

《자유의 무늬》, 319쪽

여기서 '변경을 넓혀본다'는 건 틀린 말이죠? 변경이라는 건 어떤 경계를 얘기하는 거니까요. 제가 지금 이 글을 다시 쓴다면 '이따금 내 읽기의 영역을'로 고치겠습니다. 변경을 넓힐 순 없죠? 멋있는 말 써보려다가 망한 꼴입니다.(웃음)

"아름다움은 둘째 치고도 우선 나는 그 절들의 웅장한 규모에 주눅이
들었다. 제2차 세계대전 때를 제외하고는 외국군의 점령을 받아본 적
이 없어서 그렇기도 하겠지만, 목조 건물들이 그렇게 오랜 세월을 버
티고 있다는 것도 신기했다."

《자유의 무늬》, 324~325쪽

'주눅이 들었다'는 '주눅 들었다'로 고치세요. 굳이 여기 '이'가 필요 없
을 것 같아요. '주눅 들었다'로 충분합니다.

　위 예문은 사실관계가 틀린 문장입니다. 일본은 제2차 세계대전 때
도 외국군의 점령을 받지 않았습니다. 미군의 공습을 받긴 했지만요.
사실에 입각해서 쓰자면, '제2차 세계대전이 끝난 뒤 얼마간을 제외하
고는'이라고 써야 합니다. 만약 '제2차 세계대전 때를'을 살리고 싶다면
'점령'이란 말 대신에 '본토 공격'이라는 말을 써야 합니다. 아무리 깔

끔한 문장이라도 사실관계가 틀리면 그건 허당입니다. 깔끔한 글과 사실에 부합하는 글 중에 고르라면, 당연히 사실에 부합하는 글을 골라야 합니다.

"그럼에도 불구하고 서울은 외국의 도시들과 다르다."

《자유의 무늬》, 327쪽

'그럼에도 불구하고'라는 말이 나왔습니다. 이 표현 절대 쓰지 마세요. 꼭 쓰고 싶으면 '불구하고', 이 말이라도 지우세요. '그럼에도 서울은'이라고 쓰세요. 뭐 꼭 써야 할 경우가 있긴 하겠지만요. 또 '그럼에도'보다 더 깔끔한 게 '그런데도'입니다. 그러니까 '그럼에도 불구하고'는 대개 '그런데도'로 고치는 게 좋습니다.

〈건축〉, 이 글의 메시지는 아시겠죠? 도쿄에 가보신 분들 계시겠지만, 도쿄에 가면 별로 외국 같은 느낌이 안 들어요. 서울이랑 비슷합니다. 서울이랑 닮았어요. 그건 한국적인 것과 일본적인 것의 느낌이 닮아서 그런 것이 아닙니다. 도쿄의 건축물들은 대부분 서양식입니다. 지금 서울의 건물들도 대부분 서양식이죠? 유럽적인 것, 미국적인 것,

크게 보면 서양적인 것이 일본 사회에 깊이 침투하고, 마찬가지로 한국 사회에도 깊이 침투한 것입니다. 그러니까 서울이라는 도시의 건축물들이 거의 다 서양식이고 도쿄라는 도시의 건축물들이 거의 다 서양식이어서, 서울과 도쿄가 비슷해져버린 겁니다. 아주 최근 들어서는 주로 미국이겠지만 유럽과 미국의 문화가 전 세계에 침투하면서 전 세계가 굉장히 닮아졌습니다. 제가 이 나라 밖으로 나가본 지 굉장히 오래됐는데, 80년대나 90년대에 어느 낯선 도시에 갔을 때 제일 반가운 게 맥도날드였습니다. 거기에 맥도날드가 있으면 안심이 되는 겁니다. '아, 여긴 내가 떠나온 곳과 비슷한 곳이구나. 여긴 낯선 세계가 아니구나!', 그런 생각이 드는 거죠.(웃음) 그래서 저는 낯선 도시에 들어가면 첫 끼를 맥도날드에서 먹습니다. 그처럼 미국 문화가 전 세계에 퍼지면서, 전 세계를 닮게 만들고 있습니다.

서울의 지하철을 타보면 게임을 하든, 누구랑 카톡을 하든, 문자를 주고받든, 트위터를 하든, 많은 승객이 모바일로 뭔가를 하고 있습니다. 아마 외국에도 그런 도시들이 꽤 많이 있을 겁니다. 그런 도시와 서울이 닮은 것은 그 도시의 고유한 풍경과 서울의 고유한 풍경이 닮은 게 아니라, 서울에 침투한 서양적인 것과 그 도시에 침투한 서양적인 것이 닮은 거겠죠? 그리고 한국어와 일본어가 닮게 된 것도, 특히 어휘가 닮게 된 것도, 한국어에 일본의 한자어들이 대량 차용돼서 그런 거긴 하지만, 더 근원적으로 보면 그 한자어들이라는 것이 일본 사람들이 유럽을 번역한 거니까, 결국 유럽 문명 탓입니다. 그러니까 결국 한국과 일본을 닮게 만든 것도 유럽이나 미국입니다. 〈건축〉은 그런 메시지를 담은 글입니다.

“그리고 단순한 크기보다는 예컨대 장애인들을 위해 섬세히 배려하는 그런 인간적 건축은 불가능한 것일까?”

《자유의 무늬》, 330~331쪽

위 문장이 문법적으로 옳은가요? '단순한 크기보다는'이라고 했는데, 그러면 크기와 비교되는 뭔가가 있어야 할 것 같은데 없어요. 이 문장은 오문입니다. 명백한 오문이에요. 바르게 고치면 '단순히 크기만 한 게 아니라 예컨대 장애인들을 위해 섬세히 배려하는 그런 인간적 건축은 불가능한 것일까?', 이렇게 고칠 수 있겠지요. 이런 글의 뜻을 이해하는 데는 큰 문제가 없겠지만, 문법적으로는 옳지 않은 문장입니다.

마지막으로, 앞서 이야기했던 수강생 가운데 두 분의 글, 임경선의 〈어느 완벽한 교토의 하루〉와 한현회의 〈행궁동의 가을〉을 보겠습니다.

작문 실전

어느 완벽한 교토의 하루

임경선

"오하요 고자이마스!" 교토京都의 하루는 치요 아주머니의 우렁찬 목소리로 시작되었다. 료에는 방마다 담당여중이 있어 이렇게 직접 손님을 깨웠다. 문을 열고 감색 기모노를 정갈하게 입은 그녀가 바닥에 엎드려 절을 했다. 남편과 나는 이불 안에서 머리통만 빼고 교토 사투리의 아침인사를 들었다. 순식간에 갓 지은 쌀밥과 뜨끈한 미소시루, 무우와 요이의 절임반찬, 전갱이구이와 두부찜이 밥상에 차려졌다. 식사 시중을 곁에서 들어주던 치요 아주머니는 오늘은 교토의 가을정취라도 느끼면서 여유롭고 천천히 산책을 다녀오라고 했다. 가고 싶은 곳이 두 곳, 생각났다.

료칸을 걸어나와 처음 향한 곳은 교토대학京都大學이었다. 여행 가면 현지의 대학캠퍼스에 가는 걸 유독 좋아하기도 했지만, 10여 년 전 도쿄대학東京大學에 잠시 적을 두었던 나로서는 그의 라이벌 대학이 무척이나 궁금했던 터. 도쿄대학은 학구적인 품위를 가진 교토대학에 대해 미묘한 콤플렉스를 가졌더랬다. 울창한 나무숲에 가려진 캠퍼스는 마치 세상으로부터 고립된 성지 같았다. 남학생들에 비해 성비가 훨씬 적어 보이는 여학생들도 화장기 하나 없이, 무거운 책을 씩씩하게 짊어지며 중앙도서관을 바삐 오갔다. 과히 젊지도, 늙지도 않은 나는 캠퍼스 벤치에 걸터앉아 오가는 학생들을 멍하니 시간 가는 줄 모르고 쳐다보았다. 노스텔지어만큼 달콤한 것도, 부질없는 것도 없는 듯했다. 금새 식욕왕성한 어린 학생들처럼 배만 고파져왔다. 교토대학에 온 진짜 목적, '구내식당'으로 향할 차례였다. 그 지역 대학의 구내식당 탐방은 나의 오랜 여행습관이었다. 구내식당이 어디에 있는지 파악하는 비결은 무조건 성실해 뵈는 학생들 무리를 따라가는 것이었다. 우리 때도 착한 아이들이 주로 학내에서 값싼 '짠밥'을 사먹었다.

식후 우리는 일본식 정원이 아름답기로 소문난 은각사銀閣寺 입구부터 길게 2킬로미터에 걸쳐 뻗어 있는 산책로, '철학의 길'로 들어섰다. 한 철학자가 사색하며 걸었다 해서 이름이 붙여진 그곳은 봄에 가면 만개한 벚꽃으로 뒤덮이고 여름날의 저녁에 가면 반딧불의 불꽃놀이를 감상할 수 있고, 가을에는 이렇게 아름다운 낙엽으로 깊게 물이 들었다. 이름 모를 각종 꽃들이 사시사철 피어 있어서 어느 계절에 찾아도 비밀의 정원 속을 호젓하게 거니는 사치를 만끽할 수 있다. 남편과 내가 굳이 이곳을 다시 찾은 이유는, 결혼 얼마 후 에서 함께 교토에 왔을 때 '청수사'부터 싸우기 시작해서 '철학의 길' 산책로를 걷는 내

내 말없이 무거운 걸음으로 걸었던 기억이 있기 때문이다. 지상에서 가장 아름다운 산책로를 전혀 아름답지 못한 마음으로 걸었다는 것이 못내 아쉬워 우리는 이 길을 다시 사이좋게 걷기 위해 온 것이다. 낙엽이 바스락거리며 밟히는 소리와 시냇물이 졸졸 흐르는 소리를 들으면서, 군데군데 벤치에 잠시 쉬어가면서, 이번에는 기쁘고 사랑이 충만한 마음으로 천천히, 아주 천천히 걸었다. 어둑어둑해지자 가방에 넣어온 가디건을 서로에게 걸쳐주며 숙소로 돌아갔다.

극진한 접대를 받으며 저녁식사를 마치자 치요 아주머니는 그날의 마지막 차와 다과를 내오면서 1층에 히노키탕이 덥혀져 있다고, 치짐 전 같이 쉬고 오라며 미소지었다. 목욕을 같이 하라는 말에 괜시리 쑥스러웠지만 그녀가 해주는 말은 뭐든지 들어야만 할 것 같아 히노키의 내음과 수증기의 몽글몽글함 속에서 부부는 정말 오랜만에 함께 목욕을 했다.

고종석의 평

〈어느 완벽한 교토의 하루〉는 거의 완벽한 글입니다. 그렇지만 찬사만 늘어놓지는 않을 겁니다. 남의 글에서 흠을 들추는 것, 트집을 잡는 것이 지금 저의 소명이니까요.(웃음) 이 글을 장르라는 방에 가두자면 수필이겠지만, 소설의 한 부분으로 보아도 상관없을 것 같습니다. 수필과 소설의 형식적 경계는 흐릿할 때가 많습니다.

저는 이 글의 미덕을 둘 꼽고 싶습니다. 첫째는 플롯의 완결성입니다. 플롯이라는 말이 너무 거창하다면, 구성이라고 할까요? 아무리 짧은 글이라도 구성을 염두에 두는 것은 글을 쓰는 이의 의무입니다. 물론 이 글의 구성은 비교적 단순합니다. 아침부터 밤까지 시간의 흐름을 따르고 있지요. 그렇지만 하루라는 시간의 흐름을 따라가며 그 토막토막 시간들에 비례해 바로 그만큼의 문장을 할애했다는 것은 글쓴이가 구조를 염두에 두었다는 뜻입니다. 글쓴이가 꼭 역사적 시간과 논리적 시간을 평행상태로 놓은 것은 아닙니다. 첫째 문단에 "교토 사투리의 아침인사"라는 말이 나옵니다. 독자들은 여기서 '아, 필자는 어떻게 교토 사투리까지 구별할 줄 알지?' 하는 의문을 품을 겁니다. 그 비밀은 둘째 문단에서 밝혀집니다. 글쓴이는 10여 년 전 도쿄대학에 적을 두었거든요. 간토 지방 방언과 간사이 지방 방언의 차이를 알 정도로 일본어에 익숙한 사람인 것입니다.

둘째 미덕은, 글쓴이가 자신의 경험과 느낌을 독자에게 고스란히 전달하기 위해 문학적 장치들을 마련했다는 점입니다. 그 문학적 장치는 크게 둘입니다. 첫 번째는 부러 일본풍 낱말들을 많이 사용하고 있다는 점입니다. 글의 첫 문장이 "오하요 고자이마스!"라는 (한국인들도 대부분 그 뜻을 아는) 일본어일 뿐만 아니라 료, 기모노, 미소시루, 료칸, 히노키 같은 일본어 단어가 글 전체에 점점이 박혀 있습니다. 글에 외국어 단어를 자주 쓰는 것이 그 자체로 미덕은 아닙니다. 사실은 악덕에 가깝다고도 할 수 있습니다. 더구나 독자들에게 익숙하지 않을 수도 있는 외국어를 쓰는 것은 더 그렇습니다. 그것은 글쓴이가 젠체하는 것이니까요. 그러나 글쓴이가 이 글에 박아놓은 일본어 단어들은, 설령 그중 한두 개의 뜻을 독자들이 모른다고 하더라도, 위화감을 주지 않습니다. 그 일본어 낱말들은 글쓴이가 지금 일본에 있다는 사실을 독자들에게 끊임없이 환기시키면서 묘한 이국정서에 독자의 감정을 이입합니다. 그리고 그 단어들은 문맥으로 그 뜻을 짐작할 수 있는 일본어들입니다. 멋 부리기 위해 쓴 외국어가 아니라는 뜻입니다.

글쓴이가 마련한 두 번째 문학적 장치는 수사修辭입니다. 남용되지 않을 때, 수사는 글을 윤기 있게 만듭니다. 글쓴이가 이 글에서 사용한 수사는 화사하다기보다 담백합니다. 잦지도 않습니다. 예컨대 "세상으로부터 고립된 성지"라거나, "비밀의 정원"이라거나, "수증기의 몽글몽글함" 정도입니다. 적당합니다.

이제부터 이 글 험담을 늘어놓겠습니다. 우선 글쓴이는 이 글을 쓴 뒤 퇴고하지 않았습니다. 적어도 사전을 보고 확인하지는 않았습니다. 그걸 어떻게 아느냐고요? '무우'나 '금새' 같은 말들 때문입니다. '무우'는 한때 표준어로 인정된 적도 있지만, 이젠 '무'만 표준어로 인정됩니다. '금새'는 '금시에'의 준말이므로, '금세'로 써야 합니다. '그의 라이벌 대학'도 '그 라이벌 대학'이라고 고쳐야 합니다. '대학'을 '그'라는 인칭 대명사로 받는 것은 이상합니다. 어쩌면 글쓴이는 이 글을 쓴 뒤 한 번도 다시 읽지 않고 제게 제출했을지도 모릅니다. 첫째 문단의 '요이'나 셋째 문단의 '결혼 얼마 후 에서 함께', 넷째 문단의 '치짐 전 같이'처럼 명백한 오타도 보이니까요. 저는 지금 트집을 잡고 있는 걸까요? 그렇습니다. 그렇지만 이 트집은 정당한 트집입니다. 어떤 글에 대한 최종 책임은 글쓴이에게 돌아갑니다. 그런데 이 글을 쓴 이는 마지막 문장에 마침표를 찍은 뒤, 자신이 쓴 글을 한 번도 다시 읽어보지 않고 남에게 보인 것입니다. 이것은 글쓰기의 무책임과 불성실이라고 비판받을 수밖에 없습니다. 글을 쓴 뒤에는 꼭 다시 한 번 읽어보십시오, 여러분! 꼭 퇴고나 윤문을 하라는 뜻이 아닙니다. 자기 글의 오타 정도는 스스로 잡아내야 하지 않겠습니까? 이런 것들은 출판사 편집부에서 고쳐질 테니 크게 문제될 게 없다고도 생각할 수 있습니다. 그렇지만 이런 오타나 맞춤법 잘못은 글쓴이가 자기 글에 애정이 없다는 징

표일 수 있습니다. 글쓴이 자신이 사랑하지 않는 글을 남이 사랑해주지는 않습니다.

이 글에서는 출판사 편집부가 고칠지 안 고칠지 알 수 없는 문법직 일탈도 여럿 보입니다. 예컨대 "남학생들에 비해 성비가 훨씬 적어 보이는 여학생들"에서 '성비'는 '수'로 바꿔야 할 것 같습니다. 단어를 대충대충 골라 쓰면 좋은 문장이 나올 수 없습니다. 또 "식후 우리는… '철학의 길'로 들어섰다. 한 철학자가 사색하며 걸었다 해서 이름이 붙여진 그곳은…"도 어색합니다. 적어도 '이름' 앞에 '그리' 같은 부사나 '그런' 같은 관형사가 들어가야 합니다. 이 대목에서 잠깐 글쓴이를 추어올려야겠군요. 글쓴이가 말한 '한 철학자'는 교토대학에서 철학을 가르쳤던 니시다 기타로라는 이입니다. 글쓴이는 그 철학자의 이름을 몰라서 안 썼을까요? 아닙니다. 이렇게 가벼운 수필에 무거운 철학자 이름이 들어가는 것은 어울리지 않습니다. 글의 밀도를 급히 변화시키며, 괜스레 현학적이라는 비판이나 받게 됩니다. 글쓴이는 이 점에서 매우 현명한 이입니다. 다시 험담을 이어가겠습니다. "남편과 내가 굳이 이곳을 다시 찾은 이유는… 기억이 있기 때문이다"는 오문입니다. 한국어에서 '이유'는 '때문'과 호응하지 않습니다. '때문'과 호응하는 것은 '왜냐하면'입니다. 이 글을 문법적으로 만들려면 '이유'를 '것'으로 바꿔야 합니다.

지금부터 늘어놓을 험담은 순전히 주관적입니다. 왜냐하면 스타일 문제이기 때문입니다. '학구적인 품위'에서 조사 '인'이 필요할까요? 저 같으면 빼겠습니다. '세상으로부터 고립된 성지'라는 표현도 '세상에서 고립된 성지'로 고치는 것이 더 한국어답습니다. '기쁘고 사랑이 충만한 마음으로'도, 문법에 어긋나는 것은 아니지만, '마음'을 수식하는 관형어구가 왠지 기우뚱해 보입니다. 저라면 '기쁨과 사랑이 충만한 마음으로'라고 고치겠습니다.

이 글의 마지막 문장, 굉장히 에로틱합니다. 그것, 느끼시겠죠? 그 마지막 문장의 "그녀가 해주는 말은 뭐든지 들어야만 할 것 같아"라는 표현은 변명에 아치雅致를 버무리고 있습니다. 글쓴이에겐 실례가 되는 말이지만, 어떤 교태마저 느껴집니다. 첫 문장과 마지막 문장이 인상적일 때, 그 글은 독자의 기억 속에 오래 남는다는 말을 제가 첫 강의 때 했을 겁니다. 〈어느 완벽한 교토의 하루〉라는 글의 이 마지막 문장은, 그 첫 문장 "오하요 고자이마스!"와 더불어, 그 조건을 충족시킵니다.

행궁동의 가을

한현희

한낮 주택가 골목길에 사람들이 나타났습니다. 골목 구석구석 주차단속이라도 나온 걸까요? 차를 빼달라는 사람과 못 뺀다는 사람 간에 실랑이가 계속됩니다.

"못 빼, 못 빼."
"가까운데 주차장을 마련해드렸잖아요."
"주차장은. 왜 걸어다니게 하느냐고. 몇 분이라도 왜 걸어다니게 하느냐고."

난데없는 주차 시비에 온 동네가 들썩입니다.
조용하던 행궁동에 무슨 일이 벌어진 걸까요?

세계문화유산 수원화성이 품은 동네, 행궁동! 약 4,300명이 살고 있는 행궁동은 문화재보호구역으로 지정되어 개발이 제한된 곳이죠. 이 곳에서 9월 한 달 동안 '차 없는 마을' 행사가 열렸습니다. 한 달이나 자동차를 동네 밖으로 빼야 하기에 주민들의 찬반 논란이 뜨거웠습니다. 동네가 좋아질 거라는 기대감에 찬성하는 주민도 많았지만 자동 차를 내 집 앞이 아닌 동네 밖 공용 주차장에 대라니, 주민들 반발은 당연한 거였습니다.

'차 없는 마을' 행사 한 달 전, 행사를 위해 시 공무원이 집집마다 방문해 소유차량을 동네 외곽에 있는 공용주차장에 주차해달라고 협조를 요청합니다. 그런데 한 달이나 동네 안에서 자동차를 이용할 수 없다니요, 공인중개사 임춘자 씨(가명)는 당혹스럽습니다.

"저 안 한다니까요, 차 안 빼요. 그거 싫어요. 저는, 나는 처음부터 차 안 뺀다는 입장이었어요."

"이거 생태교통 할 때부터 차 어디다 두실 거예요, 그럼? 여기 차 못 대는데."

"가지고 들어올 거예요, 나. 저 골목에다 주차하던지. 손님들이 차가 없으면 다니질 않으려고 해요. 더워서, 그래서 어쩔 수 없이 제가 차를 샀어요. 내가 필요해서 할부로 차를 샀는데 당신들이 왜 차를 빼라 마라 하느냐고. 나는 못 뺀다고요."

반대하는 주민을 설득하기가 쉽지 않습니다. 자동차가 우리 생활의 필수품이 되면서 사람들은 가까운 거리도 걸어다니는 걸 꺼려 합니다.

시간을 내서 운동은 해도 평소엔 잘 걷지 않으려고 하죠. 언제부턴가 골목길의 주인은 사람이 아니라 자동차가 돼버렸습니다. 길은 주차된 차들로 넘쳐났고, 사람을 위한 공간은 어디에도 보이지 않습니다. '차 없는 마을'은 자동차가 주인 행세하던 골목을 사람 중심의 공간으로 되돌리려는 노력입니다.

'차 없는 마을' 행사 하루 전, 내일 행궁동 사람들은 어떤 선택을 하게 될까요?

9월 1일 아침이 밝았습니다. 대부분의 차들이 빠져나갔지만 골목길에 몇몇 차들이 여전히 주차돼 있습니다. 반대했던 주민들의 반응은 여전히 냉담합니다. 하지만 한 달이라는 시간은 행궁동 사람들 일상의 많은 부분을 바꾸고 있습니다. 이 동네에서 43째 교복을 만들어온 윤영걸 씨(가명)는 '차 없는 마을' 행사를 통해 행궁동이 더 좋아지길 바랍니다. 윤영걸 씨 부부가 오랜만에 사진첩을 꺼냈습니다. 옛 추억에 잠겨있다 생각하니 윤영걸 씨도 자신의 장기를 살려 행사 기간 동안 뭔가 근사한 일을 해보고 싶어졌습니다. 학창시절 추억이 고스란히 묻어나는 교복입니다. 기분은 마냥 50년 전 그날로 되돌아갑니다. 올 가을, 자동차가 사라진 행궁동 골목길은 자동차 매연이 없는 상쾌한 동네, 경적소리가 없는 조용한 마을로 바뀌었습니다. 자동차가 아닌 사람이 주인인 거리, 걷고 싶은 거리 말입니다.

처음엔 길게만 느껴졌던 한 달이 훌쩍 지나고, 행궁동 골목길은 달라진 거라곤 없는 듯 보입니다. 하지만 사람들은 달라져 있습니다. 차 없는 마을에서 겪었던 경험이 준 변화 말입니다. 사람들은 이미 새로운 행궁동을 만났습니다. 불편을 감수하고 얻은 경험으로 행궁동 사람들은 이웃을 볼 수 있는 마음의 눈이 생겼습니다.

만약 여러분의 동네에 자동차가 사라진다면 어떨까요?

고종석의 평

'-습니다'체(합쇼체)로 썼습니다. '-해요'체(하오체)가 섞이기도 했지만, '-해요'체는 주로 대사에 나옵니다. '-습니다'체는 보통 연설이나 강연, 방송보도에 사용됩니다. 말에 사용된다는 뜻입니다. 글에는 잘 쓰지 않는 문체입니다. '-습니다'체를 사용하는 글은 대개 연설이나 강연, 방송 원고입니다. 읽기 위한 글, 말을 위한 밑글이라는 뜻입니다. 어린이 독자를 대상으로 한 글에는 '-습니다'체를 사용하는 경우가 있습니다. 그렇지만 〈행궁동의 가을〉이 어린이를 독자로 상정한 글 같지는 않습니다.

그렇다면 글쓴이는 왜 '-습니다'체를 사용했을까요? '-습니다'체는 독자를 설득하는 데 '-하다'체(해라체)보다 더 유리합니다. '-하다'체의 딱딱함을 '-습니다'체가 눅여버리기 때문입니다. '-습니다'체를 대할 때, 독자들은 글을 읽는 게 아니라 말을 듣는 느낌을 받습니다. 그것도 예의와 정감이 버무려진 말을 듣는 느낌을 받습니다. '-습니다'체에서는 비속어를 쓸 수 없습니다.

글쓴이는 요즘의 자동차 문화에 비판적입니다. 생태주의적 세계관을 지니고 있는 사람입니다. 그러나 그이는 자신의 의견을 이 글의 어디서도 티 나게 드러내지 않습니다. 맨 마지막 문장조차 "만약 여러분의 동네에 자동차가 사라진다면 어떨까요?"라는 의문문입니다.

여기서 잠깐, 저라면 '동네' 뒤의 조사를 '에'가 아니라 '에서'로 쓰겠습니다. 한국어의 조사 용법은 유럽어의 전치사나 관사 용법 못지않게 어렵고 섬세합니다. 그래서 한국어를 외국어로 배운 사람들은 말할 것도 없고 한국어가 모국어인 사람들도 올바르게 사용하기가 쉽지 않습니다. 이 경우도 그렇습니다. 사실 '동네에 자동차가 사라진다'는 표현이 귀에 거슬리지 않을 분도 계실지 모르겠습니다. 그런데 제 한국어 감각에는 거슬리는군요. 물론 그것은 '사라지다'라는 동사 때문입니다. '사라지다'라는 동사는 탈脫의 뉘앙스를 함축합니다. 그 '탈'의 뉘앙스를 살리려면, 막연하게 처소處所를 의미하는 조사 '에'보다, 분리를 함축하기도 하는 '에서'를 쓰는 게 더 나아보입니다. 이것은 그야말로 언어 감각의 문제입니다. 다시 말씀드리지만, 어쩌면 여러분들 가운데 제게 동의하지 않으실 분도 계실 수 있습니다. 아무튼 저라면 '동네에서'라고 쓰겠습니다.

다시 글의 내용으로 돌아갑시다. 글쓴이는 '차 없는 마을 행사'가 열린 행궁동의 풍경 몇 개를 생생하게 묘사합니다. 자신의 주관은 개입시키지 않습니다. 그렇지만 글쓴이는 매우 명민합니다. '-습니다'체를 사용한 것부터 그렇지만, 단순한 서술로써도 자신의 주장을 슬며시(!)

드러냅니다. 특히 여섯째 문단의 "자동차가 우리 생활의 필수품이 되면서 사람들은 가까운 거리도 걸어다니는 걸 꺼려 합니다"부터 "길은 주차된 차들로 넘쳐났고, 사람을 위한 공간은 어디에도 보이지 않습니다"까지가 그렇습니다. 독자는 이 대목을 읽으면서, '아 과연 지금의 자동차 문화는 누구를 위한 것인가? 그것은 우리 삶을 더 낫게 만들고 있는가? 혹시 옛날이 더 좋았던 것 아닐까?'라고 자문해보게 될 겁니다. 글쓴이의 의도에 말려든 거죠.(웃음)

이것이 설득의 방법입니다. 강하고 격한 주장에 설득되는 사람은 별로 없습니다. 그런 글은 외려 읽는 이의 반감을 자아내기 십상입니다. 그것을 잘 아는 글쓴이는 독자에게 자신의 의견을 강요하지 않고, 그저 지나가다 하는 말인 듯 살그머니 도시 골목길 풍경을 그려내 보인 것입니다.

그런 대목은 또 있습니다. 43년째(글쓴이가 '43째'라고 오타를 냈음을 지적해야겠군요!) 교복을 만들어온 윤영걸 씨와 아내가 오랜만에 사진첩을 들여다보며 옛 추억에 잠기는 장면입니다. 윤영걸 씨는 사진첩을 보며 50년 전 행궁동을 회상합니다. 이 글에는 명시돼 있지 않지만(물론 글쓴이가 일부러 명시하지 않은 것입니다!), 50년 전 행궁동 풍경은 지금과 아주 달랐을 겁니다. 골목길의 주인은 지금처럼 자동차가 아니라 사람이었을 겁니다. '차 없는 마을' 행사가 열리던 동안처럼 말입니다. 글쓴이가 참 의뭉스럽죠?(웃음)

이 글은 주장을 거의 드러내지 않으면서도 설득력을 최대한 발휘합니다. 게다가 생동감이 넘칩니다. 그 생동감의 비결 하나는 글쓴이가 지문과 대사를 적절히 섞은 데 있습니다. 지문은 '-습니다'체가 주류를 이루고, 대사는 '-해요'체가 주류를 이룹니다. 물론 지문에도 간간이 '-해요'체가 섞였고, 대사에도 간간이 '-하다'체가 섞였습니다. 그렇지만 전체적으로 보면, 이 글은 '-습니다'체의 지문과 '-해요'체의 대사를 뒤섞어서 생동감을 만들어냅니다. 대사 가운데 '생태교통'이라는 말이 나옵니다. 저는 '생태교통'이란 말을 이 글에서 처음 들었지만, 곧바로 이해했습니다. 필자가 이미 지문에서 그 말이 쓰이는 맥락을 드러내주었기 때문입니다. 여기서도 글쓴이의 명민함이 드러납니다.

이 글에 대해 너무 칭찬만 했요? 사소한 흠을 들추겠습니다. 넷째 문단에 "시 공무원이 집집마다 방문해"라는 표현이 나옵니다. '마다'는 격조사가 아니라 '빠짐없이 모두'의 뜻을 드러내는 보조사니까, 여기에서처럼 목적어 뒤에 놓여도 문법적으로 잘못됐다고는 할 수 없습니다. 그렇지만 목적어 뒤에 붙은 이 '마다'가 제 한국어 감각을 은근히 거스르는군요. '마다'가 격조사는 아니지만, 그래도 주어 뒤에 붙었을 때 가장 자연스러워 보입니다. 이 글에서처럼 목적어 뒤에 붙으니, 뭔가 개운치 않습니다. 저 같으면 '마다'를 빼고 그냥 '집집을 방문해'라고 썼을 것 같습니다.

다섯째 문단의 대사에 '주차하던지'라는 말이 나옵니다. '-던지'는 회상을 함축하는 어미니까, 선택을 함축하는 어미 '-든지'로 바꿔야겠지요? 그렇지만 글쓴이가 그걸 알고도 부러 '-던지'라는 말을 썼을 수도 있습니다. 이건 대사니까요. 실제로, 말할 때 '-던지'와 '-든지'를 구별하지 않는 사람이 많잖습니까? 제가 글쓴이에게 너무 너그러운 건가요?(웃음)

　고종석의 문장

마지막으로, 일곱째 문단의 "대부분의 차들"을 저라면 '차들 대부분'으로 고치겠습니다. 똑같지는 않지만 비슷한 구조의 표현들을 봅시다. '세 두름의 조기'보다는 '조기 세 두름'이, '세 권의 책'보다는 '책 세 권'이, '두 병의 물'보다는 '물 두 병'이, '네 대의 자동차'보다는 '자동차 네 대'가 한결 한국어답죠? 이건 제가 전에도 한번 말씀드린 것 같습니다. '대부분의 차들'에는 단위를 나타내는 불완전명사가 없지만, 그래도 '차들 대부분'이 더 자연스러워 보입니다. 억지로 흠을 또 하나 잡자면, 같은 문단의 "행사 기간 동안"을 저라면 '행사 기간에'로 고치겠습니다. 흠잡을 게 없는 좋은 글이어서 사소한 트집만 잡고 말았습니다.(웃음)

고종석의 문장 1

1판 1쇄 펴냄 2014년 6월 2일
1판 19쇄 펴냄 2024년 6월 3일

지은이 고종석
펴낸이 안지미

펴낸곳 (주)알마
출판등록 2006년 6월 22일 제2013-000266호
주소 04056 서울시 마포구 신촌로4길 5-13, 3층
전화 02.324.3800 판매 02.324.7863 편집
전송 02.324.1144

전자우편 alma@almabook.by-works.com
페이스북 /almabooks
트위터 @alma_books
인스타그램 @alma_books

ISBN 979-11-85430-23-2 04800
       979-11-85430-22-5 (세트)

알마출판사는 다양한 장르간 협업을 통해 실험적이고 아름다운 책을 펴냅니다.
삶과 세계의 통로, 책book으로 구석구석nook을 잇겠습니다.